U0895766

英美文学批评

·在现代中国的传播与变异·

Yingmei Wenxue Piping

Zai Xiandai Zhongguo

De Chuanbo Yu Bianyi

周仁成 著

四川大学出版社

责任编辑:谢正强
责任校对:袁　捷
封面设计:墨创文化
责任印制:王　炜

图书在版编目(CIP)数据

英美文学批评在现代中国的传播与变异 / 周仁成著. —成都：四川大学出版社，2018.5
ISBN 978-7-5690-1929-2

Ⅰ.①英…　Ⅱ.①周…　Ⅲ.①英国文学－文学评论－文化传播－研究－中国－现代②美国－文学评论－文化传播－研究－中国－现代　Ⅳ.①I209.6②I561.065③I712.065

中国版本图书馆 CIP 数据核字（2018）第 120197 号

书名　**英美文学批评在现代中国的传播与变异**

著　　者　周仁成
出　　版　四川大学出版社
地　　址　成都市一环路南一段 24 号（610065）
发　　行　四川大学出版社
书　　号　ISBN 978-7-5690-1929-2
印　　刷　四川盛图彩色印刷有限公司
成品尺寸　148 mm×210 mm
印　　张　7.625
字　　数　204 千字
版　　次　2018 年 6 月第 1 版
印　　次　2018 年 6 月第 1 次印刷
定　　价　43.00 元

◆读者邮购本书，请与本社发行科联系。
电话：(028)85408408/(028)85401670/
(028)85408023　邮政编码：610065
◆本社图书如有印装质量问题，请
寄回出版社调换。
◆网址：http://press.scu.edu.cn

目　录

绪 论

中国文化自晚清以来不断地辗转于转型之途，同样地，文学亦是如此。至“五四”新文化运动，新旧文学的冲突与转换实质上是东西文化的碰撞与交融。无论是现代文学的成长，还是古典文学的消退，作为他者的外国文学与批评在此进程中扮演了一个非常关键的角色。时至当下，中国文学所面临的种种问题，都能见出外国文学在其中的深刻影响。因此重返“五四”，重温现代中国文学的历史语境，重新找寻外国文学批评在现代中国的旅行路线，从中发现外国文学批评进入现代中国的传播路线、与现代中国遭遇后所生发的种种变异现象，从而为解决当下中国文学批评所面临的种种问题提供某种借鉴是非常有意义的。进入现代中国的外国文学批评主要有三块，一为欧美，二为苏俄，三为日本。三者都为中国现代文学批评的建构起着非常重要的作用，相比苏俄文学批评而言，英美文学批评尽管最终未能在中国文坛取得主导地位，但它在现代中国文坛所产生的影响却一点不逊于苏俄文学批评。因此本书拟选择英美文论在现代中国的传播与变异也就显得非常有意义。

英美文学批评是指英国人与美国人就文学现象所表现的一系列观念与方法的总和。重新翻检现代中国历史便会发现，英美文学批评在现代中国既包括了直接来自于英美本身的文学批评理论，同时也包括通过苏俄与日本转译与介绍而来的英美文学批评理论。为了突出英美文学批评理论在现代中国的实际存在面貌，本书所探讨的在现代中国的英美文学批评主要采用来自英美两国的英美文学批评，同时参照通过转译与介绍而来的英美文学批评。

尽管英美文学批评理论在20世纪初便已经通过日本进入中国，但对它的研究却一直没能得到重视，学界关注得更多的是英美文学批评在现代中国的传播与翻译，有意无意地忽略了英美文学批评在现代中国的存在，相应地，它对现代中国文学批评观念的转变与建构，学界也还缺乏更为全面的研究。因此就目前的研究来看，不仅英美文学批评理论在现代中国的整体存在样态没能得到系统清理，它对中国文论的影响也还仅限于构成单个作家的思想资源或局限于某一思潮之中，很难见出英美文学批评理论在现代中国存在的“地形图”，也很难看清它在现代中国传播之时因其历史语境与文化背景所遭遇的种种变异现象。而这恰恰是我们解决当前中国文论问题所不能忽略的重要历史依据。

本书主要基于比较文学影响研究与变异学研究两大理论，一方面系统地清理出英美文学批评理论在现代中国的传播之旅，另一方面更为重要的是通过变异学理论来审视英美文学批评理论在中国传播与接受当中所生发的种种变异现象。这些变异现象既有因时代、历史与个人所做的主动选择，也有因文化的异质性所进行的过滤、误读，以及经两种文学规则碰撞化合之后所产生的“化中国”与“中国化”的情形。在充分利用当前各大权威全面的数据库、书目文献的基础上，本研究一方面尽量摸清英美文学批评理论在现代中国的整体存量，从而绘制出外国文论在现代中国的一张“图谱”；另一方面通过动态研究，既对比出英美文学批评理论在现代中国各个时期的分布与影响，同时也通过文学批评原理，各个思潮流派与批评方法的具体深入的勾勒，展现出英美文学理论在现代中国传播与变异的全貌。

纵观整个现代中国，英美文学批评理论传入中国，一方面应新文学运动者主动邀约，另一方面进入中国之后面对各方力量和语境则不断地发生变异。这种变异一方面有着强烈的时代与政治背景，当然也还有接受主体的主动选择，同时也是传统文化与文学的强大过滤所致，各方力量，终使英美文学批评理论在现代中国一方面呈现出“化中国”的局面，另一方面也促使其适应中国文化与文学的“中国化”。正是这变异的两端，使得中国文论与外国文论在碰撞与对接、冲突与整合之中找寻出某种现代化之路。而这也正是当前中国文论重新建构的历史依据与现实启示之所在。

第一章　英美文学批评原理的渴求与输入

一　新文化运动前后的理论倡导

自 1917 年新文学运动轰轰烈烈地开展以来，“文学革命”“德先生”“赛先生”着实在沉闷的中国大地喧嚣了一阵，犹如平地一声雷，极大地引起了当时世人的关注。然而“文学革命”结出的硕果不仅新奇，而且量少，也因此带来了旧文人的大肆攻击，甚至还引起了世人的游移与犹豫。究其原因，主要有两个：一则传统文学的观念，诸如“文以载道”的观念、游戏与娱乐的观念还深深地盘踞在世人的心中，要想以摧枯拉朽之势，举雷霆万钧之力一举根除，那是不可能的事情；一则新文学以来成果不多，难以在读者群中产生深远的影响；比之更甚的乃是，读者根本不知“新文学”为何物，它与传统的诗文词曲有何不同，致使他们在接受新文学作品之时难免不存游移犹豫的心态。

眼看新文学运动的推进步入了进退两难的窘境，“进”难以赢得读者群的接受与理解；“退”更会招致旧文人无以复加的抨击与嘲笑。然历史的向前发展，终是以螺旋状渐趋推进，短暂的落寞与消沉，甚至是困难重重，只为继续前行积蓄力量而已。

要想实践推进，务须理论先行。这是新文学运动者们在沉寂了一段时间之后，深刻反思，也是在与旧文人不断激烈交锋中总结出来的真理。其实新文学运动的主将之一周作人先生在新文学运动十年以前就曾明确地看到了这一点。“吾国之昧于文章意义也，不始今日。古者以文章为经世之业，上宗典经，非足以弼教辅治者莫与于此。历世因陈，流乃益大。”因此几千年以来，中国文学“论文之士”，常常不敢越雷池一步，不敢偏离儒家论文之道。即使有“梁时刘舍人以特达之材，独乃弥纶群言，著《文心雕龙》十卷，赏析所得，或极微妙，为世希有，正吾国论文之最胜者”。然此类之人不免凤毛麟角！“降及近世，其说益讹，或且并其名义而亦昧之。”① 由此文学是什么？它是怎样构成的，又有怎样的功用，与其他学科有什么关联等问题，几千年以来的文学观念一直未曾出现。即使进入晚清，有关文学原理的界说仍然囿于传统的杂文学观念，将文史哲混为一谈。此类现状周作人先生谈到他读及当时所著《中国文学之概观》一文感触尤为深刻。

> 吾读近人文论，见《中国文学之概观》一篇，其言文章，初既并诸一切文书，继复分为二物，谓偏重各国文言则妨国文，重各种科学则妨国学。此望文生义，甚费解者也。后复言维新之士，心醉东西洋之文学，袭取其唾余，转相则效，彼国极粗浅之一名一词无不惊为至宝。……更有著《中国文学史》者，裒然鸿制，为书十六篇、二百八十八章，总十万言。言非不多，特有类堆垛而无条理，读书终卷，终莫明文章为何物。②
>
> 近有译著说部为之继，而本源未清，浊流如故。其过在不以小说为章，或以为文章而仍昧于文章之义，则惑于裨于社会，别长谬见。③

---

① 周作人，《论文章之意义暨其使命因及中国近时论文之失》，见杨扬编，《周作人批评文集》，珠海出版社，1998 年 10 月，第 19～20 页。

② 同上。

③ 同上，第 23 页。

正是基于此种认识，周作人先生才援引欧美，尤其是英美诸文学家有关文学的论述来确定文学的义界，从而建构起他独特的文学观。在众多英美文学家当中，与黄人的选择不一样的是，周作人唯独钟情于美国文学家亨德的文学界说，认为诸家论文当中仅以宏氏（即亨德）① 之说最为公允得当。

> 吾取宏氏之说，意主持平，颇不欲故就新奇，致迕众目，不过冀国人知文章为物，有如此象，不至为俗说所荧，有歧路之戚而已。若其异日能飙发奋进，文运革新，然后更究深微，以大有造于吾国，未可知也。今于此篇，非以是区区浅说划为樊界，第迩日莠言杂出，外道朋兴，因进一言，冀挽其弊。②

尽管取道日本之中介，但周作人先生利用英美文学观念批判中国传统文学观，从而建构全新的新文学观念之举动却有开创之功。自他以后，无论是新文学理论建设的呼吁者，抑或是旧文学的改造者，都不约而同地选择英美文学原理作为其理论资源。

新文学运动提倡之初，已有不少先觉者已经意识到新文学的建设必须引进西方文学观念。只是胡适、鲁迅等人最初过于重视摧毁旧文学，于新文学建设又过于依赖文学创作，忽略了同时引进西方文学理论的重要性与紧迫性。尽管如此，胡适在谈到新文学建设的时候，也提到对于西方文学的引进，但囿于其实用主义的眼光，过于重视方法。譬如他在《建设的文学革命论》一文中便讲道："西洋的文学方法，比我们的文学实在完备得多，高明

① 宏氏，即美国文学理论家 T. W. Hunt，著有 *Literature: Its Principles and Questions* 一书。后来此书被傅东华于 1935 年翻译成中文《文学概论》。亨德此书在中国最大的影响便是他对文学的定义，此定义不仅广泛地被人引用，而且认同度也最高。

② 周作人，《论文章之意义暨其使命因及中国近时论文之失》，见杨扬编，《周作人批评文集》，珠海出版社，1998 年 10 月，第 19 页。

得多，不可不取例。”[①] 由此他认为新文学的建设与创作应以翻译的西洋文学作品作范例标本，从而建立一套全新的文学创作方法。反倒是潘公展意识到方法固然重要，但是标准与观念不建立，新文学的创作亦难成气候。潘公展在给同是新文学运动的主将钱玄同的信中明确提出新文学建设的三件要紧事之一，即是“编中国新文学所应用的‘文法教科书’，中国向来没有文法，教授上很感困难，现在既然要建设新文学，示人以‘规矩准绳’，那么文法的书一定要编好”[②]。

然而中国新文学所用“文法教科书”从哪里来？中国传统文学不可能，那只有取道英美。周作人先生在这方面已开先河。剩下的只是如何开展的问题。由此新文学理论建设的第二大任务便是以新的观念来对传统文学观念进行批判，批判与建设同时并举，最终方可达到新文学的完全成功。自周作人开始，朱希祖、罗家伦、施天侔等人先后推出了“文学”的界说[③]，以示新文学之所谓“文学”与传统“文以载道”、游戏娱乐的文学观之不同。

他们对于文学的界定固然新颖，固然完全不同于中国传统的文学观念，但也只是对于欧美文学理论的平面罗列或稍加改造，而文学是什么、它包含哪些要素、它有着怎样的特质等关涉文学原理的内容都还模糊不清，无法对旧文学产生强大的批判力量，也无法清楚明了地向读者传达新文学的特质与内涵。这样看来，新文学的建设非要等到全新全面的文学理论输入方可解燃眉之急。继罗家伦等人之后，越来越多的人参与到对西方文学理论的

---

① 胡适，《建设的文学革命论》，《新青年》1918 年 4 月 4 卷 4 号。

② 潘公展，《关于新文学的三件要事》，《新青年》1919 年第 6 卷第 6 期，第 96～101 页。

③ 这些文章包括朱希祖的《文学论》（《北京大学月刊》1919 年第 1 卷第 1 期），施畸的《文学的研究》（《新中国》1919 年第 1 卷第 7 期）、《文学的批评》（1919 年 9 月《北京晨报》），罗家伦的《什么是文学？文学界说》（《新潮》1919 年第 1 卷第 2 期）。

输入的呼吁当中。以下略举两例。

瑟庐（章锡琛）在翻译日本本间久雄的《新文学概论》之序中说："文学革命文学改良之声，近来已宣传于中国。夫吾国文学之缺陷与窳败，凡稍有知识者，殆无不具此感想。顾文学之所以为文学，与夫良窳美恶之分，暨所以必须改革之点，则能知之而能言之者，殊不多见。然欲谋新文学之建设，不可不先于此点深为注意。"① 章锡琛所说"文学之所以为文学"实为文学原理，在他看来这是文学革命者不可不首先注意的问题。因为只有知道了"文学是什么"，才能既"知之而能言之"。

而胡愈之在《文学批评——其意义与方法》一文中则从文学批评的角度谈道：

> "文学批评"这一个名辞，在西洋已经有几千年的历史了；可是在我们中国还是第一次说及。中国人本来缺少批评的精神，所以那种批评文学在我国竟完全没有了。我国文学理论很少进步，多半许是这缘故。近年新文学运动一日盛似一日，文艺创作，也是一日多似一日，但同时要是没有批评文学来做向导，那便像船没有了舵，恐怕行进很困难罢。所以我想现在研究新文学的人，对于文学批评，似乎应该有相当的注意。文学批评在西洋差不多成为一门独立的科学，要把他的意义、历史、派别详细研究，自然不是几千个字所能尽的。现在暂且参考莫尔顿的《文学的近代研究》(Moulton's *the Modern Study of Literature*)、黑德生的《文学研究导言》(Hudson's *An Introduction to the Study of Literature*)、韩德的《文学的原则和问题》(Hunt's *Literature, Its Principles and Problems*）和别的几部书，

① ［日］本间久雄，《新文学概论》，瑟庐译，《新中国》1920年第2卷第3期，第87页。

做了这篇，权作在我国介绍文学批评的引子罢![1]

胡愈之认为在新文化一味求新的西学眼光之中看不到中国文学有任何批评理论，明显有失偏颇，但他所言文学创作没有批评恐怕很难进行这一观点却是独具眼光的。后来的事实不仅证明了他对文学批评呼吁的先见之明，而且他所引进的几部英美文学理论书籍日后亦几乎成为现代中国文学批评的宝典，不断地转相引述。

二 以郑振铎为中心的文学研究会对文学及批评原理的强烈呼吁

继新文化运动之后，呼吁引进西方文学及批评原理最力者当推“文学研究会”诸人，尤其是沈雁冰与郑振铎等人。正如霍衣仙后来总结所言：“《小说月报》初期由民九到十一，由沈雁冰编，重要撰稿人，除上述鲁迅冰心庐隐外，周作人沈雁冰（后署名茅盾）耿济之郑振铎等，多介绍西洋文学理论及翻译。”[2] 因此郑振铎等人凭借其手中掌握的传媒工具——《小说月报》《文学》杂志等可谓一而再，再而三地强烈呼吁，非常卖力。

先是在1921年《小说月报》“改革宣言”中，明确指出今后的方向要加大对西洋文学批评的提倡。放眼西洋文艺之兴盛，莫不与其“批评主义”（Criticism）密切相关，批评在文艺上拥有极大的权威，几乎能左右一时代文艺之思想。而我国素无所谓批评主义，更没有永久不变的批评标准，所以容易执一人私见，相互攻讦。因此文学研究会诸人相信“必先有批评家，然后有真文

① 愈之，《文学批评——其意义与方法》，《东方杂志》1921年第18卷第1号，第70页。

② 霍衣仙，《最近二十年中国文学史纲》，北新书局，1936年8月，第34页。

学家”，要做到这一点，务以“先介绍西洋之批评主义以为之导”[①]。观其所言，大旨与胡愈之等人相同，即为促进新文学发展与自由创造而大力介绍西洋之批评理论。

接着同年 6 月在其《文学研究会丛书缘起及编例》进一步规定了今后文学研究会对西洋文学批评与原理的翻译工作。本着打破传统文学的“谬误”与“因袭”的观念，介绍世界文学，创造中国新文学的原则，文学研究会丛书首先介绍“批评文学（Literary Criticism）与文学史的书籍”。至于其原因则在于，首先“这种书籍，在中国是向来没有过的”；其次要使文学的基本知识，也即文学原理，能够普遍于中国的文学界，乃至普通人的头脑中。因此在该丛书“编例”第二条所列各种书类当中，“文学原理及批评文学之书”“文学概论”等文学原理之类的书位居一二位之列。[②]

1922 年 12 月，郑振铎第三次在文学研究会另一机关刊物《文学旬刊》中也表达了他们一如既往地对文学原理的重视。“同人深感文学原理与问题，与及吾国文学之整理，在现在极为切要。故关于此种研究的，讨论的立学，拟多登载。”[③] 此次理论呼吁相比前两次有所不同，一方面强调了文学原理对于文学创作的指导作用；另一方面也认为文学理论对于古典文学的整理工作也“极为切要”。这在当时应当说是一种非常有意义的一种进步。

《文学旬刊》发表声明后第二年，即 1923 年 12 月，郑振铎在《小说月报》中第四次表达了同样的观点。至《小说月报》创办已届三年之际，一方面加大版面增加些文艺类文章，另一方面因为“中国读者社会的文学常识的缺乏是毋庸讳言的……同时并拟逐期登载《诗歌概论》《戏曲概论》一类的文字，这一种稿子，至少总

---

① 《小说月报》，1921 年 1 月 19 日，第 12 卷第 1 号。

② 《东方杂志》，1921 年 6 月 10 日，第 18 卷第 11 号。

③ 原载《文学旬刊》第 57 期，上海《时事新报》，1922 年 12 月 1 日。

可以给一般读者及初次研究文学的人以很大的帮助”[1]。

强烈而持续的呼吁，终于结出了硕果。这种硕果不再仅限于原来罗家伦等人简单地对文学下一个定义，而是全面系统地有意识地输入欧美文论，尤其是英美文论。自1921年至1927年，英美文论在中国如雨后春笋般快速生长，全面开花。据不完全统计，仅以文学研究会的两大机关刊物《小说月报》与《文学周报》或《文学旬刊》（继《文学周报》之后文学研究会的另一机关刊物）来统计，这七年间发表的论文便有18篇，占总数65篇的三分之一弱。郑振铎等人的呼吁所取得的成效于此可见一斑。

其实郑振铎先生不仅仅停留在介绍层面，他自己一边亲自介绍西洋文学书目，一面为新译的书作序。就第一方面而言，自1921年8月16日起，郑振铎先生便采用译述的方式介绍美国文学理论家文齐斯特的《文学批评原理》，除此之外他还亲自多处介绍哈德逊的《文学研究法》、莫尔顿的《近代文学研究》。其中最为重要的一件事是他为了满足读者的要求，介绍了一个专门的文学原理书目，其中所介绍的50本书中，便有41本来自英美，足见英美文学理论在当时的重要性。

英美文学理论的介绍一方面固然传播了西方的文学观念，为建设新文学理论与读者了解新文学都直接提供了思想资源。另一方面，英美文学理论的输入，正如前文所提到的宣传者所指明的那样，它还有助于我们重估传统文学，整理国故。

郑振铎于1922年《文学旬刊》第46期发表了一篇杂谈，里面谈道：“我想，现在的介绍，最好是能有两层的作用：（一）能改变中国传统的文学观念；（二）能引导中国人到现代的人生问题，与现代的思想相接触。而古典主义的作品，则恐不能当此

① 原载北京《晨报副刊》，1923年12月24日。

任。”[1] 后来郑振铎又于 1923 年在《小说月报》第 1 期上更明确地谈到了西方文学观念对于传统文学与整理国故所具有的重要意义。“但我们要打倒这种旧的文艺观念，一方面固然要把什么是文学，什么是诗，以及其他等等的文学原理介绍进来，一方面却更要指出旧的文学的真面目，与弊病之所在，把他们所崇信的传统的信条都一个个的打翻了。”[2] 因此必须以前人所未见，而为西洋人所早已公认的文学原理与文学批评来改造中国传统文学观念（诸如《毛诗序》的美刺说、文以载道等）。只有这样，整理国故才能有切实的研究，而不是空疏的言论；也只有这样才符合“整理国故”的“无征不信”的科学精神。

继郑振铎之后，同是文学研究会骨干，也是欧美文学理论译介成果最为卓著的傅东华先生于 1926 年针对读者的中国传统文学观念的痼疾，更进一步地指出引进西方文学观念的重要性与必然性。“外国关于文学原理的著作之有中国译本，只是最近几年来的事情。我们据一般出版家的经验，可知现今中国读者对于这一类译本的要求，似乎比他们对于文学作品的译本的要求大些。”之所以有关文学原理的外国书籍需求增大，在他看来首先是读者知识结构经过了科学的洗礼。当时一般曾受学校教育的读者，多少经过了一些科学方法的训练。当他们治其他科学的时候，觉得各科学的题材虽似无限量，却都有一种系统可以寻绎，有一种方法可以遵循；独于文学，似乎找不到这样科学的规律。“于是遂思用治科学的方法来治文学，换言之，即思从此浩如烟海的文学作品中寻出一条哲学的线索，而对于一般关于文学原理的著作，遂起了一种要求。”然而此类文学原理之类的书籍，求之于中国

① 西谛，《杂谭：文学不似科学》，《文学旬刊》1922 年第 46 期，第 3 页。

② 郑振铎，《新文学之建设与国故之新研究》，《小说月报》1923 年第 14 卷第 1 期，第 130～132 页。

古典文学自然不可能。因此"单以中国文学为根据的文学理论，决不便是那足以概括全文学的文学原理。……因此一般想要探寻文学原理的读者，势不得不求之于外国人的著作——虽则外国人的著作未必完全适用——而不能读外国文原文的读者，则又不得不求之于这类著作的译本"①。

正是意识到外国文论对于中国新旧文学的重要性，所以他对外国文论的翻译也最为用功，仅凭一人之力便译出了美国勃利司·蓄莱的《诗之研究》(商务印书馆 1923 年 11 月)、美国蒲克的《社会之文学批评论》(商务印书馆 1926 年 1 月)、美国琉威松的《近世文学批评》(商务印书馆 1928 年 3 月)、美国卡尔登佛的《文学之社会学的批评》(华通书局 1930 年 9 月)、美国亨特的《文学概论》(商务印书馆 1935 年 12 月) 等 5 本译作。

除此之外，作为文学研究会成员之一的王统照也从文学批评的角度呼吁文学批评理论输入的紧迫性。在他看来，文学批评既不是对人施以赞扬或攻击的工具；也不是以批评者为有尊贵的权威而来指正一切，它不过是善读者对于文学的感想之一种，由感动、想象、观察中来的意念，一方述明文学内涵的精义，一方陈说自己的印感，所以批评者自身，既具有创作的能力，不是来教训笑骂的。然而中国近来文坛上希望有正当批评的趋势亦日急一日，"然大多数的人，不是不明了批评为何物，即是对于文学的根本观念，尚为缺乏"。所以欲补救此弊，提倡正当、科学的批评，非介绍西洋的文学批评原理不可，使我们有所借鉴，"这是不可缓图的工作"②。

如此来看，文学研究会除了文学创作的成功之外，在文学理

① 傅东华，《〈文学之近代研究〉译序》，《文学周报》1926 年第 210 期，第 1～2 页。

② 王统照，《介绍 L. Lewisohn 的近代批评杂话》，《晨报副刊·文学旬刊》1923 年第 17 期，第 1 页。

论的呼吁与英美文学理论的输入方面亦功不可没。

三　其他各家各派的声援与响应

继文学研究会大力呼吁之后，各家纷纷做出反应，积极地表达了对于文学理论的渴求。以下略举几例以窥一斑。

深受西方思想影响，尤其是私淑于英国批评家马修·阿诺德的胡梦华表达了他对中国传统批评以及当前批评的不满，进而指出引入批评的重要所在。

在他看来，“我国历来文艺之变迁，批评家实未与有若何之影响。而自伟大国民文学——《诗经》出世以迄今日，从无一部有统系的中国文学史叙述我伟大之文学，尤见我国文艺界缺乏之精神，与文艺批评家之需要”。自清末以来，在西学影响之下，加之维新派的大力倡改，虽然“文风为之一变”，但像“严复林纾的翻译的文章”“谭嗣同梁启超一派的议论的文章”“章炳麟的述学的文章”“章士钊一派的政论的文章”，虽近于文学批评，“然犹鲜及文艺之域”。新文化运动诸人所著文艺批评文章也大都不免“失之偏激”，更别提古典文学研究者还“未得文艺批评之真谛”。因此胡梦华认为，“夫以代表东方之中华伟大文学乃不能于世界文坛占有重要地位，无文艺批评家出而标扬之，实为一大原因”。因此“国人方从事白话文学之建设与国故文学之整理，文艺批评实有极宜提倡之需要”。与胡愈之的观点一样，胡梦华也认为文艺批评有“匡助创作者”与“指引读者”的功能。就前者而言，批评可以促使其创作达于完美之境；就读者而言，批评可以“增进其欣赏力”。再者，就当时所开展的“整理国故”而言，胡梦华认为大多仅限于科学方法，而忽视“国内创作界之幼稚群众欣赏力之薄弱……可见文艺批评界匡助指导之责，所关非轻”[①]，最后他引出阿诺德有关批评的论述来终结此篇，见出他对批评原理的重视，及受英美批评影响之深。

即使是对新文学运动有些意见的梁实秋，虽然出于人文主义的角度对当时文坛颇为不满，但我们不能不说，他对当时中国文坛很多方面的批评是非常精到的，当然其中也包括对外国文论在当时中国的输入所做的总结。

在他看来，“全部影响之最紧要处乃在外国文学观念之输入中国”。自外国文学输入中国以来，中国的文学观念潜在地发生着改变。传统文人以“文以载道”来概括文学原理，然而“现在的文学观念则是把文学当作艺术”。不仅从前的四书五经被当作文学来读，现在连《红楼》《三国》《水浒》也被当作文学艺术。西方文学观念的输入不仅使当时中国文学的模样为之一变，就是几千年来的传统文学的地位与价值也都需要重新评估。现代所谓“以科学方法整理国故”便是做此工作。然而在这一系列变动当中，“方法究竟还是小事，最要紧的是标准。没有标准便没有方法去衡量一切，也便没有方法去安配一切的地位与价值”[②]。而外国文学进入中国带来的最大结果便是中国文学标准发生了转型。就当时盛行的标准来看，国外的与中国的两套标准并行。而新文学运动在梁实秋看来之所以是浪漫主义的，主要基于两个进程，一则为抛弃传统文学的标准，二则为建设新的标准。

尽管梁实秋的着眼点在于批判当时充斥文坛的浪漫主义风气与随意的印象批评，但从另一个角度来看，他却道出了西方文学理论进入中国后，虽有呼吁，虽有输入，但真正的新文学理论的建设仍然还有待深入探索。因此进入 20 世纪 30 年代后仍然还有人在呼吁新文学理论建设的必要性。

① 胡梦华，《文艺批评概论》，《东方杂志》1924 年第 21 卷第 4 号。

② 梁实秋，《现代中国文学之浪漫的趋势》，《晨报副镌》1926 年第 54 期。

汪倜然也于1931年在《读书月刊》第2期谈道："所谓'新文学'者，至今还只是初初走上建设的时期，离成功的时期还是很远的。"在他看来新文化运动的成就也就在于三个方面，即"创造""介绍"与"整理"。"创造"指的是新文学作品的创作，这是"最直接最积极的一种努力，其重要与需要不言可知"。"介绍"是介绍外国的文学杰作和理论到中国来，"这也是很重要，而且迫切地需要一种努力"。因为中国的文学已经被几千年的旧思想、旧伦理和旧技巧（其实大多无所谓技巧）所盘踞所腐化，单靠"文学革命运动"的几篇理论、几句口号是不能肃清不能改进的。所以必须多"呼吸些外国文学的空气"，多引进些欧美有关文学原理与批评的论述。"这种工作当然是间接的努力，其效力不是立即可以看到的。但这是根本上有益的事情，影响于新文学之创造者实甚宏大。所以应该是一种非常重要而且非常有意义的努力。"①

汪先生的这番话与其说是总结了当时新文学运动以来理论建设的成就，不如说是继续地强调新文学乃至中国现当代文学今后一直该努力的方向。然而怎样建设的问题，建设成什么样的问题，以及如何处理西方文学理论在中国的输入与消化、引进与吸引等问题仍然是任重而道远的事情。只是很可惜的是，囿于当时社会大环境的约束，尤其是在救亡压倒启蒙之后，中国现代文学，乃至当代文学的这一命题仍然被搁置悬空。

四　旧文学研究者的积极回应

前面已经屡次提到，对国外文学理论的呼吁，一方面着力于建设新文学的理论，另一方面也在于为重估旧文学、整理国故提

① 汪倜然，《论中国文学的新研究》，《读书月刊》1931年第2卷第2期，第74～75页。

供一种观念与方法的支撑。

正如梁实秋先生所言，“外国文学观念之输入中国……已往的四千年来的文学，在中国文学史上的地位和价值，都要大大的更动”。事实的确如此。在新文学运动者们积极奔走，极力宣扬，不仅西方文学理论得到大力输入，而且中国文学研究者们随之做出积极回应，同样地表现出对于西方文学观念的热烈渴望。

早在 1904 年黄人所著《中国文学史》便已开援引英美文学原理入中国文学之先河，随后写中国文学史的诸多学者基本上循着此路，以英美文学家的文学界说确定中国文学研究的界限。自黄人以后，谢无量所著《中国大文学史》亦是如此。[①] 然而毕竟基于传统文化的中国传统文学观念长期深入人心，甚至已经凝聚成某种集体无意识，要想用西方文学观念一举根除实不可能。因此自黄人以后，援引英美文学原理与批评来治理中国文学的诉求在二十年代末才开始自觉，并形成一种风气。

首先胡云翼先生在谈到如何处理编文学史与文学原理的关系时说：“其实不懂文学原理的人之不能编文学史，犹之乎不懂生理学的人不配做医生，犹之乎不懂科学的人不配作科学史。这些《中国文学史》编者，有的是著作极多的作者，有的是国学名家，有的是大学教授，但他们都不懂文学原理。”[②] 其实他的感受与周作人的感受一样。尽管当时像黄人、谢无量等治旧文学的研究者已经有意识地采用英美文学观念来重新建构一种新的文学观，但具体到研究时，却仍然大而化之，不知文学原理为何物，亦不知文学之要素与演进。如此看来，写中国文学史确实还得借助于引进英美文学原理。这也是郑振铎等人所一再提到的以英美文学

① 虽无实证性证据，但从其书中所引诸人，尤其是朋科斯德的文学定义，以及谢无量后来的日本之行，足可证明他的文学观念与黄人一样都取道于日本，直接吸取的是英美文学理论资源。

② 胡云翼，《中国文学概论》，启智书局，1928 年 10 月，第 22 页。

原理整理国故的理由所在。

因此当时“中国文学史”这类的书籍，除了受西方文学观念影响的郑振铎、赵景深等人之外，大多学者还秉承着中国传统文学观念，将史学、玄学与哲学之类纳入文学史的范围。之所以会这样，就因为他们不懂得什么是文学，文学的要素、范围与对象等问题。一句话，他们不懂得文学原理，或者我们说他们不懂得西方文学原理才会出现“莫名文章为何物”的情形。而据笔者不完全统计，迄 1928 年为止，“中国文学史”类的著作在 15 本左右，而“中国文学概论”之类的著作亦有 15 本以上①。

后来刘麟生先生对于新文学观念的输入颇为欢迎，认为其减少了研究中国古代文学的困难。“近来著中国文学史的困难，可以减少一半。因为自从西洋文学观念介绍过来，我们对于文学，

① 据笔者所考，“中国文学史”之类的书有林传甲《中国文学史》(上海科学书局，1910 年 6 月再版)、黄人《中国文学史》(国学扶轮社铅印本，1904 年)、王梦曾《中国文学史》(商务印书馆，1914 年 8 月)、张之纯《中国文学史》(商务印书馆，1915 年 12 月)、曾毅《中国文学史》(泰东图书局，1915 年)、谢无量《中国大文学史》(中华书局，1918 年 10 月)、葛遵礼《中国文学史》(会文堂新记书局，1921 年 1 月)、刘贞晦、沈雁冰《中国文学变迁史》(新文化书社，1921 年 12 月)、胡怀琛《中国文学史略》(梁溪图书馆，1924 年 3 月)、刘毓盘《中国文学史》(古今图书店，1924 年 8 月)、胡毓寰《中国文学源流》(商务印书馆，1924 年 9 月)、谭正璧《中国文学史大纲》(光明书局，1925 年 9 月)、顾实《中国文学史大纲》(商务印书馆，1926 年 11 月)、胡适《国语文学史》(文化学社，1927 年 2 月)、赵景深《中国文学小史》(光华书局，1928 年 1 月)。“中国文学概论”类书大致有吴曾祺《涵芬楼文谈》(商务印书馆，1911 年 1 月)、姚永朴《文学研究法》(商务印书馆，1916 年 7 月)、王蕴章等《文艺全书》，(崇文书局，1919 年 4 月)、蔡达《文学通义》(著者刊，1920 年 5 月)、胡怀琛《中国诗学通评》(大东书局，1923 年 6 月)、张振镛《中国文学沿革概论》(上海大东书局，1924 年 2 月)、陈钟凡《中国文学批评史》(中华书局，1927 年 2 月)、郑振铎《中国文学研究》(上下)(商务印书馆，1927 年 6 月)、胡怀琛《中国文学辩正》(商务印书馆，1927 年 9 月)、赵祖抃《中国文学沿革一瞥》(光华书局，1928 年 1 月)、杨鸿烈《中国诗学大纲》(商务印书馆，1928 年 1 月)、江恒源《中国诗学大纲》(大东书局，1928 年 7 月)、李笠《中国文学述评》(雅宬学社，1928 年 8 月)、胡云翼《中国文学概论》(启智书局，1928 年 10 月)。

渐有准确的观念，知道什么东西是文学？——不是一切好书，皆是文学。——什么是纯文学？并且对于文学批评，文学欣赏，也改正了不少观念。如此方可以用简明的方法，研究中国文学。”①

然而对此我们却很难说他们对西方文学观念的欢迎或积极响应在研究中国文学方面取得了多大的成就，最终不过就像谢无量那样将西方文学观念罗列一番，将中国文学的不足大批一顿，而在其实际叙述中，仍然将西方文学观念抛在一边，执拗地依循着中国传统文学的理论思路去建构中国文学史框架，戏剧性地出现两套文学理论话语相互争夺话语权的局面。之所以如此，与现代文学所出现的情况大致一样，表面原因在于对于外来文论还不能消化吸收，不能将其与中国文学融会贯通；实质上是两套文学理论话语规则的异质性使然。

由此我们不难看出，基于新文学运动的理论建设的需要，与重估旧文学整理国故的必然，无论是新文学运动的主张者，抑或是旧文学的研究者，对于西方文学理论的渴望显得那么急迫，甚至有些焦虑不安。正是这种焦虑与急迫，也使得在渴求与欲得之间出现了一道巨大的鸿沟，即这种焦虑的压迫使得他们用西方文学理论仅仅去填补新文学理论建设的真空，囫囵吞枣，而忘却了怎样消化与吸收、融会与贯通。囫囵吞枣的结果，是各式各样的西方思想在现代中国轮番上演，英美文学理论便是其中最为活跃的一种。

① 刘麟生，《中国文学 ABC》，ABC丛书社，1929年5月，第1页。

第二章　英美文学批评原理在现代中国

如果说英美文学原理是新文学的立身之道的话，那么文学批评则是其立身之器。前者为其存在提供话语规则，后者则为其存在提供话语工具，彼此之间相辅相成，不可分离。新文学家们在引入英美文学原理的同时，也注意到批评本身的不可或缺与重要性，故几乎与文学原理同时引进了文学批评。再者，文学批评本身便是整个文学原理的一部分，当时引入的各种文学著作当中几乎都包括了文学批评。本章主要侧重于讨论文学批评本身的论述与建构。

新文学自诞生以来，便一直处在论争当中。有论争，便有批评，这本是好事。但对于当时中国新兴文学而言，新旧派之间的批评更多的是指责与辱骂，因此什么才是真正的批评，这样的批评对于新文学有什么样的意义，如何进行这样的批评便成为新文学在建构新文学原理的同时必须解决的问题。

放眼西方，新文学家们看到了“批评”在文化发展过程中所起到的巨大作用，认为它是整个西洋文学进化的根源，有了批评才可能有文学的进化与发展，因此批评与文学的进化密不可分。持这种观点的人是罗家伦。在文学当中，批评又是如何进行的呢？他说，至于说到文学方面，则西洋文学所以能进化到现在这个地步，乃是因为它有两种最可宝贵的质素：（一）它自己能作人生的批评；（二）它自身能容人家的批评。文学本是人生的表现和批评，而不是空泛的“文以载道”。文学要进化，必须要有批评，因此批评“实在是文学进化的重要原则”。[①] 而西洋文学正是有了独立的文学批评，才可能进化成现在的样子。然而这样专门的批评在中国是没有的，几千年来的封建统治绝不允许它在文化上、政治上与文学上有任何批评，有任何异于儒家思想的批评声音，因此中国文学几千年来仅成为“载道”的工具而已，与世界文学发展相比，显得有些不合时宜。罗家伦不仅批判了中国传统文学根本无批评这一历史现状，同时也提出了批评的程序，即他的“三 W”主义，即“what，why，how”，具体而言，即什么是批评，为什么要批评以及怎样批评。然而非常遗憾的是，罗家伦尽管看到了批评对西方文化与文学发展的巨大推动作用，但却没有引入有关文学批评的任何原理与方法，对批评的提倡也仅停留在口头的宣传当中，还缺乏具体的操作与行动。

当新文学革命渐渐产出累累硕果，大量文学作品应运而生，小说、戏剧与诗歌满盘开花之时，新文学的创作该何去何从，理论建设必须随之跟进。为何？几千年来的中国传统文学所形成的文学定势思维，新文学的观念与旧文学观念之间有什么样的差异，它的创作有什么样的特征等问题必须解决。同时，为了新文学的健康稳步地发展，一方面必须引进西方文学原理，从而向读者传播全新的文学观念；另一方面也必须通过批评来促进创作，给作家以经验的指导，给读者以阅读的导向。正如胡愈之所言：“近年新文学运动一日盛似一日，文艺创作也是一日多似一日，但同时要是没有批评文学来做向导，那便像船没有了舵，恐怕行进很困难罢。”[②] 有鉴于此，胡愈之相比罗家伦而言，他第一次全面阐述了文学批评理论，为以后的文学批评建构提供了方向。

① 罗家伦，《批评的研究》，《新潮》1919 年第 3 期，第 601 页。

② 愈之，《文学批评——其意义与方法》，《东方杂志》1921 年第 18 卷第 1 号，第 70 页。

然而新文学批评理论是相对旧文学的批评而言的，由于旧文学根本就缺乏批评理论的建构，因此他从英美文学当中找到了有关文学批评理论的全部内容。

文学批评大多包括两个层面，一是实践层面，一是学理层面。实践层面的文学批评主要指基于文学作品而生发的各种经验总结以及价值评判。学理层面则是对实践层面所做的形而上的思考与总结，即什么是文学批评，它的性质如何，有什么样的目的，具体有哪些种类等问题。后者便是文学批评原理的问题。之所以说胡愈之先生是新文学批评理论建构之第一人，乃在于他是从学理上建构文学批评理论体系的，而非浅层次的批评实践。

1921 年，胡愈之先生在《东方杂志》第 18 卷第 1 号上发表《文学批评——其意义与方法》一文。此文乃新文学史上第一篇全面阐述文学批评原理的文章。在该文当中，胡愈之先生从五个方面进行了阐述，即“什么是文学批评”“文学批评与批评文学”“因袭的批评与近代的批评”“归纳的批评法”“判断的批评法”。将后面三种批评法概括言之，实际上仅包括三个方面，即文学批评的意义、文学批评的特征以及文学批评的种类。然而必须指出的是，正如胡愈之先生在开篇就提到的那样，“文学批评”在西方已然成为一门独立的学科，中国新文学对文学批评的理论建构则取自于西方已经成熟的理论成果。就胡愈之先生所“拿来”的文学批评理论而言，它完全属于英美。自此以后，中国文学批评的理论体系建构，与文学原理一样，很大程度上取自于英美。关于这一点，他所列的参考书便是明证。这些参考书包括莫尔顿的《文学的近代研究》（Moulton's *the Modern Study of Literature*）、哈德生的《文学研究导言》（Hudson's *An Introduction to the Study of Literature*）、亨德的《文学的原则和问题》（Hunt's *Literature, Its Principles and Problems*）等。愈之先生所列三部书，除却哈得逊的《文学研究导言》是英国的，其他两部则是美国的。我们且先来看看从文学批评理论的体系而言，胡先生是如何取材于英美文学理论的。

就文学批评的意义而言，他所依据材料有两处来源。一为英国，二为美国。“批评”的意义，他举了英国的德莱登与阿诺德，美国的则是盖莱与司各特。其中最为重要，对后来中国现代文坛文学批评理论建构影响最深的莫过于盖莱与司各特二人的理论。在该文当中，有关批评的五种意义，即“指摘（fault-finding）”“赞扬（to praise）”“判断（to judge）”“比较（to compare）及分类（to classify）”“评赏（to appreciate）”，便取自于盖莱与司各特合编《文学批评的方法和材料》（*Methods and Material of Literary Criticism*）一书。此书有关批评的意义、目的及其种类等方面的论述几乎成为中国现代文坛文学批评理论的金科玉律，被广为引述，不断传播，影响深远。这一点在后文当中会有进一步的论述。虽然胡愈之先生的“文学批评”定义取自亨德，但从现代文学史角度来看，他的定义远远比不上盖莱与司各特二人的论述。

在此文当中，胡愈之先生还大量地引用美国文学理论家莫尔顿的文学批评理论。就他引用的内容来看，主要集中于莫尔顿有关因袭批评的批判、文学批评的四种类型。在中国现代文坛当中，莫尔顿的文学批评理论对中国现代文学批评的影响仅次于盖莱与司各特。莫尔顿将文学批评分为归纳的批评（Inductive Criticism）、推理的批评（Speculative Criticism）、判断的批评（Judicial Criticism）与自由或主观的批评（Free or Subjective Criticism）四种。除此之外，该文所提及的另外几种分类也是后来批评史当中常常提及的，即科学的批评（Scientific Criticism）、伦理的批评（Moral Criticism）、鉴赏的批评（Appreciative Criticism）、审美的批评（Aesthetic Criticism）、印象的批评（Impressive Criticism）。其中英美的文学批评多归属于鉴赏的批评、印象的批评或近代的批评。譬如鉴赏的批评多以阿诺德、罗斯金为代表，印象的批评则以佩特、王尔德为代表。上述四人在后来的文艺批评史当中也常常将之纳入近代批评，以示与因袭的批评相对。而美国的亨特、莫尔顿之属则被归入科学的批评之列。

然而此文还有一重要的地方应该值得注意。该文的论述虽然多在英美文学批评理论框架之下，但其论述常常指涉中国文学批评。譬如论及"'文学的'批评（literary criticism）和'文学'的批评（criticism of literature）"之别时，他认为："钱玄同的《儒林外史新序》一部分可以算得文学批评，但是蔡元培的《石头记索隐》却只是历史的批评，不是文学的批评，又可见中国古来训诂之学，也只是字句的批评（verbal criticism），不好算文学批评。"[①] 之所以要提及这一点，乃在于后来中国文坛的批评理论体系建构，虽有英美文学批评理论的框架，但时常有意识地将中国的文学批评与之进行对比或引述。

盖莱与司各特二人之书，除了胡愈之在此文当中提到之外，1922 年袁同礼在《新潮》杂志第 3 卷第 2 期再次将此书列入《一九二〇年重要书籍表》。至 1923 年，郑振铎先生所著《关于文学原理的重要书籍介绍》，不仅明确地说到此书目的来源大部分依据于盖莱与司各特二人所合编此书的参考书或引用书，而且还专门介绍了此书。他的介绍是"入手研究文学的人，不可不先读他"[②]。郑振铎此文一方面是论美学的，一方面是论文学的比较研究。内容共分七章，第一章是论文学批评的性质与功用，第二章是论艺术的原理，第三章是论文学的原理，第四章是论诗的

---

① 愈之，《文学批评——其意义与方法》，《东方杂志》1921 年第 18 卷第 1 号，第 72 页。

② 西谛，《关于文学原理的重要书籍介绍》，《小说月报》1923 年第 14 卷第 1 期，第 4 页。

原理，第五章是论之历史的研究，第六章是论诗学之历史的研究，第七章是论韵的原理。这部书的好处在叙述极简明，而所举的参考书极多。郑振铎先生的介绍是有先见之明的，后来事实证明，此书确实为诸多从事文学批评的人所注意、所引用。此外，该书目当中，还有一个批评家也颇值得一提，即英国批评家圣茨伯里（George Saintsbury）所著《文学批评史》。据郑振铎先生的介绍，此书分四册，叙述了从古希腊到19世纪后半叶的欧洲文学批评史，因此“我们要知道文学观念的变迁，与以前的学者对于文学研究的努力到了怎样程度，不能不读文学批评史。桑次堡莱此书叙述希腊以来的欧洲的文学批评的历史，极为详尽，是我们要知道欧洲文学研究的发达程序的一部最好的书”[①]。尽管此书对批评理论的建构不多，但作为材料而言，它的意义却甚为重大，正因为如此，此书在中国现代文坛也经常被提及。

盖莱与司各特之书虽然在中国现代文坛批评界被广泛引述，以至几成经典。然而此书却没见到有任何译本，就是介绍的文章也甚为少见。继郑振铎先生之后，仅有一篇文章专门对此书进行了介绍。

1925年刘真如先生在《鉴赏周刊》第5期发表《介绍〈文艺评衡之方法与数据〉》一文。此文标题虽为介绍，实则以介绍为名表达对当时中国文学批评的些许意见。文学创作与批评固然是两件事，但批评对于创作的功能与关系是谁也不可否认的事实。因此“处现代寂寞无闻的中国文学的花园里，这两者正是极需要的”。然而中国文学批评自古以来，在他看来，“还没有可读的文艺评衡呢。刘彦和的《文心雕龙》是论文格的，钟嵘的《诗品》是讲诗史的”。为着初步学文学的需要，作者向学界介绍了

① 西谛，《关于文学原理的重要书籍介绍》，《小说月报》1923年第14卷第1期，第8页。

这本来自“美国加尔福尼亚大学英文教授格雷（Charles Mills Gayley）和史葛特（Fred Newton Scott）二人合著”的 *Methods and Materials of Literary Criticism*。相对其他书籍，刘真如认为，这书很能避免我们的迷途，并且给我们一个读书的目标。这书是结论的性质，没有什么主张，凡关于文学、艺术、批评上各种的材料和解释，都不偏不倚地以明了简略之文字叙述得异常的明晰，它不像普通的书只无味地引证。读了此书，对于文学、艺术、批评的各类问题，都可以得到正确的意义。再者，此书每章都特别注有参考书，全书五百多页而参考书目录便占去三分之一，但是它并不像其他书只举不谈，此书却能简要地介绍其内容与版本，和“《四库提要》的性质仿佛”①。所以此书非常方便实用。正因为如此，他才没有介绍诸如泰纳、佩特、圣茨伯里的书。因为这些书需要一定的文学理论基础与常识，一般读者很难应付。而此书一方面语言浅显，思路清晰，另一方面则材料丰富，读者可据此作进一步的阅读与研究。就这点而言，刘真如先生的意见与郑振铎先生的意见其实是一样的。

继胡愈之先生 1921 年在《东方杂志》发表《文学批评——其意义与方法》，1924 年胡梦华也在此杂志刊载了《文艺批评概论》一文。借镜西方文学批评视野，胡梦华与罗家伦等人一样，对于文学批评的建构与叙述是在两条线当中进行的，一是否定中国传统文学批评的现代合法性；二是对英美文学批评原理的认同与接纳。

在他看来，文艺批评在我国，“梁世刘勰、钟嵘之徒，品藻诗文，褒贬前哲，其后或以丹黄识别高下，于是评点之学或即谓为文艺批评。然而《文心》《诗品》以后，虽诗话数见，而诗文

① 刘真如，《介绍〈文艺评衡之方法与数据〉》，《鉴赏周刊》1925 年第 5 期，第 1 页。

杂评，亦多散载于私家笔记论著，但求其有系统之批评，著为长篇阔论者，不可多睹。盖文艺批评未成专门学问，宜乎彦和仲伟而远，后起者之无人也”[①]。我国文学自《诗经》开始，从没有一部系统的中国文学史叙述我国伟大的文学传统，究其原由，乃在于没有专门的文艺批评与批评家。有的便是自清末维新以来近似于批评的一些政论议学类的杂文，但绝非真正的文艺批评。

真正的文艺批评是什么？即文艺批评的概念问题。深受阿诺德影响的胡梦华，在对西洋各家的批评观念逐一探讨之后，自然是宗法于阿诺德的批评概念了。至于文章第三部分“文艺批评之意义目的与方法”，虽非取法前述诸人，但其路数仍然是阿诺德式的。“文艺批评志在阐明（define）文学，但此等方法不可与科学一例言。……故文艺批评乃建设文学上之事实、真理与真实。第一应注意其所批评之材料，第二应注意其所用以批评此等材料之方法，而进求其结论。”很明显，此类话语言说来自其精神导师阿诺德。至于其结论则部分地节译阿诺德《现代批评的职能》一文的内容。值得注意的是，胡梦华同时看到了文艺批评的建构对于中国文学的意义所在。在他看来，文艺批评之功能有二。一则帮助创作者，使其创作在批评当中达于完美；二则可以提供给读者一定的原则，从而提高其欣赏力。鉴于当时国内创作界与读者界对批评的无知，以及整理国故方法之谬误，因此“文艺批评界匡助指导之责，所关非轻”[②]。这正是当时引入英美文学批评原理的目的所在。

1927年，对于中国文学批评而言，也许是最为重要的一年。它在三个方面同时收获硕果。一为文艺批评史；二为中国文学批评史；三为文学概论。文艺批评史乃为周全平所著《文艺批评浅

① 胡梦华，《文艺批评概论》，《东方杂志》1924年第21卷第4号，第96页。

② 同上，第99~100页。

说》，《中国文学批评史》则为陈钟凡之大作，而文学概论则为傅东华的《文学常识》①。总体来看，这三类著作对于文学批评原理的建构，无一例外地，都同时受到英美的影响，无论是从框架结构还是论述逻辑，基本上都是在英美文学批评原理的话语规则当中进行建构的。再者，对中西文艺批评的倾向也略有不同。文艺批评类大多以西方文艺批评史为主，很少涉及中国文学批评；而中国文学批评史则在英美文学批评原理的观念之下重新考量组织中国文学批评；文学概论类则取折中态度，以英美文学批评原理作框架，有意识地杂以中国文学批评论述，或力主西说，或以西释中，或中西比附。

先谈完全西化的《文艺批评浅说》。此书作为商务印书馆"百科小丛书第一百三十六种"出版，足见此书是介绍性质的，主要目的在便于读者了解西方文艺批评的发展线索。关于此书的写作，据周全平介绍，乃是依据于日本本间久雄的另一部力作《欧洲近代文艺批评讲话》。正如我们前面所言，本间久雄的理论很大程度来自于英美。此书的文艺批评也是如此。我们下面将其一一指出。

就文学批评原理而言，主要集中于此书第二章"批评概说"。第一节"批评的意义"主要列出了"吹毛求疵"（fault-finding）、"称誉"（to praise）、"判断"（to judge）、"比较"（to compare）与"分类"（to classify）、"欣赏"（to appreciate）②。虽然周全平此书并未注明，但很明显地，这五种规定来自于美国学者盖莱与

---

① "文学概论"这类书在中国当时很早就已产生，譬如1916年便已出版的姚永朴的《文学研究法》，至1926年，有马宗霍、潘梓年、沈天葆等人的《文学概论》，以及1927年田汉出版的《文学概论》，以上各书基本上都是侧重于文学原理的介绍，兼谈各类文体，对文学批评都不置一词。至傅东华的《文学常识》一书，文学批评方纳入"文学概论"当中。因此本节所取文学概论都有"文学批评"专论。

② 周全平，《文艺批评浅说》，商务印书馆，1927年8月，第7～8页。

司各特的定义。至于“批评的目的”则明确说完全取自盖莱与司各特所总结的九个方面。这九个方面便是，（甲）在获得知识及传布知识。（乙）在便于文艺的欣赏，即将所批评的作家以及作品明确地解说。（丙）在分别文艺家的优劣，以节省我们的时间和精力。（丁）在替作家教养民众。（戊）在教导作家如何始能适合于公众。（己）在调和并训练公众的文艺趣味。（庚）在排斥文艺上的偏见。（辛）在替未能亲炙或亲读者介绍某种新思想或新书之梗概。（壬）在纠正作家及公众的谬误。[1] 这里不得不指出的是，盖莱与司各特一书当中的“批评目的”应有十个，而该书则省去了第二条。[2] 至于谈到“批评与创作的关系”，虽未明确提及，但仍然来自其书的总结。批评与创作的关系，在此书当中被归结为五个方面。（一）以为批评是知识的产物，创作乃是天才的产物，所以有许多批评家往往主张批评是次于创作的。这一种见解，未能一定确当。（二）又有一说，以为向来的批评家与作家是不相能的，批评家倾其全力以搜求作家的缺点，但事实上依批评史所见，批评家到底不及作家，所以批评家的位置常是次于作家的。这种见解，也是自古相传，但也与第一种一样的未见确当。（三）以为批评是破坏创作力的。但如英国的豪厄尔兹（Howells）则以为一切批评大都含有创作力，而创作力是绝不受批评力的阻碍的。这两种见解哪一个对，确是一个问题。（四）英国有名的马可梨（Macaulay）所主张的，创作旺盛时代，同时便是批评不发达时代。这见解是确当的么？希腊罗马文化合成时代，果是这样的么？再看英文学、法文学、德文学等历史的事实，果足以证实他的所说么？这也是要充分研究的问题。（五）

① 周全平，《文艺批评浅说》，商务印书馆，1927 年 8 月，第 14～15 页。

② ［美］Gayley and Scott，*An Introduciton to Methods and Materials of Literary Criticism*，Bostan，Ginn&Company，1899，p. 7.

以为批评也是一种创作。抱这样见解的人很不少。甚有更进一步，以为批评是比创作更进步的创作。有名的王尔德（Oscar Wilde），小说家詹姆士（H. James），《比较文学》（*Comparative Literature*）的著者波斯奈（Posnett）教授，都抱这样的见解。[①] 此段文字几乎是照搬盖莱与司各特此书的原文。[②] 至于其他部分充斥的英美各批评家的见解我们在这里不再一一列举。只有一点可以说明，即盖莱与司各特的批评理论对此书的影响确是非常大的。至于其内容则大多包括法国与英国两国批评为最多。其中法国有圣伯夫与泰纳，英国则有阿诺德、罗斯金、佩特、王尔德等。

自此书后，中国现代文坛相继出现了几本类似的文艺批评史著作，诸如傅东华的《文艺批评 ABC》（ABC 丛书社 1928 年 9 月）、黎锦明的《文艺批评概说》（北新书局 1934 年）、梁实秋《文艺批评论》（中华书局 1934 年 3 月）、何家选的《近代文艺批评选》（中华书局 1948 年 9 月）等。这几本书在内容上大同小异，只不过各有侧重而已。例如梁实秋偏重于古典文学批评，何家选在现代文艺方面颇为重视。但就总体内容而言，英美的文学批评所占的比重明显高于其他国家。譬如新中国成立前的最后一本文艺批评史，何家选编的《近代批评文艺选》当中，英国 5 位，美国 7 位，而法国则为 4 位。再者就文学批评原理而言，基本上也都在那几个范围，即批评的意义、目的与方法等。就影响而言，英美批评家的影响也深入其中。譬如黎锦明在其书的序言当中就明确地提到“我所据的书不多，如森次巴立的《批评史》《英国批评史》，格雷与斯各德合编的《文学批评的方法与材料》，

① 周全平，《文艺批评浅说》，商务印书馆，1927 年 8 月，第 15～16 页。

② ［美］Gayley and Scott，*An Introduciton to Methods and Materials of Literary Criticism*，Bostan，Ginn&Company，1899，p. 7—8.

莫尔顿的《文学之近代研究》，麦克杜瓦耳的《写实主义论》，刘毓松编的《近世文学批评》，以及爱逊、安诺德、罗斯金、克罗采等人的论文单行本"[①]。黎先生的谦虚人格与博学知识完全反映在此书单当中。其中我们也应看到，英美文学批评在其写作当中所占的比重是相当大的，而盖莱与司各特此书赫然在列。

自新文化运动以来，中国旧文学包括批评理论多被斥为"选学妖孽""桐城谬种"之类惨遭抛弃。然而后来随着"国故整理运动"的蓬勃开展，很多新文化运动者都看到，面对西方文化与新文化的冲击，中国传统文学需要的是通过新近的外来文学理论，重新整理，重新评估。陈钟凡的《中国文学批评史》就是此运动的一个成果。然而就是此书，尽管其内容为中国文学批评，但受英美文学批评原理影响也颇深。

无论是文学原理，还是批评原理，传统文学都没有此类论述。加之文学、批评之类的术语本身来自欧西，所以有关它们的理论自然必须进口。陈钟凡先生意识到这一问题，由此采用"以远西学说，持较诸夏"的互补法则，对文学批评原理进行补充说明。有关文学批评原理的论述，陈钟凡将此放在第二章"文学批评"。第一个问题便是"批评之意义"。中国自诗文评论产生以来，从刘勰、钟嵘算起，"为书众矣"，它们或探讨文体的起源，或比较作者的高低，然而对于"批评"一词，却从未有过真正的探究。因此陈钟凡从盖莱与司各特那里将他们对"批评"一词所作的五个规定直接拿了过来。[②] 与新文学家一样，在西方文学批评的参照之下，中国传统文学是没有批评原理的。因此他与其他学者一样，论及批评之意义的时候，依然采纳的是盖莱与司各特两人的论述。只不过在他看来，"比较""分类""判断"与"鉴

① 黎锦明，《文艺批评概说·序言》，北新书局，1934 年，第 2 页。
② 陈钟凡，《中国文学批评史》，中华书局，1927 年 2 月，第 6~7 页。

赏”最为重要，而“赞美指正”则无所谓。就其批评类型而言，他则列举出了 12 种批评方法。究其来源，陈钟凡在其参考书目当中，列出了温彻斯特、莫尔顿与哈得逊三人的著作。不仅如此，在评论中国文学批评之时，多参考英美文论而对中国文论有所附和。譬如谈到“卜商诗说”，他说“考此说虽本于《乐记》，而其论诗当重感情，音律，则古今不磨之定则，其分诗为风雅颂三类，尤符归纳的批评之旨焉”①。而《文心雕龙》全篇结构，则是“盖其上卷注重比较分析，下卷言原理原则，视近世归纳的及推理的批评，颇有同符”②。如此可见陈钟凡的中国文学批评仍然受惠于英美文学批评原理。

此后如郭绍虞、罗根泽、方孝岳、朱东润、傅庚生等人的中国文学批评虽在文学批评原理方面无甚兴趣，但英美文学观念的影响却是无论如何都存在的。譬如郭绍虞受莫尔顿“文学进化论”的影响，傅庚生《中国文学批评通论》更是在温彻斯特的四要素说框架之下建构起来的。

“文学概论”一词自日本传入中国以来，很多类似的著作如雨后春笋般出现于中国新文学文坛，颇为引人注目。然而此前这些书籍与其说是文学概论，不如说是文学原理。至傅东华《文学常识》一书出后，后世诸多《文学概论》类的书中将“文学批评”作专章阐述。

傅东华《文学常识》一书与周全平《文艺批评浅说》一样被列入商务印书馆“百科小丛书第一百二十三种”。全书共分六章，其中前四章主要介绍文学原理，第五章专门介绍文学批评。与其他批评家不一样的是，傅东华似乎更青睐于莫尔顿的文学批评观点。整个这一章的内容完全依据莫尔顿的批评理论框架来论述。

---

① 陈钟凡，《中国文学批评史》，中华书局，1927 年 2 月，第 10~11 页。

② 同上，第 40 页。

首先傅东华并不取自盖莱与司各特的批评的意义，而是自己确定一个意义，然而再借用莫尔顿的分类法从四个方面进行论述。在他看来，“批评”似乎只是品评优劣的意思——无非是国文教员在你卷子上批的“通顺”“畅达”等字眼——其实不止如此。近代所谓文学批评的含义甚广，自文人轶事之琐屑以至文学哲学之高深，莫不属之。照此看来，傅东华的批评含义是相当宽泛的。后文论述当中，一方面运用莫尔顿的理论框架结构，另一方面则又在此框架当中对中国文学批评进行了适当的批评。

莫尔顿将批评分为四类，即解释的批评（Inductive Criticism）、思考的批评（Speculative Criticism）、裁判的批评（Judicial Criticism）与主观的批评（Free or Subjective Criticism）。依此四分法，傅东华依次将中国文学批评对号入座。解释的批评有如郑玄的《毛诗笺》、胡适的《红楼梦考证》；思考的批评则有刘勰的《文心雕龙》的一部分（即《原道》《明诗》《神思》《体性》《风骨》《通变》等篇）；裁判的批评则包括了钟嵘的《诗品》、郁蓝生的《曲品》，而陆机的《文赋》、司空图的《诗品》则被归于主观的批评。中间插入了为何需要批评的理论之后，又再次对前面的归类进行详细的论述。

思考的批评，即形而上学的批评，在他看来“在中国本来少见”。唯一能符合此规定的便是刘勰的《文心雕龙》。他所说“心生而言立，言立而文明，自然之道也”，是“晓得文学的本体就是‘道’（真理），就是‘神理’，他的出发点原是不错的”。然而此道如果归纳到“原道心以敷章，研神理而设教”，就会最终落入“必征于圣”“必宗于经”的“文以载道”的“极讨厌的口号”。所以在傅东华看来，“就因为他的学说是未成熟的，而其所以未成熟，则由于它所依据的基础太薄弱，故不等我们现在把文学的境界十分开拓之后，他这种学说便早已站不住了。读者凡遇有关于文学原理的说头，就须细察它是否成熟，不可轻易置信”①。

裁判的批评，本身就站不住脚。新旧文学交相更迭，裁判批评的标准难免不发生变化，往往因文学的学说被推翻也就跟着被推翻。“在中国旧日，这一派的批评家最多，就中大半都是宗经主义者；我们要晓得宗经主义在学说上已经站不住，所以对于这一派的批评家，简直可以置之不理。”②

然而解释的批评毛病最多。傅东华先生将之归纳为三种，即“第一是附会”，“第二就是穿凿”，“第三是迂腐”③。其中最典型的莫过于郑玄笺注《诗经》。

尽管傅东华在莫尔顿四分法当中对中国文学批评的批评不无道理，然而他的方法运用则完全建立在他对莫尔顿四分法的误读之上。譬如其中“解释的批评”，在英文原文当中，本为 Inductive Criticism，胡愈之先生的译法无疑是最为准确的，即“归纳的批评”。然而傅先生却在此误读，以此作为批判中国传统批评当中的“我注六经”诗学传统的理论依据，其背后的动机显然与其新文学的立场不无关系。至于 Free or Subjective Criticism，傅东华先生则专取“主观批评”而抛弃“自由批评”，由此将《文赋》与《诗品》列入其中，用心颇为良苦。

尽管如此，运用英美文学批评原理，傅东华先生对中国文学批评的批评还是非常有价值的，相比陈钟凡等人的中国文学批评史一味地堆积材料而不知转化确是一种进步。此种思路进一步贯穿于他 1928 年所写的《文艺批评 ABC》一书当中。譬如在谈及批评概念之时，将中国传统的“诗文评”概念与圣次伯里并列。

① 傅东华，《文学常识》，商务印书馆，1927 年 7 月，第 44～45 页。

② 同上，第 45 页。

③ 傅东华，《文艺批评 ABC》，ABC 丛书社，1928 年 9 月，第 46～47 页。

> 我们从前的所谓诗文评，所包括的范围本很广泛，如《四库全书总目提要》标出诗文评类的书籍凡五例：（一）究文体之源流而评其工拙；（二）第作者之甲乙而溯厥师承；（三）讲陈法律；（四）旁采故实；及（五）体兼议部。近批评家如英国的森次巴立（Saintsbury）也把批评的意义看得甚泛，所以他说：
>
> “批评就是文学的趣味之合理的发挥：是要寻出文学何以能与人以快感——即何以好——的道理；就是诗和散文，风格和声律等等的品性之发现、分类和寻源；就是文学上的工具的研究；而亦不忽略对于文学的作风的观察。”①

在总结的基础上不仅列出了与陈钟凡一样的十来种批评方法，而且进一步将中国文学批评与西洋文学批评并置在一起，充分突显出中国文学批评自身地位与意义。后文再次根据蒲克女士（Miss Buck）在《社会的文学批评论》当中所确立起来的三段论式的批评程序，即“批评的阅读”“批评的推理”与“批评的判断”，得出了傅东华自己的批评原则，即“不专断而尚自由的趣味批评”。“批评文艺只有主观的标准没有客观的标准。因为趣味完全是良心的，而唯良心的批评才是真实的，否则都是虚伪的。但批评家虽不能强迫读者的趣味，却能引起或改造读者的趣味。”② 正是在这一原则之下，傅东华认识到中西文论之间的差异与其自身的合理性。当爱迪生说文艺的原料是“有形的实物的观念”时，而我们的古籍里也早已有“诗言志”一句简括的定义了。又凡文艺的美恒在于它的直接诉于想象，故严羽之说“妙悟”，王士祯之谈“神韵”，也都成为原则了。③

---

① 傅东华，《文艺批评 ABC》，ABC 丛书社，1928 年 9 月，第 14 页。

② 同上，第 93 页。

③ 同上，第 92 页。

傅东华这种独特的批评原则，对于摆脱西方中心主义的圈子，摆脱以西释中、西体中用的批评原则无疑是一种很大的进步。

其实自傅东华之后，很多文学概论当中论述文学批评原理之时大多都有一种中国文学批评的主体意识，能够在描述西方文学批评的同时，对中国文学批评作一番评价。至于这种评价的方式，诸如以西释中、中西比附等，是有一定的合理性的，至少相对新文学运动初期一味地否定中国传统文学自身的价值是一种进步。然而也应看到，在援引英美文学批评重新构建中国文学批评当中，也不应失去自身的文化身份。

尽管有傅东华等人的努力，但是当时援引英美文学批评原理建构中国文学批评的模式却沿袭了下来，诸多文学概论或单独论述文学批评的文章，都不外乎就批评的定义、目的与种类涉及盖莱与司各特的规定及莫尔顿的分类等英美文学批评家的论述。我们试举几例加以说明。

譬如李幼泉、洪北平所编《文学概论》一书第十一章“文学批评”，论及“批评的含义”，举了“批评”二字在《说文》与《广雅》上的含义外，则述及盖莱与司各特两人的五个规定。至于“批评的目的”，则又抬出了他们两人九个方面的论述。“批评与创作”则明确地言及“盖莱及斯各脱”两人的五个方面的说明[①]。随后又从主观的批评与客观的批评等方面分类进行论述。

又如夏炎德的《文艺通论》第七章“文艺批评”本着“中西的文艺理论，能融会而贯通”[②] 的原则，在举了盖莱、司各特两人有关批评的五种含义、九种目的，结合中国的“诗文评”之后，夏炎德综合出一个自己的定义，即“在示人以判断文艺作品

① 李幼泉、洪北平，《文学概论》，民智书局，1930 年 5 月，第 178～186 页。

② 夏炎德，《文艺通论·例言》，开明书店，1933 年 4 月，第 1 页。

方法，和在文艺范围里行使的判断，或判断的记录”[①]。建立起原理之后，像傅东华一样，夏炎德也在其此章第二部分与第四部分将中国文学批评与西方文艺批评并置，以达其中西文艺理论之间的“融会而贯通”。

此外还有戴叔清编《文学方法总论》（文艺书局 1931 年 8 月）、张陈卿著《钟嵘〈诗品〉之研究》（文化学社 1932 年 8 月）、陈北欧著《新文学概论》（立达书局 1932 年 9 月）、隋育楠著《文学通论》（元新书局 1934 年 11 月）、渔郎著《新文学总论六编》（实业印书馆 1943 年 5 月 1 日）等，基本上都沿袭着相似的模式与框架。

综上，以盖莱、司各特二人为中心的英美文学批评原理在建构中国文学批评理论体系过程当中确实影响很大。但是也应注意到的是，在援引英美文学批评原理的同时，也萌生出一种中国文学批评的主体意识，从而在以西释中、中西比附当中找寻出一种中西文论之间融通的途径。然而令人遗憾的是，中国现代文坛建立在英美文学批评借鉴之上的中西文论之间的融通还仅为一种简单的比附而已，文学批评理论的建构模式显得过于单一，而很少注意到彼此之间的差异与独特性。中国文学批评的现代与传统之间的关系如何处理，中西文论之间如何阐发等问题至今还有待探索。

① 夏炎德，《文艺通论·例言》，开明书店，1933 年 4 月，第 137 页。

第三章　英美近世文学批评在现代中国

自浪漫主义文学之后，英国文学进入现实主义文学创作的高峰时期，涌现出一大批卓越的现实主义小说家，诸如狄更斯、萨克雷、勃朗特三姐妹等。然而创作的兴盛并没有带来理论的回报。反倒是进入 19 世纪后半叶以后，随着马修・阿诺德的（Matthew Arnold）批评理论的建构，英国文学在理论方面方可与当时德法文学理论相提并论。自阿诺德以后，英国维多利亚时代出现了几大举世知名的文艺批评家，如罗斯金、佩忒、王尔德、西蒙士等人。

中国新文学的发展史，一直伴随着新旧之争、新文学各流派之争。各家相争，各执一词，取一家之言，相互指责，论战之中难免批评相加。然而什么是批评？批评与指责、评判有何关联？批评对于文学有何意义？如此一系列的问题，必然求助于批评理论的指导。然正如前文所说，中国传统文学的顿悟式、点评式评判文学的方法已随旧文学一道被扫进了历史的垃圾堆。剩下的工作便只能从国外引进了。如此一来，伴随着英国浪漫主义一道而来的，便有了英国近世文学批评在中国的传播。本章要讨论的英国近世文学批评主要包括在中国影响广泛、普遍接受的批评家，他们便是阿诺德、罗斯金、佩特与王尔德。

除此之外，卡莱尔、西蒙士[①]的名字在中国虽比不上上述四位响亮，但也确有一定的影响。

第一节 马修·阿诺德："诗是人生的批评"与现代中国

马修·阿诺德（Matthew Arnold，1822—1888）出生在英国泰晤士河谷的一个叫拉勒姆的村庄。他的父亲托马斯·阿诺德是著名的拉格比公学（Rugby）的校长。作为"广教会"的领袖人物和一个开明的基督徒，他认为人文教育与现代生活紧密联系，并常常在他的学生心中灌输一种社会责任感和道德意识。作为校长的长子，马修·阿诺德在这里接受了教育，在青年时代便开始了对社会问题和道德宗教问题的关注。

从拉格比公学毕业之后，阿诺德进入了牛津大学的贝利奥学院（Balliol College）学习。大学毕业后，阿诺德被选为牛津大学奥里尔学院（Oriel College）的研究员。1847 年，他离开牛津，成为兰斯顿爵士（Lord Lansdowne）的私人秘书。1851 年，他被聘为英国政府的教育巡查员，并在此后的 35 年中连续在这个职位上任职。作为教育巡查员，阿诺德得以在英国和欧洲大陆广泛游历，了解到英国社会的各个方面，并将欧洲大陆与英国的情况相比较，对英国社会和文化进行深入的思考。

作为诗人，阿诺德共有大约 20 年的创作生涯，共出版了 5 部诗歌集：《迷途的狂欢者》（*The Strayed Reveuer*，1848）、《恩派多克勒斯》（*Empedocles on Etna*，1852）、《诗歌》（*Poems*，1853）、《诗歌二集》（*Poems*，*Second Series*，1855）

① 有关这两人的文学理论在现代中国的传播与接受，虽然本书并没有专章讨论，但其对现代中国文学的影响也甚为远大。

和《新诗》(*New Poems*, 1867)。1860年后，阿诺德放下了诗歌创作的笔，全力投身批评活动。他陆续出版了《批评论文一集》(*Essays in Criticism*, *First Series*, 1865)、《文化与无政府状态》(*Culture and Anarchy*, 1869)、《友谊的花环》(*Friendship's Garland*, 1871)、《文学与教条》(*Literature and Dogma*, 1873)和《批评论文集》(*Essays Criticism*, *Second Series*, 1888)。阿诺德的批评著作涵盖文学批评、社会批评和宗教批评。他的论文深刻睿智，博古通今，往往能够切中要害，被视为维多利亚时代的最为重要的批评家。

1857年，他被选为“牛津大学诗歌教授”，虽然这只是一个名誉职位，但却代表了很高的荣誉。他在牛津大学的系列讲座后来被出版为《论〈荷马史诗〉的翻译》(*On Translating Homer*, 1861)和《论凯尔特文学研究》(*On the Study of Celtic Literature*, 1867)。随着阿诺德的名声与日俱增，他应邀于1883年和1886年两次赴美国作巡回演讲。他的美国之行不仅仅是效仿狄更斯和萨克雷等英国作家的美国巡回，而且也是借此机会探访他远嫁美国的女儿。1888年，他突然病逝于英国利物浦。

阿诺德的名字最先在中国出现，当为周氏兄弟的介绍。先是鲁迅以“令飞”为笔名的《摩罗诗力说》(《河南》，1908年第2期)一文。在谈到纯文学的时候，鲁迅认为“由纯文学上言之，则以一切美术之本质，皆在使观听之人，为之兴感怡悦”，在引用英国作家道覃(E. Dowden)的论述以后，总结道：“盖世界大文，无不能启人生之秘机，而直语其事实法则，为科学所不能言者。所谓秘机，即人生之诚理是也。……昔爱诺尔特(M. Arnold)氏以诗为人生评骘，亦正此意。”[1]

① 令飞，《摩罗诗力说》，《河南》1908年第2期，第80~81页。

不难看出，鲁迅站在摩罗诗人的立场，以“立意在反抗，旨归在动作”为原则，对阿诺德的“诗是人生的批评”（Poetry is criticism of life）观点颇为赞同。自此以后，阿诺德的这句话几已成为现代中国文坛各方力量都认同的一句名言警句，不断地被引述、被论证。

随后其弟周作人在该杂志第 4 期发表《论文章之意义暨其使命因及中国近时论文之失》（《河南》，1908 年第 4 期）一文，认为欧西新兴国家，无不以文艺立国，文艺兴国，其中以俄国为最有成效，并引用阿诺德的话为证。“英人爱诺尔德（M. Arnold）曰：俄之文章，后其并天下欤？哲士固言之矣。”同时从文章具体构成状态而言，又说，“爱诺尔德云须有兴趣是也”。言及文学定义，再次举了阿诺德的定义，并作了批判。“而爱诺尔德（Arnold）所言，义又至广。其言曰：‘文章，一大字也。凡自手书槁木以迄载册，如宥克列（Euclid）、奈端（Newton）之作皆是。’”①

面对国家内忧外患，备受外族入侵，风雨飘摇之际，有人以为其出路在西方之科学，而周氏二人特弃科学而从文艺，认为文学有唤醒国民之精神、奋起反抗之行为的功能。正是在此背景当中，二人不约而同且别具眼光地选择了阿诺德的文学观。相比鲁迅而言，似乎周作人对阿诺德的关注重心在于其论文学原理，而鲁迅则侧重文学于社会人生之功用。周氏二兄弟之文学价值取向于此可见一斑。由此也似乎预示了二人在后来文学发展路数上略有不同。鲁迅在创作之余，颇为注意文学对社会人生的批评，如其小说杂文便是一例；而周作人则较为关注文学理论本身建设，多注意文学之“兴趣”，其小品文散文便是“兴趣”之佳作。

① 周作人，《论文章之意义暨其使命因及中国近时论文之失》，《河南》1908 年第 4 期，第 104、112 页。

阿诺德的名字在中国颇为流行是在新文学运动蓬勃兴盛之后。先是谢无量于1918年在其《中国大文学史》中第一章“文学之定义”中专辟一节“外国学者论文学之定义”。[①] 在这一节中，他首先追溯了自古希腊罗马以来“文学”一词的演变，随后引举了多个文学家的文学定义。他们大致是“白鲁克”“亚罗德”“德昆西”“庞科士”的定义。“亚罗德”便是阿诺德。对阿诺德的界说，谢无量亦与周作人一样，嫌其过宽，故未采纳。

1919年，针对旧派文人对新文学的攻击，罗家伦推出了他《什么是文学？文学界说》一文。其中罗列出15家欧美文学家论文学之言，而阿诺德不可避免地罗列其中。对于文学的界说，罗家伦所持观点虽与周作人如出一辙，但论述更为具体。“安乐（Matthew Arnold）说：‘文学是个很大的名词。一切写出来印出来的文字，一律在内的，如游克理的《几何原本》（Euclid's *Elements*）同牛顿的《学理之原》（Newton's *Principia*）都是文学。’”在这十三人当中，阿诺德是很有名气的，他的《文学与科学》一文便是为了与赫胥黎争论而作，由此将“文学界说定得极宽，同科学去争领土，与章太炎犯了一样的毛病”[②]。因此阿诺德“批评文学，而不能把那种文学所以当兴当革的地方说出来，是不足取信于人的”[③]。

尽管“科学”也是新文学运动中颇为尊贵的两位先生之一（其中一位便是“德先生”），但在新文学家看来，二者却是界限分明，井水不犯河水。再者在新文学家推翻旧文学，建设新文学，确定文学界说，提出纯文学与杂文学之分别的普遍背景下，不仅对于像章太炎那样将文学放宽到“竹帛之文”极为痛恨，而

① 谢无量，《中国大文学史》，中华书局，1918年10月。

② 罗家伦，《什么是文学？文学界说》，《新潮》1919年第1卷第2期，第187～190页。

③ 罗家伦，《批评的研究》，《新潮》1919年第3期，第601～603页。

且对于阿诺德那样无限制的文学界说同样极为反感，同时对二者给予了强烈的批判。

然而非常奇怪的是，在以后诸家的论文或著作之中，却一直沿用周作人以来的模式，研究文学的界说[①]，阿诺德的界说必位列其中，虽都用作批判的标靶，但都不会弃置不顾。此番矛盾心理，仔细探究，应该非常有趣。

同是在新文化运动开局之年，阿诺德在中国的介绍也全面展开。第一个全面介绍阿诺德的是康德馨。他在《安诺德之传略及其学说》一文分四个方面介绍了阿诺德，即“安诺德之略传”“安氏之文章与社会之关系”“安氏之诗体与希腊之学派”“安氏之自然观”。阿诺德在现代中国的全面介绍当推此文。不仅如此，康德馨对阿诺德崇敬之情溢于言表。“于英格兰十九世纪之历史中，而欲求一学说超特，议论精当，著作宏富之巨子，其惟安诺德乎！”在古典主义式微之际，唯独阿诺德“独树一帜”，更续往来，其功“有如伏生授《书》”，蜚声欧美，“至今欧美学子，读其书，宗其学，而乐道之不倦焉”[②]。

虽然此文并未正面介绍阿诺德的文学批评，但对其批评的背景，即阿诺德对社会现实的关注与对古典文化的汲取，却已有了铺垫，为以后了解阿诺德的批评开启了一扇窗。同时非常难能可贵的是，作者还将阿诺德的自然观与中国文化的自然观进行了对比。作者以康德之“真我”与“现象之我”、佛教之“真如”与“无明”来说明阿诺德之人生观。阿诺德不同于中国“许由”那样的避世厌世之人，以入世行“先以克己，后以正人”之人生观，从而达至“人找兼善、其美两全”的处世之道。可见阿诺德

① 在后来无论是单篇论文，还是论著如文学史、文学概论之类的书在确定文学界说的时候几乎都是如此。

② 康德馨，《安诺德之传略及其学说》，《清华学报》1919 年第 4 卷第 4 期，第 59～66 页。

之为人、品格完全契合于中国传统文化。

1920 年，有关阿诺德的文字出现在诸如章锡琛译本间久雄的《新文学概论》[①]、刘伯明的《文学之要素》[②]、田汉的《诗人与劳动问题》[③] 等文中。

继鲁迅引出阿诺德之“诗为人生评骘”之后，罗家伦对他的批评理论进行了批判，至 1921 年胡愈之先生则给予了阿诺德的批评理论以正当的地位。“近代大批评家阿诺德（Mathew Arnold）说，‘批评’便是‘把世间所知所思最好的东西去学习或传布的一种无偏私的企图’（A disinterested endeavor to learn and propagate the best that is known and thought in the world），这一个界说，要算最精密确切了。”[④]“无偏私”的批评意图，并不是像当时新旧文学之争那样带着很大的意气，而是一种学习与宣传，是一种赞扬与赞赏，是一种积极的“指摘或批判”。这便是胡愈之推崇阿诺德之处，也是当时中国文坛最需要的批评精神。

文学上所谓“批评”，其实也是文学的一种。只不过文学是批评人生的，批评乃是批评文学的，所以一个是直接地批评人生，一个是间接地批评人生。批评家把作品中的作者个性表现出来，也和文学创作家把小说或戏剧中人物的个性表现出来一样。一本有价值的文学著作，和一件有价值的人生事业，都可以当作文学的题材。艺术的过程，也和人生的活动一般，是繁复而且多方面的；所以真的文学批评，亦是一种文学创作。“譬如阿诺德

① ［日］本间久雄，《新文学概论》，瑟庐译，《新中国》1920 年第 2 卷第 3、8 期。

② 刘伯明，《文学之要素》，《学艺》1920 年第 2 卷第 2 期。

③ 田汉，《诗人与劳动问题》，《少年中国》1920 年第 1 卷第 8 期。

④ 愈之，《文学批评——其意义与方法》，《东方杂志》1921 年第 18 卷第 1 号，第 71 页。

的《批评论文》(Essays in Criticism) 在一方面，目的是批评华治华斯 (Wordsworth)、摆伦 (Byron) 等人的著作的，我们读了阿诺德的论文，对于华治华斯他们的作品，可以得到许多了解。但在一方面，不管他批评什么，这几篇论文的本身，却一样具有文学的价值。”[①] 就其原因来看，因为这几篇论文里熔铸着阿诺德作为批评家的个性、思想、方法与目的。就算我们对于阿诺德的批评不能满意，或者他的批评于我们没什么用处，他的论文，还是很有价值的。阿诺德是这样，别的批评家，也是这样。因此文学批评，起初仅作为研究文学的一种工具，但后来却不只限于做工具，而变成文学的一种形式了。

胡愈之先生的这篇文章可谓自新文学运动以来论述批评最为系统的一篇文章，不仅明确了文学批评与创作具有同等重要的地位，而且还阐明西方批评之所以发达的原因。尔后批评在中国新文学文坛当中也与西方一样日趋发达。然而我们不可否认的是，胡先生对批评的重视完全基于阿诺德之批评理论。随后基于文学批评的五种分类，即科学的批评、伦理的批评、鉴赏的批评、审美的批评、印象的批评，将阿诺德归为“鉴赏的批评”一派，认为“英国的阿诺特和露斯金 (Ruskin) 是著名鉴赏批评家”[②]。

继胡愈之此文发表之后的 1922 年适逢阿诺德百年华诞。这一年不仅世界范围内都在纪念阿诺德，在中国同样也掀起了一场纪念阿诺德的高潮，阿诺德的思想在现代中国的传播也进入最为兴盛的一个时期，有关他的文章涉及阿诺德的各个方面。

这一年中国文坛纪念阿诺德的刊物首推《东方杂志》。前一年该刊物便已发表胡愈之先生专论文学批评的一篇文章。进入这

① 愈之，《文学批评——其意义与方法》，《东方杂志》1921 年第 18 卷第 1 号，第 73 页。

② 同上，第 76 页。

一年，隶属商务印书馆的《东方杂志》专辟“安诺德百年纪念”专号，在本年19卷第23期上同时刊发了5篇有关阿诺德的介绍文章，这五篇文章分别是吕天鹏的《安诺德之政治思想与社会思想》、顾颐香的《安诺德的诗歌研究》、胡梦华的《安诺德评传——为安诺德（Matthew Arnold）百年生日纪念作》与《安诺德和他的时代之关系》、华林一的《安诺德文学批评原理》。除却顾颐香的《安诺德的诗歌研究》，另算上胡愈之的《文学批评——其意义与方法》总共五篇再次收入《文学批评与批评家》一书，于1924年由商务印书馆出版。这五篇文章构成一个整体，涉及阿诺德的生平经历、教育思想、政治思想、社会思想、文学创作与文学批评。

要了解阿诺德的文学批评理论，必先知道其批评理论；要理解其批评理论又必须知道其社会思想与政治思想。因此这五篇文章共同构成了阿诺德批评理论的整体。据前四篇文章的介绍，阿诺德批评理论的产生首先基于他对英国社会的不满。英国维多利亚时代，贵族与平民、科学与文化、激进与保守、写实与浪漫，政治与社会等，各方力量相互扭结，相互攻击，势不两立，水火不容。年少的阿诺德带着浪漫的追求在科学与进步潮流之中曾有失落，然而人生的使命与保全文化的抱负使他最终选择以批评来建构思想，以批评健全社会，以批评促进文化，以批评实施教化。正是在维多利亚那错综复杂、相互冲突的时代环境之中，阿诺德形成了他自己独特的批评理念，即中庸原则，既取旧思想之有价值部分，也融新思想之合理成分。正是中庸原则指导下形成了他独具特色的批评思想与文化思想、政治思想与教育思想。

以上诸方面乃是前几篇文章的介绍。最后一篇华林一的《安诺德文学批评原理》可谓阿诺德文学批评原理在中国第一次详细而系统的介绍。

当无数作家对批评表示质疑之时，独有阿诺德看到了批评对于社会、政治与文学的独特功用。因此在阿诺德看来，“批评家的事业，是要知道世界上最精美的思想，最精美的知识，还要把这最精美的思想知识，造成一种真正新鲜意思的空气。他用他相当的能力，真心诚意的做去。这就是他真正的事业了”。批评就是“没利益观念，只努力去研究世界上最精美的知识与思想，然后再把这最精美的思想传播到人人的脑袋里”[①]。超越功利，努力地传播世界最精美之知识与思想，既表明了批评的独立性，也表达了阿诺德的世界性眼光。因此他的文学批评文字多是关注于世界文学。在他看来，一国文学难免有所短，如果我们把全世界文明的国家当作一个集体，一个知识面，一种精神体，那么相互之间便没有那么多纷争与误解。这便是阿诺德的社会理想。[②]

在当时世界三大批评方法（即裁判、印象与历史）之中，华林一想要给阿诺德归位，但最终发现无法将其纳入单纯的某种方法，只好认为“他是三种方法并用的。不过对于第一种，比第二种第三种似乎更多用些”[③]。因为毕竟阿诺德身上带有更多的古典主义。行文之间，华林一对阿诺德文学批评赞赏之情溢于言表，尤其对他的那种客观超然的批评方法非常推崇。因为此时新文学文坛的批评局面，颇类似于维多利亚时代，各派之间相互指责，固守一派之立场，各执己见，毫无客观性与标准可言。“这些评论家，长于傅会，善于合凑”，譬如那些抱国粹主义的学者，以为无论哪方面，中国总比外国好；而反对国粹主义的人，则谓凡是中国的，都以为不足取，凡是外国的，总比中国的好。这种批评家，因为有了成见，他们的批评既不客观也不自由。[④] 此番

① 华林一，《安诺德文学批评原理》，《东方杂志》1922 年第 19 卷第 23 期，第 74～75 页。

② 同上，第 76 页。

③ 同上，第 77 页。

④ 同上。

论述，充分地表明了华林一对阿诺德中庸思想的认同。

阿诺德的中庸立场在当时也颇得当年创刊的“学衡派”的欣赏，由此形成当年阿诺德思想在中国传播的另一支有生力量。先是当年《学衡》杂志上一系列的文章，大量充斥着阿诺德的只言片语，诸如缪凤林的《文德篇》(《学衡》1922 年第 3 期)、胡先骕的《论批评家之责任》(《学衡》1922 年第 3 期)、梅光迪的《现今西洋人文主义》(《学衡》1922 年第 8 期)、吴宓的《诗学总论》(《学衡》1922 年第 9 期)、缪凤林的《文义篇》(《学衡》1922 年第 11 期) 等文。到第 12 期，还专门登载了阿诺德之画像。

“学衡派”真正专门撰文论述阿诺德的乃是梅光迪。他于第二年，即 1923 年在《学衡》杂志发表《安诺德之文化论》一文，从文化上阐述了阿诺德的文学批评。“安氏所谓科学政治之类，非欲使此等学问，萃于一身，成为专门名家，不过知其大要与其精神所在而已。彼所后果者，特在文学。”[①] 而科学为工具的智慧，与为人之道无关。文学则使人性得以熏陶，促其为人之事，因此阿诺德非常重视文学，深信人世间最好最上品的思想必须要在文学当中去求。从文化上而言，文学乃至整个批评都不过是达到文化上之完美的一种工具而已，其最终目的则在传播世间最美之思想知识。梅光迪之论确实公允得当。

同一期之中，吴宓发表题为“英诗浅译（续十二期）”一文，专论“安诺德之诗”。吴宓认为：“安诺德之诗才，常为文名所掩。世皆知安氏为十九世纪批评大家，而不知其诗亦精美，且所关至重，有历史及哲理上之价值。盖以其能代表十九世纪之精神及其时重要之思潮故也。”阿诺德之作诗皆因厌恶当世沉溺于物质与权力，思想混乱，宗教失落，道德滑坡，人性萎靡，无所归

① 梅光迪，《安诺德之文化论》，《学术》1922 年第 14 期。

依，故“抑郁悲愤，莫能自遣”[①]。如此背景与吴宓所处之世甚为相似，且更有甚焉。然而阿诺德之诗歌适逢乱世而不为浪漫所羁，喜好古典而不为所绊，因此“安诺德之诗之佳处，即在其能兼取古学浪漫二派之长，以奇美真挚之感情思想，纳于完整精练之格律”[②]。吴宓论阿诺德之诗极中和平正，既不似浪漫派那样滥情，亦不似古典派那样崇理，二者之间是其所长。此派风格其实就是前面所谓阿诺德批评之中庸特质。

阿诺德对吴宓之影响深远，后来何方渊对此有专门的描述。阮玲玉死后，吴宓做了一首哀悼诗登在《大公报》上，中有句云：“志洁身甘一掷碎，情真艺高万人狂。我是东方安诺德，落花自怜吊秋娘。”由此看出他所顶佩服的批评家，是英国 19 世纪的阿诺德。因为他是一个提倡古典主义，提出“甜蜜与光明”，向庸俗的商人社会挑战的巨人。“所以吴雨僧先生除了‘每一寸都是君子’之外，还以他的硬劲，他的不怕打败仗，他的传授学问一如传播宗教，而成为我们这个玩世的时代的白璧德和安诺德。”[③]

其实何止是吴宓与《学衡》诸人深受洗礼，尔后中国文坛还有更多的人都以阿诺德为师。更别提阿诺德的有关诗与批评的格言，简直成了当时各派文人的金科玉律，只不过依自身的立场各取所需罢了。

自称阿诺德私淑弟子的胡梦华于 1924 年针对当时批评界之混乱，发表了《文艺批评概论》一文。后此文于 1928 年收入他所编《表现的鉴赏》一书。在该文当中以为，观于今日国内创作界之幼稚群众欣赏力之薄弱，与整理国故文学者方法之谬误，可

① 吴宓，《英诗浅译》，《学衡》1923 年第 14 期，第 1 页。

② 同上，第 8 页。

③ 何方渊，《记吴宓》，《太平洋周报》1943 年第 83 期，第 1808～1809 页。

见文艺批评界匡助指导之责，所关非轻。“余固私淑于安诺德者，请引其言以终吾篇，兼以自励。”[①] 此文不仅节译了《现代批评的职能》部分内容，而且援引阿诺德的批评理论为新文学建设与整理国故运动提供一种方法的支持，对于当时文坛实在非常有益。后来还不断地有人提倡。

1927 年周全平所编《文艺批评浅说》专辟一节论述阿诺德的文学批评。他说，“亚诺尔特”（即阿诺德）和著名的美术批评家“纳斯钦”（即罗斯金）同时并称，而从批评史上论，当然比纳斯钦要高得多。他的批评直接出于圣柏甫而更透彻，更从容，并且说明批评的意义和职能，论述当时的文学及文明，而成为近代的大批评家。因此只要一提他那句“诗是人生的批评”的名言，“便可想到他的为人了”[②]。此书用专节论述阿诺德的文学批评，足可见其地位之重要，实在是每一位文艺批评史编者都不可绕开的话题。同样傅东华的《文艺批评 ABC》也承认了阿诺德对于批评的首创之功。“我们直到亚诺尔特（Matthew Arnold，1822—1883）的著作里，才得看见真正的现代批评的态度。”[③] 在其引文当中不难看出傅氏作为文学研究会“为人生而艺术”的立场。

前面所述诸家对阿诺德之思想，除罗家伦对他的批评思想加以指责外，几乎都是一边倒地对阿诺德的批评大加赞赏。然至朱光潜的文章一出，阿诺德的批评学说在现代中国才基本上有了一个全面而客观的评价。

在朱光潜看来，阿诺德是英国安稳而沉滞社会当中的一个“突变”特例。生于维多利亚后时代的他，当家家都在歌颂太平，

---

① 胡梦华，《文艺批评概论》，《东方杂志》1924 年第 21 卷第 4 号，第 100～101 页。

② 周全平，《文艺批评浅说》，商务印书馆，1927 年 8 月，第 28 页。

③ 傅东华，《文艺批评 ABC》，ABC 丛书社，1928 年 9 月，第 57 页。

以为英国文化好到无以复加之时，他却一个人喊着说："你们都是一般菲利赛人（Philistines）哟！只有自由思想才可以引导你向光明处走，快从迷梦中醒觉罢！"在批评方面，他祖述圣博甫，但是他又景仰歌德和海涅，所以他的批评范围甚广，不仅限于文学，凡是有关于人类文化的他都加以讨论。因此他对于我们，较之其他欧洲批评学者更加重要。"中国现在也太'菲利赛'化了，他的言论大可以做我们的暮鼓晨钟咧。"①

因阿诺德长期求学、工作于牛津大学，受牛津影响极深，爱戴牛津极切。表现于批评方面，"其长处在有正当训练，眼界广而思想平正，其短处在过信名宿（Authority），处置新奇作品过于苛刻。安诺德就兼有这个优点与缺点"。尽管有着渊博的知识与长期的训练，但却"一方面固然使他能见出英国的偏狭，而另一方面使他养成许多成见。他私淑圣博甫，而圣博甫的灵活与宽大，他却始终没有学到"②。

朱光潜此文对阿诺德的论述一方面抓住了阿诺德批评产生的背景，联系当时中国现实，认为其批评思想对于中国极为有用；另一方面在与法国批评家圣伯甫的对比当中看到了他的优点与不足。后文再详细论述其批评思想，尤其是"试金石"理论的批评便是一例。

朱光潜以后，三四十年代阿诺德在中国的传播与接受大致有三个方向：第一为零星的论文翻译；第二则继续发挥阿诺德的文学批评对于当时中国文学批评的引导作用；第三则继朱光潜之脚踵，对阿诺德的不足进行再批评。

我们依时间顺序先谈阿诺德的批评文章在中国的翻译。尽管

① 朱孟实，《欧洲近代三大批评学者（二）——安诺德》，《东方杂志》1927 年第 24 卷第 14 号，第 61～62 页。

② 同上。

阿诺德的名字自1908年以来便响彻中国大地，然而他却是一个"不在场的在场者"。我们从他的理论在中国的实际传播与接受就可以看出。尽管阿诺德的有关诗与批评的论断几已成为当时中国学界的金科玉律，时时征引，处处转述，但有关他著述的翻译却很少。据笔者现在所发现的资料而言，仅有六篇，而且多为短篇文章，而于著作除了列在有关他介绍性文章背后，似乎便没有专门的翻译，而笃信阿诺德之信徒好像对阿诺德批评文章的翻译并不感兴趣，只一味地介绍与转述，其中缘由，颇让人玩味不透。

上述六篇文章便是杨晦译的《弥尔顿》(《沉钟》1932年13卷复刊号)、承德译的《文学与科学》(《暨南季刊》1933年创刊号)、葆华译的《诗的研究》(《文学季刊》1935年第2卷第1—2合期)、于贝木节译的《海涅论》(《绿洲》1936年第1卷第3期)、契尼译的《拜伦论》(《光化》1945年第1卷第4期)、顾昂若所译《文艺创作(中英文对照)》(《名著选译月刊》1948年第34期)。

从这六篇文章的内容来看，除了承德译的《文学与科学》与曹葆华译的《诗的研究》比较重要之外，其余皆是一些不知名的文章，而关于他的批评类的文章不见其译文或译本。就刊载的杂志来看，除了《沉钟》与《文学季刊》稍有影响之外，其余大多没有多少知名度，在当时很难产生影响。就翻译主体而言，除了曹葆华颇有文名之外，其他诸位便很少见其影响。因此我们说阿诺德的批评在中国的影响就翻译而言是基本上"不在场的"或"缺席的"，阿诺德的翻译文章似乎只是当时在中国占据主导的英美文学理论如左翼批评与新批评的一个修饰符而已。例如曹葆华的翻译便是一例。曹葆华在20世纪30年代翻译了大量的英美新批评家如瑞恰兹与艾略特的理论文章，尤其是艾略特的有些文章直接涉及对阿诺德批评理论的再批评。因此作为一种装饰或注脚，阿诺德的《诗的研究》便作为了解艾略特理论的背景而被翻译了出来。尽管如此，在此时期阿诺德的理论影响力在当时中国文坛仍然是“在场”的，而且还继续发挥着被引入中国以来的理论引导作用。

第二个方面便是继续发挥阿诺德的文学批评理论在中国现代文学的引导作用。这方面的文章我们首先举钱歌川的经典论述。

鉴于当时大多数人对于批评的误解，很少有人知道真正的批评是什么。因为一般拿着批评之笔的人，都缺乏那种虚心的态度，而只一味吹毛求疵，任意谩骂，作者失去鼓励，自难深造；而读者受着迷惑，只见作品的坏处，而看不到作品的好处。“批评同派者的文章时，不瞎捧一阵；至于遇到外人的作品，便一开头就骂，而且骂得极不近人情。”最后钱歌川便引出阿诺德《现代批评的职能》数语，说明在中国需要一种客观的无功利的批评理论；另一方面阿诺德批评产出的背景多与当时中国的情形相符。“我们没有英国那样许多党，但我们却有的是派。有语丝派，有论语派，有现代派，有太白派。”当时文坛，基本上与英国维多利亚时代差不多紊乱，因此“把文艺批评之正宗的‘鉴赏的批评’介绍过来，也许不无意义吧。如果这篇小文，能给今后的文坛，一点小的影响，那就是我望外之幸了”①。

带着殷殷期许，钱歌川总结了自新文学运动以来，中国所一直存在的批评的混乱的现象。针对这些派系之争，无客观无标准的指责，公正公平、客观有效的批评必须建立，而能给予很好引导作用的，便是阿诺德的鉴赏批评所能给予现代中国的益处。

到了40年代那个战争连连，硝烟不断的年代，文学似乎已经远离了生活，然而事实上人们最需要文学。在这样的社会与时代，柳无忌从现实与时代、文学与人生的角度重新阐释了阿诺德

① 钱歌川，《什么是鉴赏批评》，傅东华编，《文学百题》，生活书店，1935年7月，第303～305页。

的“文学与人生”的主题。文学毕竟是个哑谜。谁也说不准文学的目标，数不清文学的功用。当时那个实用主义时代，更使人怀疑到文学本身的功用。“因为文学既不能衣，不能食，又不能住，对于人生的三要素上，似乎没有多大的帮忙。”① 无论是战乱还是和平的年代，文学都不能像科学那样实现强国救国的远大抱负。创造与批评文学的人，他们又何去何从呢？

然而批评在“亚诺尔特”看来乃是致力于一种优秀文化的承传，使之应用于人生。因此作为一个批评家不仅要顺应时代的潮流，做时代精神的先锋，更要广博学识，纵横古今，而不是像“为艺术而艺术”那样迷恋于自我的“象牙塔”与情感的放纵。文学对于人生采取严肃的态度去实现对于人生的指导，从而实现它的最高尚最伟大的目的。“总结亚诺尔特的理论，文学与人生应有十分密切的关系，作者应抱着真诚的态度，顺着时代的精神，作人生的评判，阐明及传达着最美善的一切，使人类与社会达到了理想的进步。这些抱负与希望虽是很大，不是一个人的能力或一个时代的努力所能做到的；但是因此我们知道了，为什么在任何时代，我们愿意欢迎有从事文学的作家。衣食住使我们生存，文学教我们生活着。”②

第三类文章对于阿诺德的批评理论则沿袭了朱光潜先生的批评模式，对其批评理论一分为二地“再批评”，既承认阿诺德对于批评无功利化的提倡，但也对其机械的“试金石”理论给予了严厉的批判。此类文章在当时明显多于前者，足以见出当时英美左翼批评与新批评的理论在中国文坛已经占了上风，而以阿诺德为代表的近世批评则遭到冷遇，这乃时代与社会选择的结果。

---

① 柳无忌，《阿诺德论文学与人生》，《西洋文学的研究》，大东书局，1946 年 9 月，第 216 页。

② 同上，第 219～220 页。

30年代颇具名气的“第三种人”苏汶在《建设的文艺批评刍议》当中对之作了这样的评判。他说，阿诺德是把文艺上的自由主义从仅仅的口号而变为学理的第一位大功臣；他之于文艺理论，正像亚当·斯密（Adam Smith）之于经济学理论一样，把自由主义不仅仅看作一种要求，而是用坚强的理论来证明了为着文艺的发展非这样不可的。他大胆地提出了“超利害”的学说，因为利害观念妨碍写作的自由；他积极的劝告作家应该不为当代的各种政治的、道德的、宗教的、风俗的偏见所拘束。“截止到现在，阿诺德的理念还是非常的接近着真理，但他所没有见到的却是，他所攻击的利害观念，实际上也常常是人生的远大的理想的对敌。”因为超当前的终极利害观，实际上不一定要把艺术和人生的关系隔断了之后才说得通，“而阿诺德却把这种关系隔断的”。阿诺德进一步主张艺术的价值不应该向艺术之外的东西去找求，自然他这里所谓艺术之外的东西，是意味着对人生的服务这一类问题的。因着这一个主张，他是很显然地偏到了“为艺术而艺术”那一个极端去。[①] 尽管阿诺德没有正面的表示“为艺术而艺术”的主张，但他主张完全的超功利性，将艺术超脱于政治、伦理道德与现实人生，“却无意中开了卡莱尔一派截然对立的文艺倾向的先河”[②]。这一先河便是“为艺术而艺术”的文艺思潮。

很明显，苏汶在阿诺德的理论之中找到了对抗当时左翼文学的功利化倾向的理论资源，但是也从当时的具体语境出发，对他的理论作了一定的批评，总体来看，誉多于毁。

一直对阿诺德的“试金石”理论不满的朱光潜先生于1936

① 苏汶，《建设的文艺批评刍议》，《中山文化教育馆季刊》1934年第1卷第2期，第689页。

② 同上，第690页。

年在《谈趣味》一文中再次表达了这种不满。因为阿诺德这种将作品与古典主义看齐，既无实用性，也显得非常机械，一点不能解决文学作品的高低问题。对此同样不满的还有徐中玉先生。阿诺德一方面用古典主义原则，将大诗人的名句作为评判作品高低的标准，另一方面又强调上乘之作含有一种“高度严肃”，这种“神秘而荒谬”的说法，“除非他本人，我们简直无法以新旧古今作合理的比较，而比较的根据又不过是一些字句的片断!”[①]

张月超先生于1939年在《安诺德的文艺批评》一文中也对阿诺德的理论作了一分为二的评价。阿诺德因过分重视诗的这一方面，他竟笼统地说：“诗是人生的批评”，以这个标准应用之于《伊利亚特》《神曲》《失乐园》自然很切合，但与浪漫派的诗歌却大为不同，雪莱和济慈因而有时不免受他鄙薄了。虽然在批评上，阿诺德一直未独创一派，也没有什么了不起惊人的创见。但他提醒人们对批评的重视，叮嘱我们以“坦豁的胸襟去接受世上最精美的思想”，从而在超功利的原则下去创造一种健康严肃的文学。“他这一点教训，我们得牢牢的永远记着。”[②]

1942年武汉大学的费鉴照先生似乎也对阿诺德的批评理论感到颇为遗憾。阿诺德一生不遗余力提倡古典主义，纠正当时浪漫主义的缺点，他想造成古典主义的潮流来影响创作，但是，“他的主义对于创作没有发生任何的效果”。安诺德想在情感运动的潮流里拿他的古典主义建造一个灯塔似的东西，给作家指示航程，但是，他不知道那里没有暗礁，没有航行的危险，所以，他的呼唤，没有发生多大的效果。究其原因，在费鉴照先生看来，在于阿诺德“拿法国的理想与标准介绍到英国来，他忽视英国当

① 徐中玉，《文学批评的标准及其建立》，《新建设》1943年第4卷第7期，第692页。

② 张月超，《安诺德的文艺批评》，《新民族》1939年第4卷第4期，第692页。

时的思想与情感的潮流，所以他失败了！”不仅如此，对于古典主义，阿诺德与其他古典主义者一样犯了同样的错误，以为文学创作可以先制定规律，然后作家拿这种规律做准绳来写作品，便可成功，其结果仍然是失败。尽管如此，“安诺德对文学的主张，我们也许不赞成，但是，他的用心，值得我们赞扬，他的努力，值得我们钦佩，他在当时仿佛是月夜悬在天空里的一颗孤星，他的光辉被另外一个光体——浪漫主义——遮盖着，假使没有那发光体的话，他的光辉便特别明亮了！”[①]

最后是何家选在其《近代文艺批评选》中既为阿诺德的理论作了总结，也标明了阿诺德理论在当时的局限，或者说不能被接受的原因，即实用主义与功利主义的文学观念已经完全占据了中国的文坛，因此阿诺德的理论在当时的中国正如他自己的《挽歌》一样，留下的只有无尽的遗憾与忧伤。

> 亚诺德的批评观是精极的建设的批评。他既要从一切对象中发现最好的知识与思想，造成清新真实的思想潮流，使作家获得滋养，又要将最好的知识思想传播给读者……亚诺德原是为人生的艺术的战士，谁知不许有关实用价值的考虑的侵入，却竟是演成后代文艺与人生绝缘的“祸胎”，真是非他始料能及的了。在他自己，因为十二分关心人生，所以虽创无所为而为之说，决不视文艺与人生若风马牛不相及。他的力言文艺的伦理性，就使文艺幸免于脱离人生，各不相涉及。[②]

纵观整个阿诺德的批评理论在中国的传播与接受，我们用了一个词来总结，即“不在场的在场者”来描述。阿诺德的批评理

① 费鉴照，《安诺德的古典主义》，《当代评论》1942 年第 2 卷第 7 期，第 112 页。

② 何家选，《近代文艺批评选》，中华书局，1948 年 9 月，第 34 页。

论，不论是他有关诗、文学与批评的论述始终都飘荡于引述与转述之中，很少正面翻译，即使是他的信徒亦没有完成这一工作。然而他的理论，无论是中国新文学的哪一流派都有接受它的可能性，当然也有批评它的可能性。这种可能性一方面基于阿诺德的批评理论本身的中庸特质所带来的两面性所决定，使其“诗是人生的批评”有着“为人生而艺术”的色彩，而为文研会等流派所认可，而其倡导批评的无功利性则又为中国现代批评提供了某种借鉴 [illegible]一方面这种可能性也是基于中国当时文坛的需要而选择的结果。从最初五四以来倡导新文学伊始，新文学实质是一种“纯文学”，因此新文学家言及阿诺德的文学界说多作为批判的靶的，但其批评的无功利性却又得到他们的认可。直至后来中国文坛流派纷起，聚讼相争，相互责骂，新文学批评家们进一步地以他客观而无功利性的批评为武器，对此乱象加以批评。然而随着外在的时代与社会语境强有力地干涉中国新文学的发展，致使来自英美左翼的社会批评与科学批评两分中国文坛，因此阿诺德的古典倾向的批评方法——“试金石”方法完全遭到质疑。尽管如此他那“诗是人生的批评”却被当时的时代赋予了新的意义，继续发挥着它的理论效应。

一言以蔽之，阿诺德的批评理论在中国的传播与接受，从中既折射出阿诺德批评理论来自英国的文化的影子，同时也反射出中国新文学理论自身发展的诉求。

第二节　佩特：快乐主义批评在现代中国的“快乐之旅”

沃尔特·佩特（Walter H. Pater，1839—1894），英国散文家和批评家，出身于伦敦近郊的一个医生之家。他在坎特伯雷的国王学校读完中学后进入牛津大学的王后学院读书，毕业后留在牛津大学。佩特一生如康德一样平淡无奇。他从 1864 年起开始为一些刊物撰稿，其中一些论文艺复兴的文章于 1873 年结集以《文艺复兴史研究》（*Studies in the History of the Renaissance*）之名出版，后来再版时简称《文艺复兴》。除此之外尚有历史小说《享乐主义者马里乌斯》（*Marius the Epicurean*，1885）、《想象的肖像》（*Imaginary Portraits*，1887）、《鉴赏集》（*Appreciations*，1889）、《柏拉图与柏拉图主义》（*Plato and Platonism*，1893）等著作。其中以《文艺复兴史研究》最为重要，该书的“序”与“跋”是佩特美学思想的核心，而《享乐主义者马里乌斯》则是对此书结论的具体阐释。

佩特的文学理论最初见于汉语学界仍然是周作人于 1908 年所作的《论文章之意义暨其使命因及中国近时论文之失》。在此文中，有这样几句话：“其三，文章者，人生思想之现形也。此其为言，非云文人义唯拘于学者。巴德勒（Pater）曰：‘文学非学子莫胜。’今为之正义，则当读如必思想家而后可耳。”“盖抽思为文，使不经此，则所现形者将易于混淆，更辨于学术哲理之文矣。故文章者，意象之作也。巴德勒又言，文章实合事迹、灵明而成形。”①

这几句话是周作人在阐述美国文艺理论家 Hunt 的文学定义时出现的。此文虽然有关佩特的理论仅为只言片语，然也开启了其文学理论传入我国的一扇窗口。然而佩特的文学理论并未立刻在中国发生效应，直到五四新文化运动之后第二年，有关佩特的文学理论才开始传入我国。而其传播途径还是经由日本而来。

1920 年章锡琛翻译的《新文学概论》一文中间杂着本间久雄对于佩特的零星介绍。如其在谈散文的时候，本间氏便举出了

---

① 周作人，《论文章之意义暨其使命因及中国近时论文之失》，《河南》1908 年第 4 期，第 104～112 页。

佩特的《文体论》一文为证，“散文为近世之文学，较韵文远占优势之地位。瓦德彼得（Walter Pater）于其《文体论》（*Style*）中，曾举其二种原因”[①]。其一因近世社会混沌而复杂，以韵文拘束之形式，不足以表现近世复杂之思想感情。要表现这种复杂之思想与感情，唯用自由而无拘束之散文形式方可。另一原因则在于当时的自然主义倾向。对自然的崇敬，使艺术家不得不以谦逊的态度，用不矜贵的平凡的散文形式才可表现。后来据本间久雄介绍，他最喜爱的批评家便是佩特。他所著《欧洲近代文艺思潮论》一书，给予了佩特最高的地位。我们在后面还会进一步谈到此书。

其后如谢六逸的《自然派小说》（《小说月报》1920 年第 11 期）、沈泽民的《王尔德评传》（《小说月报》1921 年第 12 卷第 5 期）以及罗迪先译厨川百村的《近代文学十讲》等文也都零星地引用过佩特的论述。然而这些论述都还不能让当时读者对于佩特有进一步的了解。佩特的文艺思想在中国的传播真正取得突破是在 1922 年。自那以后，佩特的文艺思想才找到了它的真正代言人，佩特的文艺思想在中国的传播才进入到一个实质性的阶段，也是一个非常有成效的阶段。

最先接受佩特文艺理论的是胡子贻。他首先于 1922 年在《东方杂志》第 19 卷第 12 号翻译发表了《文艺复兴研究集·序》。该篇文章不仅翻译了佩特《文艺复兴研究集·序》，而且还介绍了佩特的大致经历与作品，也谈到他的批评理论在英国所造成的影响。谈到翻译此文的初衷，胡子贻说，近年来的我国思想界的现状与欧洲文艺复兴时代颇为相像。无论这个比喻对不对，但实在很有研究这一个时代的必要。“因为我们现在在这个解放

---

① ［日］本间久雄，《新文学概论》，瑟庐译，《新中国》1920 年第 2 卷第 6 期，第 6～7 页。

和改造的时期中种种地方要借重于欧洲的过去的经验；而要利用这种经验更不能不先做一番探本讨源的功夫。”① 而文艺复兴便是这个源。然而欧洲各国关于文艺复兴的研究、批评或是记载的书籍已经数不胜数，多半又是长篇巨制，不是一时所能够翻译过来的。所以他就先译了佩特的这一篇研究集的序，以作为对于这一方面的介绍的一个小小的开篇。之所以选择此文，胡子贻借班生（A. C. Benson）的评价做了说明。

> 这一本《文艺复兴研究集》实在是值得我们仔细地阅读。第一是为着他们的自身的价值，他们的完美的艺术和他们的精深的批判。他们是善于审辨和剖析各种艺术上的作品的一种特殊的性质。他们并不是虚空的肤浅的印象，但是显出很坚决的凝缩和精密的选择。无边无际充满了作者的个性，并且因此说他们是批评的艺术；还不如说他们是创作的艺术呢……②

中国自新文化运动以来，确实如胡子贻所说，有人将之比为中国的文艺复兴。但关于什么是文艺复兴，它的历史怎样却还不甚了解。但是必须指出的是，胡子贻的翻译动机与实际效果完全背离。此篇序言没有任何关于文艺复兴的介绍，反倒是其优美的文字与动人的思想在中国的传播获得了最大的成功，自此之后，很多批评家便喜欢上了佩特的思想与批评方法。也正是继胡子贻的翻译之后，佩特文学批评在现代中国的传播迎来了最高峰。当时中国的两大文学团体的机关刊物都几乎同时刊载了有关佩特的介绍性文章，当然随之也迎来了其他诸派文人对他批评理论的阻击。欢迎与阻击、接受与批评同时并存，佩特的文艺批评在此时

---

① ［英］华尔德配德，《文艺复兴研究集·序》，子贻译，《东方杂志》1922 年第 19 卷第 12 号，第 51～52 页。

② 同上。

中国的传播成为中国现代文学批评史上的一道奇异的景观。

继该文翻译之后，胡子贻似乎并未感到尽兴，继而又于1923年10月8日在文学研究会的机关刊物《文学旬刊》第91期上刊载了他的介绍性文章《读华尔脱配德的名著两种（上）》。此篇文章接着他在《东方杂志》上译的序言，主要介绍《文艺复兴研究集》一书，胡子贻特别喜爱该书，认为是专为他所写。谈到介绍此书的目的似乎也与他译序言一样，都嫌国人介绍欧洲文艺复兴的书太少，除了蒋方震那本非常简略的《欧洲文艺复兴史》以外，几乎都没有。然而字里行间却表达出胡子贻对于佩特批评理论的喜爱之情。随后胡氏又于该年12月3日在《文学旬刊》第99期再次介绍了佩特的第二部名著《伊壁鸠鲁派者马利阿斯》。此部著作乃《文艺复兴集》之结论的小说化。

继胡子贻介绍佩特的第一部名著《文艺复兴论集》二十天之后，创造社的骨干成员郭沫若的两篇关于佩特的介绍性文章也登载在同年10月28日与11月4日的《创造周报》第25期与26期之上。

郭沫若最先发表于10月28日的文章《批评—欣赏—检察》一文，在考究了“批评”一词的来历、批评史、印象批评与科学批评之后，便根据佩特的批评理论提出了他自己的批评主张。他认为“文艺批评的可能性本依据于我们对于艺术作品的理解力。艺术作品由它的形式、内容和资料等等给予我们以种种的印象，而我们以这种种的印象依作品所暗示的一个方向复合而为一个完整的世界。这便是我们对一种作品的理解。所谓美的对象便是我们这第二次所构成的空中楼阁，这个空中楼阁便是我们的批评的对象。”[①] 随后他便引述了佩特的《文艺复兴论》的序言加以说明，并附以英文原文。

---

① 郭沫若，《批评—欣赏—检察》，《创造周报》1923年第25期，第4页。

带着对佩特的崇敬之情，他进一步明确了他的批评方法与原则。真正的批评家要谋理性与感性的统一，要泯却科学的态度与印象主义的畛域，他不是漫无目标的探险家，他也不是知其然而不知其所以然的盲目的陶醉者。批评的三段过程：一、感受（to feel）；二、解析（to disengage）；三、表明（to set forth）。这是批评家所必由之路。印象批评只在第一段上盘桓，科学的批评是在第二段上走错了路，科学的批评家发出了一个空中楼阁，而他不寻求楼阁之所以“装病”，他却埋头到追求构成楼阁的资料上去了。此外郭沫若认为，“真正的批评的动机除对美的欣赏以外，同时也还有一种对于丑的憎恨。创作的天才不必常有，文艺的杰作也不必常见，在黄钟毁弃瓦釜雷鸣的时候，对于瓦釜加以不恤的打击，我以为这也是批评家所当取的态度”①。

本来不喜理论建构的创造社在这时却独喜佩特，原因何在？追溯当时新文学文坛这两大阵营的论战，尤其是当初文学研究会等人对于创造社的创作，譬如郁达夫的浪漫与颓废的倾向大加斥责之时，有效的批评便亟待引进。“阿诺德以为批评是一种没利害的努力（A disinterested endeavor），这种没利害的心境（disinterestedness）是做批评家的先决条件，瓦特斐德所主张的纯一的生活，也就是这种态度的努力。批评家囿于一党一派的偏私或则出于慕名趋势的冲动，借批评以报复，借批评以捧场，譬如指鹿为马的赵高，剧秦美新的扬雄，化媸为妍的毛延寿，投清于浊的李振，像这样的人所发出的批评才是假批评，像这样的批评才是我们所当努力艾黄的败种！”②

前一篇文章只是粗略地阐明了郭沫若对佩特理论的运用，在接下来一期的文章当中，便集中探讨佩特的批评理论。文章开篇

---

① 郭沫若，《批评—欣赏—检察》，《创造周报》1923年第25期，第5页。

② 同上，第6页。

便将佩特置于英国批评史上较高的地位。“在英国近代的文艺批评史中，承阿诺德的鉴赏批评的滥觞，开王尔德辈唯美主义的先河的，要推十九世纪的瓦特斐德（Walter Pater）。”随后在介绍了佩特的著作之后，同时也解释了佩特“快乐主义批评”的由来。他不是狭义的文艺批评家，他是广义的文化批评家。但他关于文艺批评的持论，是最注重感觉的要素而轻视知识的要素。“他做人注重知识的蕴积，做评则注重感觉的享乐。增进感受性的容量，这是批评家自修的职务。满足感受性的程度，这是批评的尺度。依所赋予的快乐分量之多寡以定作品之价值，这是他批评的标准。申池白里氏（Saintsbury）称他的批评为‘快乐主义’（Hedonism）便是基因于此。”[①] 随后他便在文中节译了《文艺复兴》的序论部分。

不仅郭沫若特别推崇佩特的批评理论，成仿吾亦批判性地接受了他的理论。他于1924年3月于《创造周报》第43号所发表的《建设的批评论》一文中说，世人大抵把批评误解了。即使欧美近代的批评家之中，也多把批评误解了。“他们不是拘守著形式的批评（Formal Criticism），便是过于相信了自己的印象。申徒白吾（Saint-Beuve）是最能理解批评的一个，然而这位‘没拿有法典的评判者’的批评，诚如Prof. Dowden所说，是一种消极的批评（Negative Criticism），他的自然主义的批评缺少积极的建设的努力。瓦特裴德（Walter Pater）也是最能理解批评的一个。”尽管成仿吾对他所谓审美的批评有意见，但他所谓“建设的批评”的程序依然来自佩特。佩特所谓的批评第一步是如实地观察物象，接着如实地审视自己的印象，去辨别它，理解它。继而将它们合成起来，由此去辨别和分析他人的印象。而成仿吾所谓建设的批评只不过把此程序作了颠倒。他说，“批评的

① 郭沫若，《瓦特裴德的批评论》，《创造周报》1926年第26期。

工作决不止于辨别自己所得的印象，也决不止于由事实中求出个个的法则，我们要进而求出事实中的统率的普遍的真理。最后的一种工作，我称为批评之建设的努力。有这种努力的批评，我称为建设的批评”①。

郭沫若在倡导批评无功利性原则之下，吸收了佩特批评的程序，而成仿吾对佩特理论的吸收则起于印象的经验、印象的重视，却以统率的普遍的真理为结。而这就构成了郭、成二人批评的差异所在。尽管有所不同，但他们对佩特批评理论的吸收却是事实。

与此同时，倾向于唯美的滕固也表达了他对佩特的崇敬之情。他认为“W. Pater 乃一世的大批评家，而他的文集中处处露出创作的精神。就是现今人奉为圭臬的，批评是自己作品所受印象的解剖”。在他看来，我们应该着眼于“解判”（analysis），继而将其理解为“批评意识的活动，就是创作的精神”，最后视他为“真的批评家”“创造的批评家”②。可见滕固看重佩特的地方在于他将批评作为一种创作对待，相比阿诺德是一种进步，而这一点恰是中国传统文学以及当时新文学运动中，很多人不重视批评的原因所在。

除此之外尚有佩特的日本崇拜者本间久雄亦在其《新文学概论》下篇论及鉴赏批评时也给予他崇高的地位③。而此文也于1924年由章锡琛陆续翻译登载于《文学》周报之上。其中有关佩特的“鉴赏批评”一章则刊于该杂志第140—142期上。

---

① 成仿吾，《建设的批评论》，《新兴文艺论集》，创造社，1930年，第154～155页。

② 滕固，《文艺批评的素养》，《狮吼》1924年第2期，第4页。

③ 譬如他认为：“坦弩（注：即法国批评家泰纳）的科学的批评，布伦梯尔（注：即法国批评家布伦退尔）的伦理的批评，安诺德的鉴赏批评，都是不无可取的。然其中最有价值的，要算是彼得的快乐主义的鉴赏批评了。”见章锡琛译，《文学批评论》，《文学》1924年第142期，第3页。

然而此时佩特的批评思想却遭到来自学衡派的批评。胡先骕于1924年在《学衡》第31期上发表的《文学之标准》一文便对章氏关于佩特的批评大为不满。欧洲浪漫主义以来，“为艺术而艺术”日渐兴盛，甚至有人主张“以美术代宗教”，“蔡孑民发此端”。“近代文豪主张此说最有力者为裴德（Walter Pater）。”佩特在牛津大学早已闻名，他深究于希腊哲学与文学，“其文辞之美为英国近代之巨擘”，如若继往开来，实可引领英国文坛，开英国文学之新纪元。然而他却“陷于近世浪漫主义之漩涡，误解希腊学术之精神，遂为近世颓废派如王尔德（Oscar Wilde）之流之鼻祖”。续引其《文艺复兴》一书的“结论”后，进而从学理上指斥这种批评所造成的后果，“此种惟官感之美是求之学说实为浪漫文学之背景，而末流必变为颓废派而已”[①]。

胡先骕有此批评亦很正常，因为他是站在人文主义的角度来看的，人文主义不容许情感的放纵，即使是在批评领域也不可以，因为最终它只会产生消极颓废、随意滥漫的感悟印象而已，无任何标准可言。后来一直秉承人文主义批评标准的梁实秋对佩特也有不满。他将佩特与法朗士同样看作印象批评主义者，认为印象批评“这一派的批评家，如英国斐特，如法国的法朗士，他们不但没有客观的标准，除一己之性格外并无主观标准之可言”。因此佩特评达·芬奇所画《蒙娜丽莎的微笑》，并不是以好坏为标准，而只专注于此画在他“心里勾引起来的情感的共鸣”。在梁实秋看来，此种批评，连达·芬奇自己也会惭愧。因为印象批评的根本错误，“在于以批评为创作，以口味为天才”[②]。胡、梁二人的批评，根于其古典主义与人文主义立场，有些感悟也当正

① 胡先骕，《文学之标准》，《学衡》1924年第31期，第11～12页。

② 梁实秋，《现代中国文学之浪漫的趋势》，《浪漫的与古典的》，新月书店，1927年8月，第19～20页。

常。在古典主义与人文主义不允许感情与印象存在的情形下，随意的批评显然不符合理性的严肃性标准。

自学衡派之批评后，佩特的批评理论在中国的传播不仅没有停止，反倒继续向前延伸，一直到 20 世纪三四十年代。纵观这一时期的佩特批评思想在中国的传播，一方面翻译还在继续，介绍更加系统，另一方面批评之声也不断。

我们先总体来看自 1926 年到 20 世纪 40 年代有关佩特理论的翻译，大概有四篇与其批评理论有关的译文，它们分别是：张定璜译《“文艺复兴时代研究”的结论》(《沉钟》1926 年 9 月第 3 期)、铭之译《音乐是可以了解的吗》(《文艺月刊》1930 年第 1 卷第 4 号)、邢鹏举《美的批评与人生的批评：〈文艺复兴论文集〉的序和跋》(《译作》1937 年第 1 期)、朱芳济译《莫娜丽莎》(《北大文学》1943 年第 1 期)。

佩特的批评理论在前一阶段的传播，大都是围绕着《文艺复兴论集·序》展开，胡先骕在批评佩特的文章《论文学的标准》中也节译了《文艺复兴论集·结论》部分。到 1926 年，结论部分终于有了全译，使当时文坛对佩特批评理论的了解更进一层。尔后，更有邢鹏举在 1937 年将两者合译在一块儿。除此一名著之外，尚有两篇文章亦很重要，都是以前的引用之中经常提到的。至此，佩特的文章虽没有全译本著作的出现，但其批评理论的整体基本上已经通过翻译而为国人所了解了。

接着进一步加强对佩特批评理论传播的是通过一些批评史与专著的更专门的介绍。

周全平在其 1927 年出版的《文艺批评浅说》中专辟一章，分三个部分全面介绍了佩特的批评理论。这三个部分包括他的生平、他有关美的论述以及他的批评理论。同一年，滕固的专著

《唯美派的文学》[①] 再次将佩特的批评理论放在整个唯美派的历史断面进行评述，行文之中，充满敬佩之情。沈端先翻译的本间久雄《欧洲近代文艺思潮论》[②] 中，本间久雄本着崇拜者的心理将佩特的批评理论介绍得最为精细。自那以后，对佩特思想介绍最为得力者乃是萧石君。

萧石君于 1930 年 11 月 25 日在《华北日报副刊》发表《斐德的哲学思想与英国世纪末文学》一文，专门介绍佩特的哲学思想对于英国世纪末文学运动的重要意义。此文于 1934 年收入他所著《世纪末英国新文艺运动》一书。此外赵景深更是在其所著《近代文学批评泛论》一文中高度地赞扬了佩特所著《文艺复兴》一书，认为“沛得的《文艺复兴》是一本字字珠玑的论文，这书的本身已可算得是好的创作”[③]。

然而这一时期对于佩特批评理论的指责也大有人在。高滔于 1932 年在其所编《近代欧洲文艺思潮史纲》中言，“比德的快乐主义，就是一种感觉主义”。佩特主张凭借敏锐而有力的感觉接受周围的印象，将生活的焦点置于感觉的经验之上者，由此方可见出刹那间的印象与快乐。但是，在高滔看来，“他排斥了文艺上的知识要素而将感觉的要素当作了文艺的究竟，由此享乐人生寄生活于艺术之上，造成艺术至上主义”[④]。后高滔于 1937 年在其所著《“世纪末”文学的三大流派》一文中不仅再次重复了类似的观点，而且还站在了社会的立场对之进行猛烈的批判。深究佩特快乐主义与印象主义批评的根源乃在于 19 世纪末欧洲资本

---

① 滕固，《唯美派的文学》，光华书局，1927 年 5 月。

② ［日］本间久雄，《欧洲近代文艺思潮史论》，沈端先译，开明书店，1928 年 8 月。

③ 赵景深，《近代文学批评泛论》，《彗星》1933 年第 1 卷第 2 期，第 53 页。

④ 高滔，《近代欧洲文艺思潮史纲》，著者书店，1932 年 12 月，第 360～361 页。

主义的生活。在他看来，19 世纪末叶因为资本主义社会的暂时稳定造成随遇而安的生活，因之注重刺激与官能，痛苦麻醉了人的神经，不能不由无聊中求快乐，正是这种思想的根柢，才产生了佩特的快乐主义批评。最后在结论上，则完全重复了前文的结论，只字未改。[①]

就他的批评来看，高滔最为不满的是佩特的批评理论重视感觉，而忽视知识与理性要素，重享受人生而忽略生活。然而在苏汶看来，佩特之印象批评实质上是一种主观主义，正是这主观主义导致了批评的混乱。“为纯艺术派尝试着建立批评标准的，是沛特。”他在阿诺德的批评理论上建立起他的快乐主义批评，主张以作品所给予的快感的多寡为决定其价值的准则。这样，他将阿诺德的非功利主义批评完全发挥到极端。“固然我们承认沛特是一位卓越的审美家”，但我们在现实生活当中更应该获得的是鉴赏艺术作品的方法。然而“他的快乐论也毕竟比文艺上的虚无主义的印象派要高出一层”。虽然佩特可以归入印象主义批评的一支，但他的快乐主义批评，“无论如何它到底没有脱了主观批评的本相，且不论它对人生课题的忽视，即就批评标准一点讲，也是只有使标准日趋混乱的”[②]。

而梁实秋却从古典主义的文类标准与秩序出发，对佩特的音乐艺术观也作了批判。“文学里的音乐美是有限度的，因为文字是根本的不是一个完美的表现音乐美的工具。”艺术中的各部门，各有各的任务，其间可以沟通，但不容混淆。可是“型类的混淆”（Confusion of Genres）正是近代艺术的一种不健全的趋势。

① 高滔，《“世纪末”文学的三大流派》，《中山文化教育馆季刊》1937 年第 4 卷第 1 期，第 382 页。

② 苏汶，《建设的文艺批评刍议》，《中山文化教育馆季刊》1934 年第 1 卷第 2 期，第 690 页。

“培特（Pater）说一切艺术到了精妙的境界都逼近音乐”[①]，尽管这句话被许多人称道引用，但按照梁实秋的理性标准来看，它是不符合古典主义标准的，因此也是有问题的。

最后是何家选在其所编《近代文艺批评选》之中，对佩特的文艺批评理论作了客观的总结，同时也终结了佩特的批评理论在中华人民共和国成立前在中国的传播。

> 总结一句，沛德的批评以印象的相对性为出发点，以感觉对象之美为目的，虽不像王尔德那样的公然宣告艺术与道德的绝缘，比起亚诺德来已近唯美主义艺术至上主义的立场。……从亚诺德到王尔德，沛德是个承先启后的人物，他服膺亚诺德的“认清事物的实相”，是承先；他唱审美的批评，使私淑他的王尔德演成唯美主义，是启后。[②]

纵观整个现代时期，从周作人最初引入佩特一名进入中国，佩特的批评理论像其“刹那间”印象一般在中国现代文坛稍纵即逝。在第一个十年中国现代文学自由论战之中，他的批评曾经很有说服力，也深得创造社欣赏。然而随着创造社转向革命文学，佩特的批评理论在现代中国便进入了批评史而不再活跃于中国文坛，剩下的便是历史的检讨与批判，对其批评的主观性与快乐主义给予了历史性的清算。这种清算的中心是其主观主义的印象与快乐主义的享受，而这正是那个时代为人生，为社会，为民族，为国家所不允许的。正是这多方力量的选择与接受，过滤与阻隔，佩特的快乐主义批评或印象主义批评必然“刹那间”勃兴，“刹那间”消失。然而这如流星般的批评无疑划亮过那个既喧嚣也黑暗的现代中国。

---

① 梁实秋，《文学的美》，《东方杂志》1937年第34卷第1号，第306页。

② 何家选，《近代文艺批评选》，中华书局，1948年9月，第43～45页。

第四章　美国新人文主义与表现主义批评在现代中国

20 世纪初至二三十年代，美国文学批评的热闹远甚于英国，各方流派竞相登台亮相，彼此攻伐，相互论战。在当时诸多流派当中，最有影响者莫过于以白璧德（Irving Babbitt）为首的新人文主义，围绕着对其攻伐，而先后有门肯（H. L. Mencken）的自由主义批评、斯宾加恩（J. E. Spingarn）的表现主义批评、琉威松（L. Lewisohn）与卡尔佛登（V. F. Calverton）的社会批评等。

远在大西洋彼岸的美国新兴批评之热闹非凡，流派之间相互争辩，似乎在中国也有着相似的情形。然而事实证明，此种情形远非相似，从当时文化与文学的传播而言，中国二三十年代的文学批评实在有着很深的美国当时批评界的印迹，上述美国各派文学批评在当时都有传播，也有传人。从其造成的影响来看，各美国文学批评流派不仅成为当时中国各派批评的理论话语工具，也从某种程度上干预着或建构着中国当时文坛的批评态势与走向。然而无论何种程度的干预毕竟都只是中国现代文学各方力量、时代语境综合选择过滤的结果，它们在中国的传播与接受随着中国现代文坛各方力量的消长兴衰与时代语境的更迭代换，最终都不过是昙花一现，其兴也盛行一时，其亡也顿然失声。然而此种影响与接受，与其说是单边一厢情愿的传播与接受，不如说是中美文坛相互适应、彼此融合的一种结果。

第一节　美国新人文主义批评在中国

自19世纪以来，科学的快速发展，祛除了神的世界，断然地弃绝了上帝的天上乐园，取而代之是现世物质生活的享乐与消费，由此物质主义与享乐主义大行其道，人的心性遮蔽不彰；同时在反科学与机械文明当中诞生的浪漫主义，卢梭乃始作俑者，其后情感主义与个人主义盛行于世，人性的过度解放与对自由的追求，不仅于事无补，反倒助长了一种病态的消极的情绪，无助于人的心性与道德。

在此背景之下，美国新人文主义者一方面尽力区分人文主义与人道主义之差异，对科学的人道主义与浪漫的人道主义大加挞伐，痛下针砭，强调源自古典主义的人文主义对于理性、道德与纪律的诉求；另一方面又针对当时涌现于世的各种极端主义的思潮，诸如浪漫主义、自然主义、唯美主义、印象主义、象征主义、表现主义，做出现实的批判，力图从世界各种原典文化之中寻出一套行之有效的中庸之道，尽力避免各种极端主义对于人性与道德的误导，从而建立起一套行之有效、济世利民的道德法则。

美国新人文主义作为一个流派，其主体构成至为复杂，但就当时最有影响的人文主义者而言，不外保罗·埃尔默·莫尔(Paul Elmer More)、欧文·白璧德（Irving Babbitt）与斯图亚特·P·薛尔曼（Stuart P. Sherman）三人。而这三人在中国的译介颇为流行，影响也最深。

美国新人文主义在现代中国的传播，目前学界大多集中于学衡派的介绍，或者集中于白璧德思想在现代中国的勾勒，而对于整个美国人文主义在现代中国的存在状态还不甚明了。再者，即使针对某一学派传播与个人的接受而言，大多依据个人的传记的考证，而于其思想脉络在整个中国现代文坛的影响与走向似乎所谈不多。本节的着力点乃在于以文本及思想的传播为中心，力图客观地勾勒出当时接受主体与时代语境对之所作出的选择、过度改造与批评的历史面貌。

美国人文主义在现代中国的传播，确实无疑地与学衡派的积极引入、大力宣扬密不可分，相应地，学衡派诸人亦是美国人文主义在现代中国最有影响的接受者。然而除此之外，我们仍然不可忽略的是，当时文坛对于美国人文主义思想所作出的同声回应与异议批判。而此种反应与批判最能彰显出当时中国各方文学力量相互角逐与时代语境的不断转换的真实图景。

美国人文主义者在现代中国的传播当以白璧德为前驱，亦为主力。白璧德在中国的最初传播无疑是学衡派有计划有目的引介宣扬的结果。面对新文学运动对传统文学的激进抨击与武断抛弃，当时反对者不在少数。然而他们多被打入文化保守主义之列，至今仍难翻身，其中反对新文化运动最为猛烈，最为持久，亦最为深刻的当数以《学衡》杂志为阵地的诸多学者，这些学者包括陈寅恪、汤用彤、楼光来、梅光迪、胡适、胡先骕、梁实秋等人，他们大都有留学美国的经历，或多或少地受教于白璧德新人文主义。他们早已对新文化运动者激烈攻击传统文化，一味盲从西方文化的趋向甚为不满，在接受了白璧德对当时西方文化的批判之后，似乎找到了同声相应的学术知音，于是他们以《学衡》杂志为阵地，通过译介白璧德等人的美国新人文主义表达他们对于当时新文学趋向的态度。这种态度通过胡先骕于1922年所译《白璧德中西人文教育谈》一文正式公之于众。

“今日在中国已开始之新旧之争，乃正循吾人在西方所习见之故辙。”新旧相对抗，一方为“迂腐陈旧之旧习”，一方为“努力建设进步有组织有能力之中国之青年”。然而后者多主张完全抛弃中国古典文化，从而完全选择欧西诸人，包括易卜生、萧伯纳之流。怀着对中国的同情，白璧德在此文中表示，中国必须“有组织有能力”地向西方靠近，学习他们的机械，学习他们的工业。然而却没必要将中国传统文化完全抛弃，“然须知中国在力求进步时，万不宜效欧西之将盆中小儿随浴水而倾弃之”①。因此中国在力求进步之时，“同时必须审慎保存其伟大之旧文明之精魂也”。在他看来，中国伟大之文明，正是西方现代文明所遗弃的精华，也正是白璧德最为看重的理论资源。

在此文当中，不仅附有吴宓先生的按语，对白璧德的学说背景及其著述作了详细介绍；而且更为重要的是，借白璧德之口极为直接而确定地表达了他们对新文学的态度，即既不能对传统文化一味否定，亦不能对西洋文化一味盲从，否则便如白璧德所言，新文化运动的结果便是“将盆中小儿随浴水而倾弃之!”通过此文，以白璧德为中心的美国新人文主义在中国的东渡之旅便由此启航，而这次航行绝非像其他批评流派那样在中国随波逐流，各取所需，而是一种有计划有目的也有针对性的译介。因此也可以这样讲，自本文起，学衡派有目的有计划地引进美国人文主义也拉开了序幕。

胡先生同时发表在此刊的还有《论批评家之责任》。在胡先骕看来，新文学产生之后，批评也随之产生，崇新黜旧成为其主要目的。当时中国的文学界，不但文学创作没多少新东西，就是批评也根本无所成就，有的只是相互攻讦，流弊蔓延，不仅有害于新文学，即使是输入国外文学之长也有害。由此胡先生提出以下几个方面以为批评家之责任。一为批评家之道德。其中也举阿诺德为例。二为博学。在此胡开列了一个书单，里面浪漫主义诸家、阿诺德、白璧德等人榜上有名。三为以中正之态度为平情之

① ［美］白璧德，《白璧德中西人文教育谈》，胡先骕译，《学衡》1922 年第 3 期，第 4 页。

议论。里面举了柯尔律治对华兹华斯诗学的纠偏。四具历史之眼光。五取上达之宗旨。此篇论文很显然是对白璧德批评风格的一种间接描述，也通过此表达他对新文学批评的一种态度，即以中正之态度发平情之议论，而非相互攻讦，彼此谩骂。

同年6月，吴宓先生翻译了《葛兰坚论新》一文。葛兰坚(Charles Hall Grandgent)，据吴宓此文按语交代，为美国哈佛大学教授，也是美国但丁研究专家。之所以选择他，主要原因有两个，一则葛兰坚亦主张人文主义，其义与白璧德相近，所以选之。二则为挽救当时新文化运动竞新逐旧之风所带来的种种弊端。文章节选自《新旧杂识》(*Old and New*：*A Study Papers* 1920)，该文所译乃为第一篇，即Nor Yet The New，译为《新者未必尽真》。而吴改为《论新》，其意旨甚为明确。“惟以吾中国之人，近数年来，震眩于西学，舍本以求，而趋新之风遂炽。论人论事，不问是非，但责新旧，不知‘事物之价值在其本身之良苦而无与于新旧’。”[①] 而葛兰坚之言，对于指导那些“盲从伪新者”，补偏救弊，非常有意义。这便是吴宓对新文化运动的意见，也是他选译此文的苦心所在。

继胡先骕、吴宓之后，梅光迪始向国人全面介绍美国人文主义思想。先前梅光迪早已对五四新文化运动颇为不满，由是而著《评提倡新文化者》(《学衡》1922年第1期)一文。同年8月再次借《现今西洋人文主义》将其论调向前推进。五四新文化运动全面推翻传统文化，本已是荒唐之举，同样对于西洋文化采取全盘吸收，不问优劣，不顾中国文化之实际，全部拿来，不仅于本国文化无所裨益，反而流弊无穷。如是梅光迪先是在这篇文章中提出了新文化吸收外来文化的两个标准。“(一)所介绍者须其本体有正当之价值。”依此标准，托尔斯泰之人道思想、佐拉之自

① ［美］葛兰坚，《葛兰坚新论》，吴宓译，《学衡》1922年第6期，第11页。

然主义、易卜生之娜拉以及马克思之社会学说皆无本体之价值。“（二）所介绍者即已认其本体之有价值，当以适用于吾国为断。适用云者，或以其与吾国固有文化之精神不相背驰，取之足收培养扩大之功。”① 在梅先生看来，能够为这两个标准量身打造的唯有美国白璧德与莫尔两先生之人文主义。

首先，两先生思想来源甚为广博，同时与东方文化，尤其是中国文化颇有渊源，如是则完全符合第二标准。“两人之学以综合西方自希腊以来贤哲及东方孔佛之说而成。”“然吾之急欲为介绍者，尤以其深知东方文化也。盖两人皆通巴利文与梵文，研精内典。白璧德先生兼及吾国文艺哲学，凡英法德文之关于吾国文艺哲学著作，无不知，而尤喜孔子。两人固皆得世界各国文化之精髓，不限于一时一地而视今世文化问题为世界问题者也。”② 因此他二人的思想，不会囿于一国一己之说，亦非一家之言，而是具有世界性眼光。而我国古典文化当中的缺点流弊则可以通过二人的思想加以补救，从而达到中西文化间的交流与往来。

其次，于第一标准而言，白璧德、莫尔两人思想之重点乃在于“以改造当世文化自任”，因此不为当今世界流行之各种偏激主义所承认。在梅先生看来，惟其如此，人文主义思想对于当今文化之本体价值才愈显重要。而这一点也正是当今中国各种偏激思想大行于道所急需的。因此引进白氏、莫氏二人之人文主义，固可拯混乱于秩序，救偏激于中庸。这便是白璧德、莫尔二人的人文主义思想对于中国当时新文化所具有之本体价值。

吴宓、胡先骕、梅光迪等人的积极译介，终于在当时文坛掀起波澜。“本志自第三期登《白璧德中古人文教育谈》之后，接到各处来函，纷纷佥以白璧德等人之学说裨益吾国今日甚大。嘱

① 梅光迪，《现今西洋人文主义》，《学衡》1922 年第 8 期，第 1～2 页。

② 同上，第 3～4 页。

多为译述介绍，以窥究竟。”[1] 为了对人文主义有一全面的介绍，吴宓又翻译了法国学者马西尔的《白璧德之人文主义》一文。据介绍，本文原载法国《星期杂志》（*La Revue Hebdomadaire*）第三十卷第二十九号（1921 年 7 月 16 日出版），题为 L'Humanisme Positiviste d'Irving Babbitt，作者马西尔君（Louis J. －A. Mercier）以白璧德先生之常说，撮要陈述于法国人之前。使其国人皆知有白璧德，皆知有人文主义。“吾人从旁逖听，益生景慕之思矣。且其叙述简明赅括，故不嫌明日黄花。特为译出。《星期杂志》该其亦刊登白璧德先生像，并由马西尔君将白璧德《卢梭与浪漫主义》一书之卒章，译为法文载登，题曰《人文主义与想象》。”[2]

尽管前面已有白璧德的零星译介，但对于他的主要著述似乎都还从未正面译介，“本志于美国白璧德先生之学说，已屡有所称述。惟念零星介绍，转相传述，未绝失真，而不见其思想之系统连贯”[3]。有鉴于此，吴宓等人开始正面地系统地介绍白璧德本人的人文主义批评。吴宓于 1924 年在该杂志第 32 期发表《白璧德论民治与领袖》一文。《论民治与领袖》（*Democracy and Leadership*）一书系白璧德于 1924 年所著，其目的在于阐明民主政治之得失乃决定于领袖之资格，而当今美国民主泛滥，自由横行，各种功利主义与物质主义盛行于世，冲决道德底线；究其根源乃在于其高等教育人文主义教育之缺失。因此白璧德提倡以人文主义代宗教，实现个人道德完善。而吴宓所译此文乃本书序言。

---

① ［法］马西尔，《白璧德之人文主义》，吴宓译，《学衡》1923 年第 19 期，第 14 页。

② 同上。

③ ［美］白璧德，《白璧德释人文主义》，徐震堮译，《学衡》1924 年第 34 期，第 5 页。

按照预告，时隔两月，徐震堮所译《白璧德释人文主义》一文出炉。本文出自白璧德第一本专著《文学与美国大学教育》(*Literature and the American College*，1908) 的自序。

再隔4个月之后，1925年吴宓又将《民治与领袖》的第五章“论欧亚两洲文化”翻译发表。因为本章论及我国文化之处颇多，所以吴宓将之先行译出。

1926年，为了纪念白璧德之学生，同时也是美国20年代批评界之新锐薛尔曼夭折，《学衡》杂志第57期再次推出浦江清所译《薛尔曼现代文学论序》一文。此文为薛尔曼的专著《现代文学论》(*On Contemporary Literature*，1917) 的序言。按文中的交代，薛尔曼为白璧德之学生，同时也是他与莫尔两人人文主义思想的最好阐释者。因此该书所反映的思想实际上是对其老师人文主义思想的文本实践。

似乎是为了弥补白璧德人文主义介绍的单一，1928年吴宓再次将莫尔的人文主义思想引进中国。莫尔的人文主义思想实早于白璧德。他的十一卷批评集《谢尔本随笔集》(*Shelburne Essays*，1904—1910) 是集大成之作。后于第一次世界大战前后，又著有《希腊宗传》以及《基督之道》。就文学批评而言，莫尔的人文主义文学批评成就显然高于白璧德。这一点主要集中在他的《谢尔本随笔集》当中。吴宓所译《穆尔论现今美国之新文学》一文，据他在“按语”中交代，则取自美国《论坛》杂志 *Forum* 第七十九卷第一号 (1928年正月号)，题为 The Modern Current of American Literature。吴宓之所以先以此篇开介绍穆尔人文主义批评之先河，乃在于他认为，“此篇所言美国今日文学之弊病，与中国今日之文学大致相同，可为借鉴”[①]。穆尔所

① [美] 穆尔，《穆尔论现今美国之新文学》，吴宓译，《学衡》1828年第63期，第2页。

谓美国文学之弊病为何？即美国新派文人“审美派”与“写实派”。所谓审美派，在穆尔眼中指以阿米·罗威尔（Amy Lowell）为代表的意象派；而写实派则泛指当时那些没受多少教育的辛克莱·刘易斯（Sinclair Lewis）与德莱塞（Theodore Dreiser）等人。全文重在攻击此两派文学创作成就低劣，无论是审美抑或是写实大都注重自我表现，而缺乏理性节制。从其内容而言，吴宓无疑借穆尔对美国文学的批评表达他对新文学自然主义盛行的不满。

第二年，吴宓再译穆尔文章一篇，为《穆尔论自然主义与人文主义之文学》。此文据吴宓交代，出自当时最新出版的《新谢尔本随笔集》之第一卷《绝对之鬼》（*the Demon of the Absolute*：*New Shelburne Essays*）的序言。本文的重点旨在说明所谓“绝对之鬼”实乃科学之理性，而体现于最近之文学乃是佐拉之自然主义。[①] 吴宓此文所指非常明确。同期之上，除了此文外，吴宓还同时刊发了《白璧德论今后诗之趋势》一文。该文算是弥补了白璧德对人文主义文学批评的不足。因为此前所介绍的有关白璧德的文章大多仅涉及抽象的理论，而该文则属纯粹的文学批评。该文表面上是白璧德为伊略脱教授所著《近世诗之循环》（*the Cycle of Modern Poetry*）所作的一篇书评［载《论坛》（*Forum*）杂志1929年10月第八十二卷第四号］，实则是借此发表白璧德对诗歌的看法，即“故评诗者亦不能离乎道德哲理……而近百年来诗人之想象受威至威斯自然主义泛神论之神话之毒过深。今急当救之以弥尔顿”[②]。很明显，白璧德批判的是当时弥漫美国的浪漫主义诗风。而吴宓所借该文欲表达的恐与前

① ［美］穆尔，《穆尔论自然主义与人文主义之文学》，吴宓译，《学衡》1929年，第72期。

② ［美］白璧德，《白璧德论今后诗之趋势》，吴宓译，《学衡》1929年第72期，第4页。

面所译穆尔的两篇文章大致相当，都是对当时新文坛所创作的各种新文学体式，即自然主义与浪漫主义的不满。

1929 年 12 月，似乎是学衡派应该为美国人文主义总结的时候，白璧德的人文主义思想终于在中国结集出版，这就是由新月书店出版的《白璧德与人文主义》一书。关于此书的出版，在序言之中，梁实秋交代了该书的出版原由。梁实秋于 1924 年进入哈佛大学之后，选了白璧德的“十六世纪以后的文学批评”一门课程，由此梁实秋的思想便由原来的杂家一变为白璧德的忠实信徒，终生未改其信仰。前面学衡派介绍美国人文主义的文章当中，很少涉及梁实秋的文章，此书的出版算是对他老师学说的一个交代。鉴于当时很多人对于白璧德人文主义思想的无知，也为了还击攻击者的误解，梁实秋由此联络吴宓先生，将他与其他诸人所译白璧德的五篇文章收入一个集子出版，以加大世人对白璧德的人文主义批评的了解。此书所收入的五篇文章包括胡先骕翻译的《中西人文教育谈》、吴宓译的《白璧德之人文主义》《论民治与领袖》《论欧亚两洲文化》，徐震堮译的《释人文主义》。[①]

除却学衡派诸人所译介的白璧德等为中心的美国人文主义批评之外，尚有几篇译介文章也值得一提。如华林一译《判断主义的文学批评论》（《东方杂志》1928 年第 25 卷第 7 号）、张荫麟《白璧德论班达与法国思想》（《学衡》1931 年第 74 期）、张微露译《白璧德论浪漫主义与东方》（《清华周刊》第 37 卷 2 期）、陈瘦石译《浪漫派的忧郁病》（《文艺月刊》1934 年第 6 卷第 2 期）等文。相比“学衡派”而言，这几篇文章似乎显得不够系统，但也基本上反映出白璧德的人文主义批评在现代中国的译介的另一支。至 40 年代，白璧德在中国的译介已经停止，似乎已经消失于中国现代文坛。然而他的影响却是自《学衡》杂志 1922 年引

① ［美］白璧德，《白璧德与人文主义》，吴宓等译，新月书店，1929 年 12 月。

入以来一直存在的。

美国人文主义在中国的接受，自然要算学衡派诸人最为用功，不仅翻译介绍方面非常系统，而且受其影响亦最深。在众学衡派学者当中，吴宓算是对白璧德最为崇拜的一位。

据梁实秋讲，“在中国宣扬白璧德先生思想最力的当推吴雨僧先生，他和他的友人在《学衡》杂志上发表过许多篇翻译的文字，后来集成一册，题名《白璧德之人文主义》，由上海新月出版”①。据现有的资料来看，吴宓所译美国人文主义文章大概有 7 篇，其中有关白璧德 4 篇，穆尔 2 篇，葛兰坚 1 篇，如是足见吴宓对美国人文主义思想所倾心奉献之功劳，他也可算美国人文主义在当时中国传播最得力者，也是美国人文主义在中国最忠实的信徒。后来何方渊对此有专门的评价。“没有人肯追随一个理想而受尽苦难也不改悔的，所以吴雨僧先生除了‘每一寸都是君子’之外，还以他的硬劲，他的不怕打败仗，他的传授学问一如传播宗教，而成为我们这个玩世的时代的白璧德和安诺德。”②“中国现代文学之白璧德”，这个称号对于吴宓而言，可谓名副其实。再者，据吴宓自述，他终生所信仰的文化力量实来自西方，尤其是深受白璧德与穆尔两人的恩惠。在其《吴宓诗集·卷末》第 162 页《空轩诗话·24》，吴宓自述，“宓素受教于白璧德师及穆尔先生，亦可云宓曾间接承继西洋之道德，而吸收其中心精神。宓持此所得之区区以归，故更能了解中国文化之优点与孔子之崇高中正”③。

在吴宓之外，另有一位完全将白璧德人文主义思想用之于文

---

① 梁实秋，《白璧德及其人文主义》，《现代（上海 1932）》1934 年第 5 卷第 6 期，第 903 页。

② 何方渊，《记吴宓》，《太平洋周报》1943 年第 83 期，第 1808～1809 页。

③ 王泉根，《孤守人文精神的智者——论吴宓与 20 世纪中国文化》。曹顺庆编，《比较文学新开拓》，重庆大学出版社，1996 年，第 251 页。

学批评，也是深受白璧德教诲，终身践行不渝的信徒，他就是梁实秋。与吴宓不同的是，梁实秋并未像吴宓等人那样高举白璧德人文主义的大旗，奔走呼号，而是非常平淡地接受其教化并以文学批评实践履行之。因此也可以说，梁实秋就是美国人文主义文学批评在中国现代文学当中的代言人。

梁实秋在正式介绍白璧德学说之前，很少正面涉及他的学说，既无翻译，也无介绍。他最先在其著作中标明白璧德之名字是在他的论文集《浪漫的与古典的》序言之中。“我借这个机会要特别表示敬意与谢忱的，是哈佛大学法国文学教授白璧德先生(Prof. Irving Babbitt)，我若不从他研究西洋文学批评，恐怕永远不会写出这样的几篇文章。”[①] 其后于1929年在其《怎样研究西洋文学批评——为复旦文科学会作》一文中所列举的现代批评著作当中，虽也将白璧德与莫尔等人的名字列入其中，但总没能给予其重要性地位。[②] 同年12月的《白璧德与人文主义·序》可能是当时梁实秋讲述白璧德最多的一篇文章。在该文当中，梁实秋第一次正面详细地讲述了他与白璧德的师从关系，以及自己为此所发生的思想转变。其次他也谈到了当时国内对于白璧德人文主义的误解，由此才打算将吴宓等人所译白璧德的思想公之于世，还白璧德在中国的清白与客观面貌。最后梁实秋坦言他对白璧德所采取的策略。“我并不把白璧德当作圣人，并不把他的话当作天经地义，我也并不想借白璧德为招牌来增加自己的批评的权威。在思想上，我是不承认什么权威的，只有我自己的‘理性’是我肯服从的权威。”[③] 这便是我们长久以来看不到梁实秋

① 梁实秋，《浪漫的与古典的·序言》，新月书店，1927年8月。

② 梁实秋，《怎样研究西洋文学批评——为复旦文科学会作》，《我们的园地——文学期刊》，1929年创刊号。

③ ［美］白璧德，《白璧德与人文主义·序》，吴宓等译，新月书店，1929年12月，第2～3页。

对白璧德人文主义思想有任何译介的原因。

1934年，梁实秋才正式发表了一篇长文《白璧德及其人文主义》，专门介绍白璧德及美国人文主义批评。全文分五个方面介绍：一、美国人文主义批评的历史语境及白璧德的简介；二、介绍人文主义的内容；三、讲述美国人文主义与文学之关系；四、介绍美国人文主义的文学批评方法；五、美国人文主义的三个优点与两个缺点。

从以白璧德为中心的美国人文主义批评在中国的传播与接受来看，该文的重要性主要在于以下三个方面。一、梁实秋将以白璧德为代表的人文主义思想放在了其时美国整个的批评领域进行介绍。二、该文以白璧德为中心，对整个美国人文主义学者谱系进行了详细的介绍。三、梁氏本着彻底“中庸”的原则，将白璧德人文主义批评的优缺点都进行了客观的总结，实属不易。[①]

除该文以外，梁实秋针对傅东华所译美国琉威松所编《近世文学批评》序言“阙而未译”，一方面批评傅东华此书译文上的一点错误，另一方面更为重要的是借此批判琉威松所谓的“公正无私”，从而为人文主义辩护。“琉威松原序中很明白地说，此书的目的是在供给当时美国一般青年新进的批评家以攻敌的弹石。敌是谁？是摩尔教授（P. E. More），白璧德教授（I. Babbitt）及谢尔曼教授（S. Sherman）。这三位教授是美国近代的人文主义（Humanism）运动的代表。琉威松是站在反对人文主义的地位的。他编辑此书，也无非是想把反对（有意或无意）人文主义的文字聚拢在一起，以张声势罢了。我们读了此书，只能算是参观了此番论战之一方面的壁垒，并不能把它当作‘近世文学批

① 梁实秋，《白璧德及其人文主义》，《现代》1934年第5卷第6期。

评’之一种公正无私的选辑。”[①]

在吴梁二人之外，还有一人值得一提。那便是林语堂。学界多将林氏作为白璧德的信徒来论述。然而从其著述与表达来看，与其说是继其衣钵之信徒，不如说他更尊重其人格，于其理论则无兴趣。对此他在《新的文评》的序言之中有明确的表述。“Babbitt 先生的影响于中国‘文坛’，这是大家已经知道的——如梅光迪，吴宓，梁实秋先生……有些是我个人的朋友，不是良心信仰，是个人的自由。”尽管如此，自由散漫的林语堂似乎不为其师所动，还是坚持他自由洒脱的风格。究其原因恐怕一方面与林语堂本人的性格相关；另一方面如果就学术而言，林语堂似乎对他老师那苛刻的学问有些不满。因此他更看重的是其人格。“因为至少 Babbitt 先生的人格是我所佩服。”[②]

此外，胡梦华怀着同路人的心态，也许他的意见最为中肯。虽然他深信《学衡》里面所提倡的人文主义（Humanism）确有存在之价值与一部分之信仰者。然而这种思想与当时深受浪漫主义时代潮流影响的青年人格格不入。然而“不能因为一般人的不赞成，便以为这种主义不好”。在他看来，“其实历来攻击反对人文主义的人大都对于人文主义未深研究；而人文主义所以不受人欢迎，则亦因无善于提倡的人”。再者，“现在《学衡》里的文章破坏多而建设少，似犹不能负此大任”[③]。三重原因决定了以白璧德为中心的新人文主义不可能在中国扎下根来，因此剩下的便只有批判与再批判了。

---

① 梁实秋，《傅东华译近世文学批评》，《图书评论》1934 年第 2 卷第 9 期，第 62 页。

② ［美］斯宾加恩等，《新的文评》，林语堂译，北新书局，1930 年 1 月，第 1～2 页。

③ 胡梦华、吴淑贞，《评学衡》，《表现的鉴赏》，现代书局，1928 年 3 月，第 269 页。

然而中国新文化运动所担负的救亡与启蒙的重任，终究不可能让白璧德等人的人文主义思想在中国产生深远影响。一方面学衡派诸人大多仅限于理论的引进与宣传，缺乏有效的转化，即使是像梁实秋这样的批评实践，终究因为缺乏创作的实践，使其在中国的传播终难成大气候。另一方面，尽管学衡派诸人看到了白璧德等人的人文主义思想与中国文化的契合之处与现实意义，但毕竟当时中国的时代语境与美国不尽相符，中国尚处于半封建半殖民地的社会状态，内忧外困，战争连连，既无所谓民主也无所谓自由，更无所谓科学主义发达之社会。故此学衡派诸人所倡导之白璧德诸人的人文主义批评在中国传播的结局最终是指责多于附和。对学衡派所主张的人文主义的指责，最先其实来自美国另一支批评力量在中国的译介，即左翼批评。譬如卡尔佛登《现代美国文艺的趋势》[①]《普罗列塔利亚的艺术》《关于美国批评界的断片》[②] 等文便从社会学与经济学批评的角度将白璧德等人打入布尔乔亚之列对之进行了批判。然而我们要在这里具体论述的是当时中国文坛对之做出的批判。

首先是来自文学研究会，长期从事美国文学理论翻译，近来颇受左翼批评影响的傅东华先生[③]，从独断派的古典主义角度对美国人文主义批评进行了清算。虽然古典主义在 18 世纪末叶已遭受攻击，但在现代守旧大学里仍然有其信徒，“而如美国号称人文主义的白璧德，尚且还颇有一部分的势力。此派虽不至如十七世纪的批评家严守‘三一律’一类的义法，但把社会看作一件静止不动的东西，这是和二十世纪的科学知识最不兼容的地方，

① ［美］V. F. Calverton，《现代美国文艺的趋势》，钟宪民译，《文艺月刊》1930 年第 1 卷第 4 号。

② ［美］卡尔佛登，《文学之社会学的批评》，傅东华译，华通书局，1930 年 9 月。

③ 关于他的译介作品前面第二章有一定的介绍。

也是此派受人攻击最甚的一点”。“此派一面因其独断的分量居多，故受以说明为职志的科学派批评的攻击，一面又因其太板着面孔说话，太近功利主义的，故并受艺术派的攻击。”[①] 傅东华的批评应该说是有一定道理的，对此林疑今也持同样的论调，只不过语气更为严厉。他说美国人文主义批评乞灵于标准与训练，其实还是归结到古典派的人生观；此派之阵营已被表现派及社会学派所冲破，虽则近年来较为活动一点，其实只是死灰复燃而已。“他们是美帝国主义直接指挥的傀儡，反对任何新的形式，揭出一种极模糊的，抽象的理想，强迫大众跪拜于其前；这种文艺政策已被美国大半青年所不满。”[②] 此外，他还从阶级立场认为人文主义是美国布尔乔亚阶级文化的代表。他们虽然承认社会对于作家创作的影响，“但却否认对于每个作家都有影响，这是人文派最大的弱点”[③]。林疑今的批评，无疑带有更为浓厚的左翼批评的色彩。

然而继梁实秋批评傅东华所译美国批评家琉威松辑《近世文学批评》之后，傅东华同样借翻译表达了他对人文主义的批判。在其化名“伍实”所发表的《什么是人文主义》一文里，不仅对美国人文主义批评进行了严厉的批判，同时也将英国新批评理论家 T. S. 艾略特拉在一块儿进行了清算。文章称人文主义的批评学说是当此世界危机期间为绅士制度辩护的学说，他们所努力的是要发现“强壮的”人，要发现“健康的”人类。他们因无政府组织的失败而回到远古的古典时代，“结果是愚昧和喧呶的反动，复古和法西斯主义，恶俗的实利主义和洗练的唯美主义以及积极主义和空想等等成了一

---

① 傅东华，《现代西洋文艺批评的趋势》，《暨大文学院集刊》1931 年第 1 期，第 4 页。

② 林疑今，《现代美国文学评论》，《现代文学评论》1931 年第 1 卷第 1 期，第 4 页。

③ 同上，第 8 页。

种奇异的混合物”。这种奇异的混合折射的是人文主义的矛盾。人文主义作为资产阶级的意识展现，以一种纪律与理性相规约，从某种程度上来讲“犹之法西斯主义的国家主张一切都应从属于一个领袖的意志一般”[①]。证据就是白璧德所著《德谟克拉西与领袖》一书。因为他主张国家需要一个领袖，需要一个能将世界攥在手中的领袖。美国人文主义的企图便是联合美国绅士界的主义，最后将之推广到中国。措辞之严厉，将人文主义等同于法西斯主义，这便是典型的左翼批评的阶级立场。虽然傅东华借助的是翻译，但是正如他在此文前面所讲的那样，表面上是与梁先生的人文主义进行参照，实质上却是一种严厉的批判。

对于美国人文主义者的古典主义倾向，略带唯美倾向的李长之对此更是不满。首先借 T. S. 艾略特之口对人文主义者之宗教观进行了批判，认为“人文主义者是矛盾的，既欲建立宗教，又欲批评之，结果非常不自然”[②]。然而又从表现主义批评的角度，指出人文主义对于艺术的忽略。“二者（注：表现派与人文派）比较了看，我总觉得表现主义的话像话。我们知道表现主义者的传统，是出发自意大利的浪漫主义作者曼左尼（Alessandro Manzoni，1785—1873），又佐之以歌德的声援，而发挥光大于克罗采，克罗采的流亚就是斯宾迦了。”[③] 其实曼左尼提出文艺批评家在批评时要问两个问题：第一是作者想说什么？第二个是作者说的成功了没有？但在人文主义者看来这是不够的，就又加上第三个问题：该不该说？单从字面上看，表现派和人文派都没有忽略这三个问题。他们都振振有辞地好像没有所偏。“其实，

① Sergei Dinamov 著，伍实译，《人文主义是什么》，《文学》1934 年第 3 卷第 4 号，第 881 页。

② 李长之，《现代美国的文艺批评》，《现代（上海 1932）》1934 年第 5 卷第 6 期，第 898 页。

③ 同上，第 901 页。

在人文主义者的口中虽把三个问题并称，却只采取了第三个，所以他们实在忘了艺术。在表现派虽然默认有第三个问题的存在，但是他们是不过问的，所以他们实在忘了人生。”然而人生问题不是文艺批评者专责的，所以倒是表现派没抹杀对象——艺术品。相比傅东华的批评，李长之的批评显然更为温和，但却从文艺本身的立场看到了人文主义的宗教矛盾以及对艺术的忽视。这显然是他的进步。不过随着时代的进一步发展，李长之后来虽然放弃了唯美主张，但却从社会与道德的角度再次对人文主义批评进行了批判。“过去人文主义的批评，像白璧德（Babbitt）等，就是想执行道德的批评的任务的，可惜他们的人生理想只是陷于庸俗的，平凡的，冬烘的圈子里。”当时需要更健朗的人生理想的建立。“至于从社会的观点为出发的，那就需要执行历史的任务，这时一个批评家便必须有正确的世界观，并配合上社会理想，才可以对作品加以批判。……这也是现在中国所最急需的。”①

与傅东华同一阵线的还有伍蠡甫，伍氏同样也从社会学的角度对人文主义展开了攻击。“有人批评人文主义的文艺论太过笼统，太过不接近科学了。这还未能道出内中的真相。其实现代的人文主义只不过是这么一回事情：看见大势已去了，现代已经不再属于自己了，还不妨来个最后的挣扎。怎样挣扎呢——抱着一个抽象的原则，来逃避现实的压迫；依附一个过去的靠山，来充实自身的虚弱。然而，个人主义是已在消灭了，所以像人文主义这样的世界观和文艺论也不过像似退潮里的漩涡，也那有不同归幻灭的呢？”② 很显然，伍先生的批评颇具学理性，然而所依据

① 李长之，《文学批评的课题》，《文讯》1948 年第 8 卷第 3 期，第 458 页。

② 伍蠡甫，《人文主义的文艺批评是怎样的》，傅东华编《文学百题》，生活书店，1935 年 7 月，第 326 页。

的观念仍然是社会学原理，与傅东华的批评无异。

同样是针对梁实秋的人文主义批评，对之进行全面系统批评的是王集丛先生。王先生的文章《梁实秋论》发表于1935年《现代》第六卷第二期。针对梁实秋去年在该杂志发表的《白璧德及其人文主义》，王先生针锋相对地进行了批判。梁实秋一直以来不断地活跃在现代文学批评界，倡导人性与理性，对当时文坛诸家都有批评。王集丛先生开篇便给他定了性："梁实秋教授是古典主义、人文主义的文学批评家，但他却不是文艺复兴以后'假古典主义者'，而是'稳健严正'的白璧德（Babbitt）教授的门徒。"[①] 而且王先生在对美国人文主义批评在中国的进程进行了一番总结之后认为，"白璧德教授的人文主义仍然少人赞许，更是少人将之应用到文学与一般学术上来。及至梁实秋教授从海外归来之后，白璧德教授的人文主义文学批评才算到了中国"[②]。后文一方面继续对梁实秋的批评，另一方面也以梁实秋为突破口展开了对美国人文主义批评的批判。

> 大战以后，在世界发生绝大的危机的时候，白璧德教授出来建立了"人事之律"，要人们"循规蹈矩"，不"走极端"；要殖民地的民族拥护"品德优越"的帝国主义的统治，不起来反抗；以图得到暂时的安定。同样，在目前的中国情形下，梁实秋教授们也高唱着古典主义、人文主义之歌，要人离开现实追求理想；不要"偏激"，不要"出奇"，要"平庸"地走"大路"　"正路"，以保存其"尊严"与"健康"。——这样看来，白璧德教授的人文主义，真可是中西合用，所谓"救世济人"之良法了。[③]

① 王集丛，《梁实秋论》，《现代》1935年第6卷第2期，第104页。

② 同上，第107页。

③ 同上，第109页。

针对人文主义对浪漫主义的攻击，王先生则从社会历史的角度为其辩护。“其实浪漫主义者也并非只有感情没有思想，他们之反对规律，任随情感奔放，就是他们的思想。至于他们为什么会有这样的思想呢？这只有在他们所属的时代社会中去找说明。因为人类的思想与感觉，理性与感情并不是来自天赋，而是在其社会生活中形成的。”①

梁实秋在其批评之中一再地强调“理性的节制”“文学的纪律”，在王先生看来，最终当“走到庸俗的形式主义的道路上去”。“梁教授的‘从心所欲，不逾矩’的‘纪律’，已经是形式主义的表现了。”“他依此原则解说小说，解说其他文学作品时，则是更成了咬文嚼字的庸俗的形式主义者。”②

前面部分对梁实秋及白璧德的人文主义措辞严厉，然而在后文，王先生却一转笔锋，反倒对梁实秋所主张的理性、人性等观点表示了认同。“不过，梁教授也还有他自己的道理，他之高唱‘普遍的人性是一切作品之基础’者，乃是要人‘循规蹈矩’，过‘理性的生活’，不要去做‘偏激’的事情。”③ 在这一原则下，梁教授大骂“偏激”的卢梭和浪漫的王尔德（Wilde），否定了一切浪漫主义和自然主义的文学作品之价值，认为他们所表现的都是“变态的人性”，容易引起人“走极端”。他所认为最伟大的作品，乃是表现“纯正的人性”的作品，是有“伦理价值”的作品。究其原因，乃在于三十年代中期，正值中国社会急剧变化，战事不断，社会动荡，左翼批评自然占据了上峰，而浪漫主义与唯美主义自然与时代语境显得格格不入，难免会遭到批判。在这一点上，王集丛显然与梁实秋是站在同一阵线的。

---

① 王集丛，《梁实秋论》，《现代》1935 年第 6 卷第 2 期，第 110 页。

② 同上，第 111 页。

③ 同上，第 113 页。

孙竹青先生的文章《白璧德印象记》似乎为美国人文主义在中国的传播做了最后的总结。该文一方面总结了白璧德人文主义在中国传播与接受的历史，另一方面也借翻译此文同样对白璧德从形象上进行了批判。孙先生似乎对白璧德的理论并不感兴趣，他首先关注的是白璧德形象在中国的塑造。以吴宓为中心的学衡诸人花大力气翻译了好几篇文章，“白璧德自那时起，就在中国的学术界占定一席之地，惹得中国文坛为之一度的不安”[①]。然而白璧德的形象到底是“剪影缩像，还是吴先生理想中的，受了中国‘儒化’同化了的白璧德学说的剪影缩像”呢，作者对此表示了极大的怀疑。然而不管当时中国各界怎样对待白璧德，如何评价他的人文主义学说，“白璧德在学术界有他相当的重要的地位和权威，这诚是不容我们否认忽视的”[②]。后文的翻译“原载本年六月份 Sewancee Review 季刊；主题题作 Irving Babbitt (伊尔文白璧德)，尚有副标题‘全属个人的点印象’”[③]。很显然，孙竹青借此文的翻译，故意以人文主义所攻击的印象主义方式传达了个人对白璧德的形象，而此文所描绘的白璧德形象显然不是像学衡派所极力赞扬的那样高尚，而是一个年迈不堪、思想迟钝的老者。

进入 40 年代以后，美国人文主义批评在中国已渐渐地淡出人们的视野，不再为人所提起。这便是美国人文主义批评在中国的命运。以学衡派诸人的大力提倡，掀起一场声势浩大，影响深远的中国人文主义浪潮最终像肥皂泡一样很快破灭。然像周作人所言，学衡派作为中国“新文学一个旁支”[④]，它的经验应该被重视，即使当时囿于时代语境与社会政治形势，它的意义被遮

① 孙竹青，《白璧德印象记》，《励学》1936 年第 5 期，第 27 页。

② 同上，第 29 页。

③ 同上，第 29 页。

④ 周作人，《恶趣味的毒害》，《晨报副刊》1922 年 10 月 9 日。

蔽，甚至被打入“反动”之列，但是他们通过白璧德的人文主义译介所主张的中西结合的观点在当代仍然具有极强的借鉴意义。

第二节　表现主义批评在现代中国的表现

20 世纪美国文学批评诸多流派盛行一时，相互征伐，围绕着以白璧德为中心的人文主义批评，形成了诸多的反对派，其中最有力、最激烈的反对者便是以斯宾加恩为代表的表现主义批评。前者以道德介入文学，斯宾加恩则据理力争，完全拒绝任何功利主义的势力，而以道德为首的势力进入文学的领地，力图维护文学园地的纯洁性与纯粹的艺术性。

相比声势浩大的美国人文主义而言，势单力薄的斯宾加恩（Joal Elias Spingarn，1875—1939）的表现主义批评传入中国的时间更早，也为更多的人所接受，而非仅限于某一文学团体。

斯宾加恩的表现主义批评论在中国最早的介绍者，据现有的资料来看，当是文学研究会的骨干郑振铎先生。他最先在多篇文章当中涉及或介绍了有关斯宾加恩的学说。

1922 年 1 月 1 日应该是美国文学批评家斯宾加恩的名字传入中国的第一天。这一天郑振铎先生的《论散文诗》发表于《文学旬刊》第 24 期。该文的主要目的便是为当时新近出现的文体——散文诗进行辩护，确定其在新文学领域中的合法地位。然而新兴文体毕竟不是本土所生，因此在为其辩护的过程中，郑振铎引用斯宾加恩的《散文与韵文》一文作为其理论依据。其中有这样一段文字：

> Spingarn 在他的 *Creative Criticism* 一书里，论到“散文与韵文”，有一段话说得很好：
>
> “希腊人的话的重点在于：诗的试验，不在于用散文或

韵文，而在于想象力，因为如果以韵之有无为真实的试验方法，那末，有韵的法律书与医书变成诗，而散文的悲剧不是诗了。……诗与韵文也许是合一的另辞，也许不是。但是他们却都以为散文与韵文是不同的。但是散文与韵文果是不同么?”

Spingarn 说到这个地方，又举出了好几个例证，证明：

“不仅只散文与韵文没有划定的界线，并且，如果说起有韵的字句与无韵的字句之间有差别的存在，那末，就是在同‘平仄’的韵文中，也是同样的有差别的。”①

据后文注释可知，本段文字出自斯宾加恩所著《创造的批评》一书。该书是斯宾加恩所著文学批评当中最为著名的一种，也是在中国现代文坛影响最大的一部书。《创造的批评》，全名为《创造的批评——论天才与趣味的统一》（*Creative Criticism—Essays on the Unity of Genius and Taste*），1917 年由纽约 Henry Holt and Company 出版。全书包括四篇文章及一附录，分别是《新批评》（the New Criticism）、《戏剧批评与剧场》（Dramatic Criticism and the Theatre）、《散文与韵文》（Prose and Verse）、《创造的鉴赏家》（Creative Connoisseurship）、《附录：关于天才与趣味的一个注解》（Appendix：A Note on Genius and Taste）。除此之外，斯宾加恩尚有《文艺复兴批评史》（*A History of Literary Criticism in the Renaissance*，*the Macmillan Company*，1899）、《十七世纪批评集》（三卷）（*Critical Essays of the Seventeenth Century*，the Clarendon Press，1908—1909）。而郑振铎此文所引《散文与韵文》后来于 1928 年由李濂翻译。②

---

① 西谛，《论散文诗》，《文学旬刊》1922 年第 24 期，第 1 页。

② ［美］斯宾葛恩，《散文与韵文》，李濂译，《北新》1928 年第 2 卷第 12 期。

1922 年 8 月 10 日郑先生又在其《文学的统一观》一文中提及斯宾加恩所著《文艺复兴时代的批评文学》，然而郑振铎认为此书与勃兰兑斯的《十九世纪文学主潮》一书一样都没有将文学作为一整体来研究。[①] 1923 年 1 月 10 日，郑振铎又在其《关于文学原理的重要书籍介绍》一书中重点介绍了斯宾加恩的两本著作，即《创造的批评论》《文艺复兴时代的文学批评史》。郑先生侧重介绍了第二本，认为“我们要研究文艺复兴时代的文学观念，这部书是很有价值的”[②]。

在郑振铎的不断介绍之下，随着当时国内对文学理论的强烈渴求，自 1923 年开始终于出现了斯宾加恩的翻译文章，而且有的还一再翻译，出现多个译文，在当时引进的英美文学理论当中实为一道难得的景观，同时折射出他的表现主义批评在中国受欢迎之程度。

当时国内翻译斯宾加恩文章第一人为赵景深，也是文学研究会成员。他于 1923 年 6 月节译出《文学的艺术的表现论》一文[③]。此文实为《新批评》一部分，后来此部分也被收入美国文学批评家琉威松所编《近世文学批评》一书，只不过名称为“艺术即表现”。1928 年 3 月，傅东华将琉威松此书翻译成中文。在名称问题上，傅东华的翻译似乎更能表达出斯宾加恩表现主义批评的主张。

继赵景深翻译此文后两年，即 1925 年，侯圣麟又试着翻译了斯宾加恩的第二篇著名文章《文学批评上的七大谬见》全文。据圣麟介绍，“这篇东西原文叫作 the Seven Arts and the Aeven

① 郑振铎，《文学的统一观》，《小说月报》1922 年第 13 卷第 8 期。

② 西谛，《关于文学原理的重要书籍介绍》，《小说月报》1923 年第 14 卷第 1 期，第 9 页。

③ [美] J. E. Spingarn，《文学的艺术的表现论》，赵景深译，《文学周报》1923 年 77 期。

Confessions，是从林语堂先生所选的文学批评讲义中译出的。Modern library 中之 *A modern Book of Criticism* 中，也有这篇。”[①] 据斯宾加恩自己介绍，此文一部分内容后来也收入《创造的批评》一书第四篇文章《创造的鉴赏家》。[②] 值得注意的是，斯宾加恩此文所说的七种误解，包括诗人为酬金而作诗（poets write for money）、诗人受环境的影响（poets influenced by their environment）、诗须有韵（poets write in meter）、诗分悲的与喜的（poets write tragedies and comedies）、诗人的道德或不道德（poets are moral or immoral）、诗人分平民的或贵族的（poets are democratic or aristocratic）、诗人用比喻（poets use figures of speech）。[③] 斯宾加恩一一从表现主义的角度对之进行了驳斥。必须指出的是，此文在后来不断地被翻译，甚至出现了多个译文。

因此文被收入琉威松所编《近世文学批评》一书，傅东华再次于 1928 年 3 月将其翻译为《七艺与七瞀》。此后侯圣麟的老师林语堂又于 1929 年将其以《七种艺术与七种缪见》为题翻译发表在《北新》杂志第 12 期之上。1930 年，李辰冬又将此文以《七艺与七弊》为题发表于《燕大月刊》第 5 卷第 4 期之上。可见此文在当时颇受现代文坛的欢迎。

除此文外，斯宾加恩的另一篇文章《新批评》自赵景深于 1923 年节译之后第三年即 1926 年，终于有了全译本。首先是华林一以《表现主义的文学批评论》为题发表于《东方杂志》第

---

① ［美］J. E. Spingarn，《文学批评上的七大谬见》，圣麟译，《京报副刊》1925 年第 54 期。

② ［美］J. E. Spingarn，*Creative Criticism—Essays on the Unity of Genius and Taste*，New York，Henry Holt and Company，1917.

③ ［美］J. E. Spingarn，《文学批评上的七大谬见》，圣麟译，《京报副刊》1925 年第 54 期，第 49 页。

23卷第8号之上。此文乃华林一所译“三大文学批评之首”，(另外两篇是法朗士的《印象主义的文学批评论》与白璧德的《判断主义的文学批评论》)，足见他最为推崇表现主义。再者在此文按语之中，华林一一方面给予了斯宾加恩以崇高的地位，另一方面认为此文对于当时中国文学批评颇有借鉴意义。表现主义盛行于西方，已经有一段时间了，然而当时中国人还很少有人知道。因此华林一选择了“斯滨加（J. E. Spingarn）之《新的文学批评》（the New Criticism）一文，译之以饷国人”。所谓“斯滨加”，表现主义文学批评论之代表也。其表现主义批评与其他批评颇不相同，甚至还具有一种革命性。相比中国文学批评，还非常幼稚，要想成熟发展，“非亚里斯多德之《诗学》，乃最近之表现主义的文学批评论也”。因此华林一认为，要介绍西洋文学批评原理，“自斯滨加始”[①]。

就此文的内容而言，可谓斯宾加恩的表现主义文学批评的一篇宣言，然而也必须指出的是，此文多是对其导师克罗齐“艺术即表现”命题的详细阐发，通过十种排除，表达了表现主义文学批评对于各种功利主义批评的拒绝，具有非常明显的唯美主义印痕。

与前面斯宾加恩的《文学批评上的七种谬见》一样，此文在中国也同样颇受欢迎，不仅出现了多个译本，甚至有的学校还以此为教材[②]。同年10月10日，胡梦华在其文章《表现的鉴赏论：克罗伊兼的学说》[③] 中编译了此文的下篇部分，以此介绍克

① 华林一，《表现主义的文学批评论》，《东方杂志》1926年第23卷第8号。

② 见叶崇智著《英国文学系课程指导书》（《暨南周刊》1928年第3卷第2期）一文，其中将Spingarn的*Creative Criticism*作为英文系三年级必修课之教材，目的在于研究文学批评之原理及文学价值之个人标准。

③ 胡梦华，《表现的鉴赏论：克罗伊兼的学说》，《小说月报》1926年第17卷第10期。

罗齐的表现主义学说。在其文后所附参考书目当中明确提到了斯宾加恩的《创造的批评》一书。而《新批评》便是此书的第一篇文章。1930年1月，林语堂在其译文集《新的文评》一书中收入了他所翻译的《新的文评》一文。

更为重要的是，斯宾加恩的专著《文艺复兴时期文学批评史》一书也在中国有了中文译本。此书于1937年2月，由孙伟佛翻译成《文艺复兴期之文艺批评》。孙伟佛所依据的乃是斯宾加恩此书的第五版，正如他所说，此书再版至五版，足见其在欧美文学界非常受欢迎。此书曾受到克罗齐的称赞，“而且依然是一部标准之作”[①]。

据孙伟佛在此书《译者序》中所言，翻译此书有这样几重目的。

第一，乃出于对中国当时文艺批评现状的不满。他认为，中国喜爱文艺之人，不为不多，作者如过江之鲫；而文学作品的生产，也如雨后春笋般“既茁且繁”。然而唯独文艺批评，很少有人问津，即使有从事者，也多浅尝辄止。“盖文艺批评乃文艺之导师，创作而无批评，如盲人瞎马，暗中摸索，罔不败者。”此书之翻译“足可为中国现代文坛之借鉴”，其题名虽为“文艺复兴期之文艺批评”，但其所研究的问题，实可为中国现代文艺中所生发的种种问题提供某种借鉴。在孙看来，中国当时犹如欧洲的文艺复兴时期，有关文言白话的论争，语法与语汇的问题，民族文学的问题，文化建设的问题等基本上与欧洲文艺复兴时期所面对的情形无二，因此解决此类问题，此书“乃一绝妙之参考书”。

第二，此书因其有正本清源之功，所以很多文学批评上的原

① ［美］韦勒克，《近代文学批评史》第六卷，杨自伍译，上海译文出版社，2005年1月，第109页。

初性问题便可以以此为借鉴。这些问题包括悲剧与喜剧的区别、诗与剧的功效、史诗与传奇的研究、古典与浪漫的检讨、创造批评的渊源、人生与自然的关系等，虽为文艺复兴时期文学批评之症结，但中国当时所面临的文艺批评也亟待解决类似问题。

第三，斯宾加恩此书相比以前所著文学批评有其诸多优点，这也是他译介此书的动机之一。欧洲当时批评名著，不为不多，如“亚奈得（Arnold）之《批评论文》（*Essays in Criticism*），佩特（Pater）之《欣赏》（*Appreciation*），王尔德之《意志》（Intention）是”。然而此类作品，“不失之玄，即失之昏，且陈意过高，不便初学，放宏恣肆，每痼己见，是以不取也”。因此“欲研究西欧现代文艺批评，自当先由文艺复兴时之批评研究起”①。

第四，此书在欧美非常受欢迎，以至于出到第五版。

四重动机之中，前两重基于中国当时文学批评之现状与建设之借鉴；后两重则为尊崇之辞，对斯宾加恩文学批评的崇敬之情，洋溢言表。

翻译成果的丰硕本身便是其在中国传播受欢迎的一种直观表现。然而究其接受而言，则又深入得多。

斯宾加恩的表现主义文学批评不仅得到文学研究会郑振铎等人的接受运用，即使是以人文主义批评为准的京派批评家梁实秋也对其颇有好感。梁氏在其《戏剧艺术辨正》一文中，对斯宾加恩的《戏剧批评》一文也是赞赏有加。“读美国批评家斯宾冈氏之《创造的批评》一书，内有《论戏剧批评》一篇，词意大致相同。但引证之博，见地之精，胜过拙作万万，可资参考

① ［美］J. E. Spingarn，《文艺复兴期之文艺批评》，孙伟佛译，常任侠校，正中书局，1937年2月，第1～4页。

(Spingarn：*Creative Criticism*)。"[1] 除此之外，梁实秋在《怎样研究西洋文学批评》一文中，对斯宾加恩所著《文艺复兴时期的文学批评》一书颇为推崇，认为它是研究文艺复兴时期的一部力作。斯宾加恩作为意大利美学家克罗齐的弟子，在美国倡导表现主义批评，虽然其"主张容有可议之处，但是这一本书写得非常深刻精致，极有参考价值，现已五版出书，并有意文译本行者，为学者所推重"[2]。

与梁实秋相比，尽管林语堂亦对白璧德之人文主义批评赞赏有加，然相比之下，他却更加青睐于斯宾加恩。其译文集《新的文评》之标题，便是以斯宾加恩的文章《新的文评》所命名。再者此书《序言》长文的叙述更是一方面明确地表达了他对斯宾加恩思想的器重，另一方面将之运用于中国文学批评之中。

相比白璧德的人文主义思想，也许斯宾加恩的表现主义文学批评看似"标新立异，竞奇取巧"，"实则 Spingarn 对于西欧文评史的工夫，虽 Irving Babbitt 先生，也无异词，可见并非专以竞奇取巧，危辞耸听为号召而已"[3]。因此林语堂认为介绍此书对于了解此派之文学原理及其影响很有意义。

斯宾加恩所谓"才与识合一"与"创造的批评"的观点，在林语堂看来，实则"主张格律剪裁，典型义法，与主张任情率性，打破桎梏的理论"。因此在中国来讲，此类提法也是大有其人，"自从归有光以五色圈点《史记》以下，以至方苞、姚鼐、曾国藩、林纾，都愿以文学作家的启蒙塾师自居，替他们指导文

① 梁实秋，《戏剧艺术辨正》，《浪漫的与古典的》，新月书店，1927 年 8 月，第 65～66 页。

② 梁实秋，《怎样研究西洋文学批评——为复旦文科学会作》，《我们的园地——文学期刊》1929 年创刊号，第 81 页。

③ ［美］斯宾加恩等，《新的文评·序言》，林语堂译，北新书局，1930 年 1 月，第 5 页。

章的义法准绳，或如茅坤所为，替他们做乖戾不通‘不得要领’的古文评选”。另一方面，此种说法也与美国的“作文”课本编辑思想相同。而此种方法在中国同样存在。“在古代如王充，刘勰，在近代如袁枚，章学诚诸人——我们可以就叫他们做浪漫派或准浪漫派的文评家。章学诚说得最好，他说：‘诗之有音节，文之有法度，君子以为可不学而能，如啼笑之有收纵，歌哭之有抑扬，必揭以示人，人反拘而不得歌哭啼笑之至情矣。’（《文史通义·文理篇》）”①

在林语堂看来，“表现”二字之所以能超过一切主观见解，而成为纯粹美学的理论，就是因为表现派能攫住文学创作的神秘，认为一种纯属美学上的程序，且就文论文，就作家论作家，以作者的意志及表现的成功为唯一美恶的标准，除表现本性之成功，无所谓美，除表现之失败，无所谓恶。因此任何作品，只要为单独的艺术创造，不但与道德功用无关，与前后古今同体裁的作品也无涉。在林语堂看来，此说与清朝诗人袁枚所说颇为相合。“诗者，各人之性情耳，与唐宋无与也，若拘拘专持唐宋以相敌，是己之胸中，有已亡之国，而无自得之性情，于诗之本旨失矣。”（《答施兰分书》）② 表现主义的重点在于打破一切桎梏，推翻一切典型，推崇个性。章学诚之言与此颇为相似。“比如怀人见月而思月，岂必主远怀？久客听雨而悲雨，岂必有愁况？然而月下之怀，雨中之感，岂非天地至文？而欲以此感此怀，藏为秘密，或欲嘉惠后学，以谓凡对明月与听霖雨，必须用此悲感，方可领略，则适当良友乍逢，新婚宴尔之人，必不信矣。是以学文之事，可授受者，规矩方圆，不可授受者，心营意造……

① ［美］斯宾加恩，《新的文评·序言》，林语堂译，北新书局，1930 年 1 月，第 6～7 页。

② 同上，第 8 页。

(《文理篇》)”表现于中国文学史上，推崇个性，文为各自所禀，此类例子甚多。颜之推《颜氏家训·文章篇》曾举出“自古文人，多陷鄙薄，屈原露才扬己，显暴君过，宋玉礼貌容冶，见过俳优，东方曼倩滑稽不雅，司马长卿窃赀无操”，以至于曹植“悖慢犯法”，孔融“诞傲致殒”，阮籍“无礼败俗”，谢灵运“空疏乱纪”。[①] 之所以此类文人有此行为，完全在于他们个性与人格的表现。

除此正面阐释，林语堂继续发挥斯宾加恩的表现主义批评论，用其理论抨击文学分类之呆板、修辞学之枯燥，皆由于其淹没个性。他认为没有必要进行严格繁琐的文学体裁划分，修辞学并不是文评。如此一番阐发的目的，在于用斯宾加恩的表现主义清理中国传统的文评，弃其无用之教条判断，而发扬其重视个性的传统。因此，他认为，中国只有“评文美恶”的意见，而没有美学；只有批评，而没有关于批评的理论，所以许多美学上的问题，是谈不到的。刘勰《知音篇》稍稍谈及，但是仍未能提出批评本身的问题。所谓中国有些文评家与表现理论相近，只是相近而已。[②]

如此看来，林语堂并非人文主义的传人，而依其无羁个性，更偏爱于人文主义的对手斯宾加恩的表现主义文学批评。除却林语堂本人的个性以外，表现主义文学批评与中国诗文评的传统颇为契合，也是他青睐斯宾加恩的学说原因所在。然而必须指出的是，林语堂在运用斯宾加恩的表现主义衡量中国古代文学批评之时，仍然不免带着西方中心主义的有色眼镜，以西释中的方法终使其看不到中国传统文论自身价值的所在。

① ［美］斯宾加恩，《新的文评·序言》，林语堂译，北新书局，1930 年 1 月，第 10～11 页。

② 同上，第 15 页。

然而自30年代随着中国当时时代语境的急剧变化，个人之要求须服从于社会选择，再加之美国左翼批评的传入，斯宾加恩的表现主义文学批评在中国的接受便慢慢地发生了转化，对其理论的接受不再像林语堂那样大加赞赏运用，而是转向改造，甚至是批判。

首先对斯宾加恩的表现主义文学批评表示批判的是傅东华所译卡尔佛登的《文学之社会学的批评》一书中之《关于美国批评界的断片》一文。在该文中，卡尔佛登运用社会学的理论对斯宾加恩的表现主义进行大肆攻击，认为斯宾加恩所谓“诗人已不复能不受‘他们的社会的特殊状况’的影响，也犹之乎科学家和哲学家了。每个的个人，无论他是狂人或天才，总必由他的社会环境里取得他的观念，而说他不会受这环境的影响，那就简直是愚蠢”①。

傅东华深受卡尔佛登社会学以及马克思学说的影响，另一方面又不愿文学完全受制于社会时代，因此他希望斯宾加恩的表现主义文学批评与前者进行一种融合。“表现主义只认精神的实在为真正的实在那种态度，将势因科学的发达而使人觉得不能满足。反之，科学的发达——如神经学、下意识的心理学等——将使从前许多抽象的名词——如直观、灵感等——都得还原做科学术语，并能施加实验，而逐渐地具体化。”“但是社会一天有阶级的存在，这左右两派的对抗局面就一天不能打破。不过靠着科学的进步和教育的普及，这两派或许有接近的可能。”②

略近唯美倾向的李长之倒是在人文主义与表现主义之间选择了后者。因为“二者（注：表现派与人文派）比较了看，我总觉

---

① ［美］卡尔佛登，《文学之社会学的批评》，傅东华译，华通书局，1930年9月，第211页。

② 傅东华，《现代西洋文艺批评的趋势（附图表）》，《暨大文学院集刊》1931年第1期，第10页。

得表现主义的话像话。……然而人生问题不是文艺批评者的专责的，所以倒是表现派没抹杀对象——艺术品”[1]。然而后来他又对此表示了质疑：“后来美国的斯宾喀尔（Spingarn）又强调过这个方法。所谓表现主义派的批评，就是这样的。关于表现成功的作品当然没有话说了；现在问题是为什么有表现不成功的呢?这有两个可能，一是能力问题，作者的表达能力不够，那么，批评家就要替作家表达出来。”[2] 李长之的质疑是有道理的，毕竟个人的精神世界与表现能力有限。因此表现主义强调个人意志有余，而忽略了外在的生活与社会、时代与历史。

同为京派批评者的朱光潜对他的同门同样提出了批评。“克罗齐曾说：‘诗人死在批评家里面。’意思就是指直觉与思想不兼容。不过这里所谓‘批评’是用它的习惯的字义。克罗齐的门徒斯宾干（Spingarn）把‘批评’的习惯的字义（就是‘判断’）丢开，把它看作与‘欣赏’同义，于是欣赏固然是创造，批评也是创造了。这个‘批评即欣赏，亦即创造’学说在近代影响很大，攻击它的人也很多，平心而论，它确有不能完全使人满意的地方。”[3] 无疑，朱光潜站在克罗齐的角度，确实看到了斯宾加恩与克罗齐的差异，即提高了批评的地位，将批评等同于创造，显然有些类似于唯美主义者王尔德的论断。而这是朱光潜所不能接受的，也是其时代语境与社会环境所不容许的。

至于其他批评史当中的论述大多客观陈述其理论意义，无甚论断之辞。然相比人文主义而言，斯宾加恩的表现主义批评进入中国学者所编“文艺批评史”之类的著作，本身也是一种认可。

① 李长之，《现代美国的文艺批评》，《现代（上海 1932）》1934 年第 5 卷第 6 期，第 901 页。

② 李长之，《文学批评的课题》，《文讯》1948 年第 8 卷第 3 期，第 458 页。

③ 朱光潜，《近代美学与文学批评》，《孟实文钞》，上海良友图书公司，1936 年，第 187 页。

此类著作有《新文艺批评谈话》（黎明亮，1933）、《文艺批评概说》（黎锦明，1934）与《近代文艺批评选》（何家选，1948）。

斯宾加恩表现主义的文学批评在二三十年代中国的盛行，完全取决于当时文学界对于文学理论的迫切要求，然而随着中国时代语境对个人不再予以地位，与个性、心性密切相关的表现主义文学批评很容易被时代所抛弃，取而代之的是美国左翼批评在中国的勃兴。

第五章　美国左翼文学批评理论在现代中国

20世纪30年代前后，整个世界文学越来越趋向于“向左转”。除却苏联文学本身的普罗文学，即使是那些资本主义国家如英国、美国、德国、日本，在两次世界大战期间也渐趋向普罗文学抑或是无产阶级文学。英国诸如高尔斯华绥、萧伯纳等人的创作无疑都趋向于同情无产阶级，日本的左翼文学家诸如加滕一夫、芥川龙之介、平林初之辅、藏原惟人等的作品也早已被引入中国。从理论方面而言，学界大多关注于自苏俄而来的普罗文学理论在中国的传播与接受，却忽略了英美尤其是美国的左翼文学理论对中国现代文学第二阶段的影响。事实上，现代的美国文学是布尔乔亚的文学，它早已脱去了西欧及英国的文学的模仿而在创造美国独自的文学了。“可是在此种情势之下，美国文学仍从深的有新文学的普鲁莱塔利亚文学的抬头，是事实。”① 在此系列之中，当时最受欢迎的美国左翼作家当数厄普顿·辛克莱。据不完全统计，1928—1930年间，辛克莱的作品在中国译介的就有三十多部，足见其影响之盛。此外，随辛克莱一道登陆中国的还有左翼理论家卡尔佛登，二人的左翼文学理论同时为中国当时的革命文学与左翼文学提供最为直接的理论资源。也可以这样讲，美国左翼文学理论被引入中国完全是当时革命文学主动选择

① 士骥，《英美的左倾文学》，《语丝》1929年第5卷第39期，第6～7页。

的结果。

第一节 辛克莱的“艺术即宣传”在现代中国的传播与改写

厄普顿·辛克莱（Upton Sinclair，1878—1968），美国著名左翼作家，出生于巴尔的摩，曾创作超过 90 本著作，并获得过普利策奖。代表作品有小说《屠场》（*The Jungle*，1906）、《石炭王》（*King Coal*，1917）、《煤油》（*Oil*，1927）、《波士顿》（*Boston*，1928）、《工人杰麦》（*Timmie Higgens*，1918）、《钱魔》（*the Money Changer*，1908）、《大都市》（*Metropolis*，1907）、《实业领袖》（*Captain of Industry*，1907）等，代表性论著《人生鉴》（*Book of Life*，1921—1922）、《拜金艺术》（*Mammonart*，1925）、《卖淫的铜牌》（*the Brass Check*，1919）、《钱著作》（*Money Writes*，1927）等。

辛克莱的名字，据现有的资料来看，应该是通过日本中转到中国的。1925 年鲁迅翻译厨川白村的《描写劳动问题的文学》一文，提到辛克莱有关劳资矛盾的小说。“西洋近代的小说，而以劳动者的生活和贫富悬隔的问题等作为材料者（例如用美国的工业中心地芝加各为背景，写工人的惨状，一时风靡了英美读书界的 Upton Sinclair 的 The Jungle 之类），几乎无限，单是有关于这劳动的资本的冲突问题的作品，也就不止十种二十种。”①

然而辛克莱的作品在中国的传播与接受，则是理论先行。相比他的小说，他的理论代表作《拜金艺术》在中国最先出名。正如查士骥所言，“自从《拜金艺术》一书译成中文后，乌布吞·

① ［日］厨川白村，《描写劳动问题的文学》，鲁迅译，《民众文艺周刊》1925 年第 5 期，第 36 页。

辛克莱（Upton Sinclair）一名也为国内知识阶级所知道了”[①]。

1928年对于辛克莱在中国的传播而言，注定是不平凡的一年，辛克莱以其《拜金艺术》一书不仅成为对付人文主义的理论“终结者”，进而成为革命文学理论的“阿基米德点”，在中国掀起一场声势浩大，影响深远的革命文学运动，由此而改变了中国新文学发展的航向，迈入全新的第二阶段发展历程。

1927年11月，先是梁实秋以题为《卢梭论女子教育》一文发表于《复旦旬刊》创刊号上，梁实秋在此文当中秉承着人性的中庸原则，对卢梭所倡导的女子平等教育大肆抨击。早已对“学衡派”人文主义思想有所不满的鲁迅，对此谬论，最先撰文回应。1928年1月7日，鲁迅先生在《语丝》第4卷第4期发表了《卢梭和胃口》一文，该文不仅批判了梁实秋对人性所持的缪见，而且还在文末引译了辛克莱《拜金艺术》一文有关卢梭论民主、自由与平等的论述。据鲁迅所言，他是“从日本文重译的”，“书的原名是‘*Mammonart*’，在Calijornea（注，此处应为California）的Pasadena作者自己出版，胃口相近的人们自己弄来看去罢。Mammon是希腊神话里的财神，art谁都知道是艺术。可以译作‘财神艺术’罢。日本的译名是‘拜金艺术’也行。因为这一个字是作者生造的，政府既没有下令颁行，字典里也大概未曾注入，所以姑且在这里加一点解释”[②]。在他的带动之下，此后多方力量加入“争抢”辛克莱理论的行列之中，从而掀起辛克莱在中国传播与接受的高潮，当然也开始了他的理论在中国现代文坛的“变异”之旅。

鲁迅开创之功不可抹杀，然真正让辛克莱的《拜金艺术》理论推行到整个文坛，并产生广泛而深刻影响的却是鲁迅后来的论

① 查士骥，《二十世纪的艺术家》，世界书局，1929年4月，第1页。
② 鲁迅，《卢梭与胃口》，《语丝》1928年第4卷第4期，第30页。

敌创造社李初梨、冯乃超等人，他们几乎是同时对辛克莱的理论做了宣传与改写。正是经过李初梨等人的改写与论战，辛克莱的“艺术即宣传”的理论几乎成为当时最为流行的话语之一，不断地被各家各派所引述。

创造社的转变，由留日归来的李初梨、冯乃超与彭康等人引导，他们在日本接受了革命文学理论之后，有目的地有组织地在中国文坛掀起了一场“革命文学”运动。虽然“革命文学”的口号顺应了时代，但却与此前的主张“为艺术而艺术”与“为人生而艺术”等相互扞格，因此，此口号要想获得响应，必得与之争辩一番，才可扩大其影响。由此李初梨于 1928 年 2 月 15 日先以《怎样地建设革命文学》一文，用辛克莱式的批判手法，将此前所有文学观念大肆地批判一番，然后重新提出了一个全新的文学定义。这一定义的推演依据的便是辛克莱《拜金艺术》的宣言。

> Upton Sinclair 在他的《拜金艺术》（*Mammonart*）里面，大胆地宣言说：All art is propaganda。It is universally and inescapably propaganda；sometimes unconsciously，but often deliberately propaganda。“一切的艺术，都是宣传。普遍地，而且不可避免地是宣传；有时无意识地，然而常时故意地是宣传。”文学是艺术的一部门，所以，我们可以说：一切的文学，都是宣传。普遍地，而且不可避免地是宣传；有时无意识地，然而常时故意地是宣传。①

李初梨基于辛克莱艺术论必定而提出的文学定义几乎成为“革命文学”的宣言，后期创造社诸人，包括普罗文学等流派人物都奉若法宝，转相祖述，遂使辛克莱在现代中国的名声愈来愈大，甚至超过了他的文学作品。

---

① 李初梨，《怎样地建设革命文学》，《文化批判》1928 年第 2 期，第 5 页。

同一年同一期当中，同时还刊载了冯乃超先生所译的《拜金艺术——艺术之经济学的研究》一文。与李初梨所引译的部分一样都出自辛克莱原书第二章“艺术家为何人之所有”。虽然冯乃超仅译其第二章，但辛克莱有关艺术的论述，则基本上可于此窥见一斑。此章内容从三个层面对艺术进行了定义，李初梨所引译的定义仅为第一层。辛克莱对艺术的第二层定义是：“艺术是人生的表现，经过艺术家的个人性的修改，用以修改他人的个人性，促他们变换他们的感情，信仰和行为。”而第三层定义则为：“富有生气而重要的宣传，用适宜的技艺，由所选的艺术发挥出来的时候，就是产出了伟大的艺术。”① 然而自李初梨在《怎样地建设革命文学》一文中仅引译其第一层定义之后，第一层定义不断地被转相引述，甚至成为经典名言，革命文学将之奉为至上法宝，而第二、第三层定义却被第一层定义的光芒完全遮蔽，以至辛克莱的理论在现代中国的旅行几乎“失真”“走样”。

继李初梨、冯乃超二人翻译辛克莱《拜金艺术》的部分内容之后，翻译此书更多内容的是创造社原会员郁达夫先生。然而郁达夫先生翻译此书的目的却与当时创造社会员李初梨、冯乃超二人为革命文学寻找理论支点不同，他的翻译可以说是沿着鲁迅的脚步，继续用辛克莱的翻译展开对梁实秋的反击。他于 1928 年 2 月 16 日在《北新》杂志第 2 卷第 8 期上发表了《翻译说明就算答辩》一文。此文全篇七千多字，而译引辛克莱《拜金艺术》一书的理论文字竟有三千多字。其中原因乃是如标题所言，借翻译辛克莱的《拜金艺术》艺术理论来答复梁实秋先生对卢梭的攻击。据郁达夫讲，此文分别引译了辛克莱《拜金艺术》一书第四十四章《革命的喇叭手》（the Trumpeter of Revolution），以及

① ［美］Upton Sinclair，《拜金艺术——艺术之经济学的研究》，冯乃超译，《文化批判》1928 年第 2 期，第 88 页。

第四十五章《哈佛态度》(The Harvard Manner)。前面鲁迅所引述的内容出自第四十四章。郁达夫与鲁迅一样之所以要引述这两章，目的在于这两章都涉及辛克莱对白璧德的批判。因此郁达夫才说，这好像是对梁教授射了一箭。[①]

也许是感觉着前文的答辩还不甚圆满，郁达夫又于当年4月1日至翌年8月1日翻译了辛克莱《拜金艺术》中的19章。此19章分别发表在《北新》杂志第2卷第10—18期、第24期，第3卷第1—4期、第6、7、10、13、14期，它们分别为：第一章，阿嶷，阿葛的儿子；第二章，艺术家是谁之所有；第三章，艺术与个人性；第四章，劳动者和他的报酬；第五章，沐神恩的人们；第六章，虚饰的幼稚时代；第七章，阿嶷夫人出现；第八章，马的买卖；第九章，阶级的虚言；第十章，阿嶷夫人说要"及时"舞乐；第十一章，甘萨斯与犹太；第十二章，英雄崇拜的时代；第十三章，百分之百的雅典人；第十四章，反动的滑稽家；第十五章，基督教的革命；第十六章，支配阶级和被治阶级；第十七章，娴雅的天堂；第十八章，邪恶摘发者的地狱；第十九章，信神的毒药谋害者之群。在发表第一章之时，郁达夫还根据美国文学家Floyd Dell的Upton Sinclair、A Study in Social Protest为辛克莱作了一篇传序，不仅详细地介绍了辛克莱的生平与创作经历，而且还列出了他18部作品。《拜金艺术》总共111章，如果算上郁达夫在前文所译第44与第45两章，则郁达夫总共翻译了21章。

在翻译每一章当中，还附录了郁达夫的简介与评论，或介绍此章在原书中的位置与内容，或就据文所感，针对现实发表议论。至于说到翻译此书的兴趣，是因为当写一篇答辩文时，感觉到原著者仿佛在替他代答。这里明显说到的是前文《翻译说明就

① 郁达夫，《翻译说明就算答辩》，《北新》1928年第2卷第8期。

算答辩》。然而必须注意的是，郁达夫此十九章的翻译是有选择的，也有他的目的。据他所言，前面九章为原著批评文学的原理，而对于那些谈美国社会时事的章节则直接省去，究其原因，在他看来："底下是几章与文学批评不大有关系的他的Grotesque的Gossipy，所谈者都是美国的有些社会时事。嬉笑怒骂，也未始不可以看出这位作家的Sarcastic的社会观来，可是事实噜苏，翻译颇不容易，并且即使翻译出来了，社会情形完全不同的中国的读者，也不见得会感到趣味，所以我想把它们删了。"①

自前面几位翻译了《拜金艺术》一书部分章节后，后面还陆续有人翻译此文。例如同年，即1929年，赵荫棠翻译了《精神之主》一文发表于《河北民国日报副刊》169期，表明辛克莱的艺术观，即"它们都是人类精神的表现，它们所用的材料，是比较不重要的"。这一精神的最佳表现即是人类的道德。此一观点显然与唯美主义相抗。此后出自《拜金艺术》一书最多的章节则是辛克莱论惠特曼、马克·吐温与欧·亨利的章节，这些文章包括赵荫棠译《反抗的不朽作家》(《华严》1929年第1卷6期)、吉人译《马克·吐温的悲剧》(《译文》1935年第2卷第1期)、天虹译《奥亨利论(附图)》(《译文》1935年第2卷第6期)、天虹译《关于杰克·伦敦》(《译文》1936年新1卷第3期)、金津译《民主诗人惠特曼》(《胜流》1946年第4卷第5期)、周行译《论惠特曼》(《中国诗坛》1946年第1期)、《辛克莱论惠特曼》(《文学》1937年第8卷第1期)。其中吉人译《马克·吐温的悲剧》与天虹译《奥亨利论(附图)》两篇文章后来又收入《外国作家研究》(上海生活书店，1937年6月)一书。

不难看出，进入30年代以后，此书的内容被以上三位颇具

① 郁达夫，《拜金艺术》，《北新》1928年第2卷第18期。

左翼性质的作家翻译出来，而且还出现了多次重译的现象，如此也说明辛克莱此书非常受欢迎。

继郁达夫在《北新》杂志刊完第十九章之后两个月，王煦于1929年10月1日在此刊物第3卷第18期翻译了辛克莱的《艺术与商人》一文。此文出自辛克莱的另一部文学论著即《钱写作》（*Money Writes*，1927）的序言。《钱写作》与《拜金艺术》不同的地方在于，前者是从经济学的观点来分析艺术作品，而后者侧重于以阶级的立场分析艺术的起源和构成。前者则以“经济的观点”分析美国当时的文学，“拿住了我们当代的著作家们，把他们的袋子里面翻出，问问看，‘你在什么地方获得的?’‘你毕竟做些什么?’”① 从而得出一部艺术品所包含的双重性，即精神性与商品性。这是所有艺术品以及艺术家都具有的一种品质。后者则“由阶级争斗的观点来解释艺术的，是社会的支配阶级用了艺术作宣传和压制的工具，或新兴权势阶级用它们来作攻击的武器的研究。在本书里将要研究到被批评界的权威所承认尊崇的艺术家们，而探求他们的在支配阶级的威光之前甘作奴婢，为支配阶级的安全起见自愿效劳去作工具，究竟到了怎么一个程度。同时更要研究到不甘作主宰们的奴仆的反叛艺术家们，而探求他们为了反抗究竟受了些什么刑罚”。“本书的目的，在研究艺术创造的全部径路，在阐发艺术机能与人类的正气，健全和进步的关系。本书将对于艺术建立新的典则而打翻许多现在为一般人所承受的关于艺术的玉律金科。世界艺术的宝库里的大部分的东西，将被取出丢到废物堆里去；还有更大的一部分，将从世界图书馆的文学门的书架上被迁逐到历史门的书架上去。”②

① ［美］辛克莱，《艺术与商人》，王煦译，《北新》1929年第3卷第18期，第73页。

② 孙席珍，《辛克莱评传》，神州国光社，1930年6月，第155页。

如此一来，辛克莱的文艺理论则一方面以阶级斗争的立场去阐释艺术，另一方面又从唯物的角度，分析当前艺术创作当中所呈现出来的商品性，由此构成了他文艺理论的独特性所在。

《钱写作》一书总共有46章。有关此书的翻译尚有钱歌川译的《向金性》一文发表在《现代文学（上海1930）》1930年第1卷第2期，此文系此书第一章。而翻译此书最得力者当属陈恩成先生。他于1930年5月出版了《拜金主义》一书。陈恩成所译此书极易与前此所译相混淆，然究其实质却是译自《钱写作》一书。然而很遗憾的是，与郁达夫一样，他也没能将此书译完，只译了此书前22章。后来此书又以《美国文艺界的怪状》同时出版，内容完全相同。

以上两书便是辛克莱当时在中国传播的有关文艺理论方面的著述。然而除却此两部书外，尚有《人生鉴》（*Book of Life*，1921—1922）在当时中国颇为流行。例如傅东华译《人生鉴》（世界书局1929年10月）、伊索译《恋爱论》（《民众生活》1930年第1卷第22期）、张迪虚译《辛克莱论社会——人生论之第四篇》（《社会与教育》1932年第3卷第24期）、钱歌川译《现代恋爱批判》（神州国光社1932年2月）、雯若女士译《婚姻与社会》（天马书店1934年6月）。其中以傅东华的翻译最全，其余皆节译。除却此书外，尚有两本值得一提，即张迪虚译《辛克莱社会论》（新生命书局1933年6月）、张仕章译《辛克莱的宗教思想》（青年协会书局1937年8月）。

尽管辛克莱的思想在现代中国的译介颇为丰富繁多，但最有影响者仍以《拜金艺术》一书有关艺术的论断最为流行。对其引述者，赞同者有之，然而批判挞伐者也不乏其人。

自李初梨等人将辛克莱的艺术理论改写为文学理论，认定一切文学都是宣传之后，赞同者大有人在。首先是来自本阵营的郭沫若基本上接受了此观点。“真实的生活只有这一条路，文艺是生活的反映，应该是只有这一种是真实的。芳坞哟，我这是最坚确的见解，我提到这个见解之后把文艺看得很透明，也恢复了对于它的信仰了，现在是宣传的时期，文艺是宣传的利器，我彷徨不定的趋向，于今固定。”[①]

同样，夏丏尊在认定辛克莱为马克思主义文艺作家基础上，引述其对各种艺术谎言的批评，最后得出结论，认为“凡是伟大的文艺作家，应该都是一种的革命者。所谓革命，种类很多，但其本质只是因袭的打破，价值的重估。文艺作家是有锐利的敏感的，故常例对于某一世象能在举世未觉醒其矛盾以前，感到了来描写。历来改造要求的第一声，往往从文艺作家笔上传出，他们对于时代，有着惊人的嗅觉，他们是时代的先驱者。辛克拉的所谓一切文艺都是宣传，在这意味上是不错的话。”[②] 很显然，夏丏尊将辛克莱的观点作了曲解，与其说他是站在革命的立场来接受辛克莱的理论，不如说他透过辛克莱的理论看到了文艺变革的法则与规律。

相比夏丏尊而言，许杰则站在无产阶级的立场，毫无批判地接受了辛克莱的此论断。

> 文学是宣传，文学是有意无意地做了某一阶级的宣传。但是，有许多人，他们以为宣传便是标语，又便是口号；因此，他们便从这里，创造出标语文学与口号文学两个名词来。他们的意思，以为标语或口号的文学，是无内容的文学，拆滥污者；他们以为标语或口号文学是污辱了神圣的文学的，他们以为提倡或写作标语与口号的文学的人是可耻的，可以讪笑的，是不文雅的，没学者的修养，没有布尔阶级的奴隶的习性的粗鲁的人。但是，他们看错了，不然，便

① 郭沫若，《孤鸿》，《文艺论集续集》，光华书局，1931年7月，第31页。

② 夏丏尊，《文艺论ABC》，世界书局，1928年9月，第96页。

是听错了。①

> 老实说一句，一切非普罗文学也如普罗文学一样，都是宣传——因为文学是宣传，是有意或无意的宣传——不过，它所宣传的是阶级的麻醉，是奴隶的陶醉，是迷信的加深；是因为它是布尔阶级的文化，便做了布尔阶级的忠实的宣传。②

翻译过辛克莱作品的钱歌川再次通过翻译，一方面进一步明确了辛克莱的理论，另一方面则将之具体运用到小说理论当中。“自从普罗艺术抬头以后，艺术便有了新的评价，前此的定义，完全被推翻了。在这种新的评价之下，美国的辛克莱竟大胆地说，一切的艺术都是宣传。这话自然是对的。”③ 然而钱歌川要问的是，它宣传的内容，宣传的目的，宣传的对象。只有将这三者做得不露痕迹，观众或读者才会受到宣传的影响从而接受。“而小说是为普及一切知识和传播思想的一种有力的手段……小说——对于想象的宣传最自由的著作形式的小说，应为近代优先的文学形式，固属当然。”由此他从八个方面对小说的宣传做了规定。（一）直接的宣传与小说无关。（二）纯粹艺术小说的宣传有时具有价值。（三）小说的宣传价值在于其社会性。（四）小说的宣传既可以是显性的，也可以是隐性的。（五）小说的宣传价值随时代而不断变化。（六）社会问题小说的宣传往往与统治阶级相符或相悖。（七）小说的宣传不能与其他批评相混。（八）小说作品的艺术价值与宣传无关。④

---

① 许杰，《新兴文艺短论》，开明书店，1929 年 11 月，第 21～22 页。

② 同上，第 23 页。

③ ［美］Oakley Johnson，《纯粹的宣传与不纯粹的艺术》，钱歌川译，《现代文学评论》，中华书局，1935 年 2 月，第 1 页。

④ 同上，第 8～11 页。

必须指出的是，此文是钱歌川译自美国 Oakley Johnson 在 *The Left* 杂志创刊号上所发表的论文。也可以说，此文是辛克莱的同道中人对其理论所做的进一步阐发。

除此之外，尚有杨可经从社会学的角度表示了对辛克莱理论的赞同。辛克莱的“暴露小说”将美国社会的黑暗充分地展现于文艺当中。但是这种文艺如果不加以社会科学的分析，它“不但不会伟大，恐怕还要被时代抛开呀!”[①] 然而泰纳以“自然的气候”来分析未免太褊狭，如果“以经济的基础所创造出的社会来说明为确当一些”。所以辛克莱（Upton Sinclair）在他的《拜金艺术》里就大胆地说：“一切艺术都是宣传，普遍地而且不可避免地是宣传；有时无意识地，而总是有意识地是宣传。”虽然这个解释有点夸张，甚至荒谬简单，但对抗“为艺术而艺术”理论却是非常有力的理论。[②]

而且更有意思的是，辛克莱本人所著《拜金艺术》一书有关“艺术即宣传”的理论观点，以及由此推演出来的“文学与宣传”，还通过辞典而使其理论标准化、固定化、程式化。例如顾凤城所编《新文艺辞典》对“文学与宣传”词条所作的解释为：“用史的唯物观的眼光来分析，有人主张文学是某一时期的宣传品。辛克莱在《拜金艺术》中说：‘一切艺术都是宣传。这是普遍的，是无可避免的宣传，有时虽无意识的，但常常是有意识的宣传。’”[③] 后在其改编本当中，又加入了“拜金主义”“拜金艺术”“宣传文学”等词条。

尽管辛克莱的理论通过革命文学家的不断论战扩大其影响，也有一批接受者，然而毕竟李初梨等对文学的改写，否定文学与

---

① 杨可经，《文学的别动论》，西北书局，1944 年 11 月，第 3～4 页。

② 同上，第 32 页。

③ 顾凤城、邱文渡等合编，《新文艺辞典》，光华书局，1931 年 4 月，第 37～38 页。

人性、人生的关系，因此批判者也不在少数。

1928年创造社与文学研究会、语丝社之间的论战，其焦点便是文学与革命、文学与宣传的问题。李初梨等人提倡革命文学，文学为阶级的宣传品与工具，批判文学为人生、情感及个人趣味的表现的观念，完全排斥非革命文学。反对者则针锋相对。譬如冰禅就认为革命文学家们与批评家们对于“非革命文学”的抹杀与排斥显然是不合理的，违背了艺术自由发展的逻辑。“‘文学是人生的表现’，就是为和一般革命文学批评家所崇拜的Upton Sinclair也如是说。”[①] 人生苦闷的根源不仅仅是因为经济困顿，还有其他的原因。因此“革命文学”自然不能完全概括人生的要素，也就不能抹杀一切非革命文学。然而革命文学批评家们却主张“一切的艺术都是宣传”，不管它是有意的还是无意的，文学一变而为“武器的艺术”，成为“阶级的武器”，因此也就产生“阶级文学”。尽管如此，他认为，“艺术有时是宣传”，不能因为其阶级性、宣传性而破坏其美学价值。

冰禅的批评适当有度，有理有节，而甘人的批评则完全带着火药味。文学革命初期鲁迅式的“呐喊”似乎已经远去，李初梨的“革命文学”原是应运而生的东西，非但不应反对，反而应加以热烈的欢迎。然而他的文章《怎样地建设我们的革命文学》“似乎是太兴头了，说话难免过为”。辛克莱说：“文学是宣传”，他就拿鸡毛当令箭，改写成“宣传即文学”。不仅如此他还说，文学是宣传，也是阶级的武器，并不是真情的流露。然而甘人却认为，没有感情的文学算不得文学。“因为一件文学作品，不只是作者笔头上写来就算。”[②]

---

① 冰禅，《革命文学问题》，李何林编，《中国文艺论战》，中国书店，1929年10月，第44～46页。

② 甘人，《拉杂一篇答李初梨君》，李何林编《中国文艺论战》，中国书店，1929年10月，第73～74页。

鲁迅曾以译引辛克莱的《拜金艺术》一文的内容反驳过梁实秋，因此他对辛克莱的态度是非常友好的，甚至是欢迎的。当那些“严肃的批评家”说辛克莱是“浅薄的社会主义者”的时候，鲁迅愿意和他一样地“浅薄”并表示“相信辛克莱的话”。[①] 不仅如此，鲁迅对辛克莱新颖大胆的文艺理论十分欣赏，并曾提醒“语丝”同人江绍原注意翻译辛克莱的作品。然而鲁迅对于李初梨等人改写辛克莱的艺术理论，断章取义地宣传革命文学的态度十分不满。他认为：“美国的辛克莱说：一切文艺是宣传。我们的革命的文学者曾经当作宝贝，用大字印出过：而严肃的批评家又说他是‘浅薄的社会主义者’。但我——也浅薄——相信辛克来的话。”但是说一切宣传都是文艺，犹如说“凡颜色都是花一样”。因此他以为“一切文艺固是宣传，而一切宣传却并非全是文艺”[②]。鲁迅的批评可谓一语中的，直刺革命文学派的片面之词的本来面目。

当然除此之外，在这场论战当中还有相当的文章也都表达了对“文学与革命”“文学与宣传”的看法，只是没有前述几人那么深刻罢了。对此，李何林编《中国文艺论战》（中国书店，1929 年 10 月），将当时论点的各方观点汇成一书，集中再现了当时的激烈场面。

同样地也有来自辛克莱本土的批评，只不过经过了翻译之后，更能表达翻译者的态度。譬如莫索翻译的美国 Isaac Goldberg《文学与宣传》一文。在该文中，他极端地反对把这两个字（即宣传）这样用，认为这样做一点好处都没有，正如辛克莱在他的《拜金艺术》里用它们一样，结果只弄出些无谓的纷争

① 《申报·自由谈》，1933 年 8 月 20 日。

② 鲁迅，《鲁迅先生答冬芬先生的〈文艺与革命〉》，李何林编，《中国文艺论战》，中国书店，1929 年 10 月，第 95～96 页。

罢了。因此“辛克莱把‘宣传’看成与‘坚信’两个字同义，这反是正给了人家一个画蛇添足的把柄”[①]。

美国左翼批评家卡尔佛登也看到了文学作为宣传之后所导致的结果，即缺乏艺术的技巧，必然导致革命文学的失败。他认为革命的批评家不应以轻视文学的技巧为目的。因此他的主张是：仅有技巧无论如何是不够的。技巧应被利用，去创造具有革命意义的对象或题材。只有通过这种综合，革命的批评家才会相信，艺术能够完成它在当代的使命。一个彻底的批评家自会看到，有革命的意义而没有文学的技巧和有文学的技巧而没有革命的意义都足以造成“同一无望”的混合。“假如革命文学在美国是遭遇了这么许多的失败，那么当然不是为了这种文学是宣传性质的——世界上有一大部分的文学都在某种方式下带着宣传性质，就是莎士比亚和萧伯纳的作品也都如此——而是为了它缺乏技巧的成分。”[②] 卡尔佛登的建议是对的，也许 F. W 先生早已看到革命文学作品在宣传方面走得太远，所以才选择此文以示警醒。当然除了翻译美国批评家的批评之外，尚有日本文学界对此所做的批评也得到翻译，其反对的焦点与鲁迅等人的批判一样，都认为过分夸大文学的宣传作用，必然导致忽视文学作品本身的价值，忽略文学对于人生及其情感的写照。

自 1928 年那场论战对李初梨改写辛克莱的“艺术即宣传”表示了集中的批判之后，其后文学界一直没有停止对这一文学观念的批判。这些批评一方面集中于历史性的总结，另一方面也有来自论敌的批判。

前者主要表现在《新文学概论》的历史总结当中。譬如谭丕

---

① ［美］Isaac Goldberg，《文学与宣传》，莫索译，《文学周报》1928 年第 321 期，第 613～614 页。

② ［美］V. F. Carlverton，《陶器或苹果》，F. W 译，《世界文学》1935 年第 1 卷第 3 期，第 368 页。

模在其《新文学概论》这样谈道："Upton Sinclair 说一切艺术是宣传，无论是有意的或无意的，那末，游戏冲动的文学，确是资产阶级为他们自己悠闲的生活的一种夸耀的宣传或写实（仍是现实生活的反映）。这个错误，在以一方面的理由的权度来衡量所有的文学。"[①] 陈北欧则从文学与时代思想、文学与人生方面对此思想进行了清算。辛克莱（Sinclair）曾说：一切的艺术，都是宣传。它是普遍的，不可避免的宣传；有时是无意识的，但是常常是有意的宣传。想反对"为艺术而艺术"的理论，辛克莱却主张"一切艺术都是宣传。这已经接触了荒唐无稽的单纯化"。事实上如果依从这理论，很多文学作品都无法解释。譬如波德莱尔（Charles Baudelaire）的恋爱诗为谁而宣传呢？海涅（Heine）同缪塞（Alfred de Musset）的支配阶级又是谁呢？因此"为人生的艺术是正当的，但是这决不是宣传或广告的意味的。一切文学是自己表现；然而不是给自己以外的人或是什么运动做工具的"。以文学为达到政治的目的所必取的手段，只是作为直接间接宣传，或煽动的手段的意义。这在政治上是完全正确的解释；然而文学不是宣传，从文学的立场来，这话是没用的。不站在文学的立场而站在政治的立场，不依据文学论而只是由政治论出发，那不会正确的。因此，"《共产党的宣言》决不会是最好的文学作品"[②]。显然，陈北欧的批判更为具体，也更为尖锐，从文学本身的立场维护了文学的合法性，避免其落入政治的漩涡而沦为其工具。

鲁迅、郁达夫两人曾引辛克莱的理论对之进行过批判，尤其是郁达夫还翻译了其中的二十一章以作"借刀杀人"之用，但始终未曾见其对辛克莱进行过具体的有针对的批判。直到 1933 年，

① 谭丕模，《新兴文学概论》，文论学社，1932 年 8 月，第 14 页。

② 陈北欧，《新文学概论》，立达书局，1932 年 9 月，第 65～67 页。

梁实秋终于对辛克莱进行清算了，而且他的清算可谓是对辛克莱在中国最为全面，也最为严厉的一次批判。

1933年梁实秋在《图书评论》第1卷第5期发表了《辛克莱尔的拜金艺术》一文。不用说，梁实秋完全承认辛克莱经郁达夫等人的翻译，“知道这书人已经很多了”，很多青年人都奉之为经典。然而他“现在要对于这一部经典加以批判”。辛克莱广博的知识，由雅典讲到洛杉矶，由卢梭讲到哈佛大学，由密尔顿讲到罗克菲洛，在梁实秋看来，“其间足足的约有三千年，以三千年间的艺术作品在三百几十面的书里加以论述，自然是不愁材料缺乏的”[①]。对辛克莱的几个个案逐一批驳之后，他认为，辛克莱对荷马、莎士比亚、密尔顿、莫里哀及歌德的论述“例证不充分”，“论旨不成立”。为了逻辑的必要，由此梁实秋对辛克莱的论旨重新进行了修正。（一）有些艺术作品之所以能得到荣誉与成功，是因为统治阶级所赏识的原故。（二）统治阶级之赏识艺术作品，有时是因为那种作品于他们有益，或是有趣，或是他们认为合于正义真理，或是他们认为于人道有益。（三）有时候有些作品被统治阶级所赏识，而在被统治阶级看来是无益的，无趣的，且有害于人道的。（四）有时候有些作品是统治阶级与被统治阶级所共同赏识的，或是认为有益，或是认为有趣。（五）有些作家是为了生活而著作的，在这一类当中又有些作品里是不敢得罪主顾的，又有些作品里是做主人的奴仆的，又有些作品里是公然反抗的。（六）有些反抗的艺术家有时是遭受了迫害的，其迫害有时是从统治阶级来的，有时是从无知的群众来的。（七）有些艺术家既未反抗统治阶级，亦未颂扬统治阶级。之所以作这样的修正，因为他认为：“辛克莱尔因为要尽忠于社会主义的哲

① 梁实秋，《辛克莱尔的拜金艺术》，《图书评论》1933年第1卷第5期，第1~2页。

学，在以经济立场解释艺术的时候，便丝毫不肯放松的放出一种武断的态度。辛克莱尔的论旨，自以为是放诸四海而皆准的铁则，绝不肯承认例外，并且自以为是唯一的正确的解释，所以结果便会发生矛盾、牵强、附会、遗漏、弥缝等等的现象。辛克莱尔的见解并不是完全错误的，其错就错在以一个简单的公式硬要说明一切的艺术。"[①]

明显地，梁实秋对辛克莱的批判仍然显示出其"绅士"风度，在其中庸原则之下，一分为二地对其论旨进行了修正。然而在对付"为艺术而艺术"、堕落的艺术等方面，梁实秋却极赞成辛克莱的主张，只对其中两三项持保留意见。不可否认，辛克莱对六种艺术谎言的批判是有针对性，无论是对于当时美国的文坛，抑或是对当时中国的文学现状都有一定的现实意义。辛克莱所谓"六种艺术的谎言"或"伪语"，包括"为艺术的艺术"、少数人的艺术、艺术的传统因袭、艺术娱乐主义、艺术非宣传、堕落的艺术。对这六种伪语，梁实秋认为，除了第二、第三两项还有讨论余地以外，其余四项之受攻击，他是完全同意的。所谓"为艺术的艺术"，是堕落颓废的主张，是逃避现实的怯懦的主张；以艺术为娱乐是一种缺乏责任心的轻薄态度；以艺术与道德分离之堕落学说，是病态的，亦是逃避人生的表现；以艺术的任务与"自由""公道"无关，亦是一种对人道缺乏同情的态度。"这几种态度之不正当，是有受攻击的必要的。"[②] 不过他觉得，还有两个伪语是辛克莱没有包括进去的，即是"心理分析派的艺术观"与"经济解释的艺术观"。究其原由，在于这两种伪语号称"科学的艺术论"，由一个原则运用于各个对象，并不是真理，

① 梁实秋，《辛克莱尔的拜金艺术》，《图书评论》1933 年第 1 卷第 5 期，第 8～9 页。

② 同上，第 9～10 页。

实在是不科学的。

之所以梁实秋要将后两个伪语加上去，主要在于当时除了辛克莱的左翼理论之外，尚有卡尔佛登的社会经济学的左翼批评，以及来自奥地利的弗洛伊德的精神分析学也很流行。而此两种批评方法，实际上辛克莱本人也在运用。譬如我们前面提到的辛克莱的《钱写作》以及《人生鉴》两书便是如此。前者完全用经济学的观点分析美国的当时文学创作，而后者在分析恋爱与婚姻过程当中也喜运用弗洛伊德的精神分析学。如此看来，梁实秋对辛克莱的批判实是非常全面的，也有一定的道理，不过仍然没有跳出他人文主义批评的圈子。

随着中国现代文学第二阶段的结束，中国面临外敌入侵的内忧外患的时代语境，辛克莱的革命文学观随普罗文学的终结也消失于中国文坛，很少有人再提及他的理论。对此霍衣仙作了如下总结："当然提到普罗文学的理论，是始终没有跳出外人的范围。……辛克莱认为革命的文学，是和这相反的文艺。这种理论有的被人引用着当作护符，如李初梨等常说的话：'一切的文学，都是宣传'就是。"[①] 当时关于普罗文学的解释，见解分歧，就连革命文学是否是无产阶级的文学，其目的是否只为宣传，也成了争辩的症结所在。加之后来民族主义文学的兴起，当局不仅将普罗文学加以限制，而且还暗杀胡也频、李伟森、赵柔石、白莽、冯铿等普罗作家。相应的，辛克莱的理论则演变为"过激"理论危险重重，一般人也就缄默不提了。

辛克莱的文艺理论在现代中国可谓盛极一时，然纵观其传播与接受、赞同与批判的对抗，中国现代文坛对他理论的接受完全是时代语境的必然选择。这种时代语境一方面来自整个世界无产阶级文学运动的蓬勃开展与理论建设，另一方面也是中国当时新

---

① 霍衣仙，《最近二十年中国文学史纲》，北新书局，1936 年 8 月，第 47 页。

兴的革命文学、普罗文学与无产阶级文学寻求理论建设所需。然从比较文学变异学的角度来看，辛克莱的理论在中国的传播无疑是非常典型的变异案例。创造社李初梨、鲁迅与郁达夫等人为了论战所需，往往采用引述的方式，忽略其整个理论背景，对之进行过滤，有用者用之，无用者弃之，终于使得辛克莱的文艺理论在中国完全等同于“一切的文学都是宣传”这一命题，而其有关艺术的起源、艺术与人生等理论则弃置不顾。

第二节　卡尔佛登与其社会心理学批评在现代中国

正如前一节说过，中国现代文学自 1928 年创造社转向“革命文学”之后，文学更多地受制于其时的社会、时代，甚至是政治各方面势力的影响，也开始从原来反映人生与情感，转向反映社会与时代，甚至成为某种政治势力或某一团体的宣传工具。文学功能向外转，反映到研究文学的理论或方法上，便是此时有关革命文学、普罗文学的阶级理论、经济理论、社会学理论等成为此时研究文学、批评文学的重要理论资源与手段。然而此种理论资源从一开始便打上了外来的烙印，它们要么来自苏俄、日本，要么来自欧美。据第一编英美文论的整体描述与对比来看，英美理论此时在中国的势力虽略逊于苏俄理论，但它们在当时中国的影响也不可小觑。然而学界一直关注最多的是苏俄理论对此时中国现代文论的影响，却忽略了英美左翼批评在当时中国的传播与影响。其中最为显著的例子，便是来自美国的卡尔佛登的左翼批评。卡尔佛登的社会学批评在中国的影响虽然比不上辛克莱的理论那样具有冲击力，然而它在中国的译介之广泛，亦可与辛克莱的理论等量齐观。

卡尔佛登（V. F. Calverton，1900—1940），美国 20 世纪二三十年代著名的左翼批评家，是《现代季刊》（*Modern Quarterly*）

的创办者与主笔。该杂志后改名为《现代月刊》（*Modern Monthly*），偏于左翼社会学性质，当时卢那察尔斯基等人都在此刊上发表文章，足见其影响力。同时，卡尔佛登也是一个全面发展的通才，著述颇多，涉及人类学、社会学、性学、婚姻、文学、艺术、社会评论等多个方面，其主要著述如下：

《新精神：文学之社会学批评》（*The Newer Spirit*：*A Sociological Criticism of Literature*，1925）

《文学中性的表现》（*Sex Expression in Literature*，1926）

《婚姻的破产》（*The Bankruptcy of Marriage*，1928）

《美国黑人文学集》（*Anthology of American Negro Literature*，1929）

《性文明》（*Sex in Civilization*，1929）

《人的生产：人类学大纲》（*The Making of Man*：*An Outline of Anthropology*，1931）

《美国文学之解放》（*The Liberation of American Literature*，1932）

《社会的生产：社会学大纲》（*The Making of Society*：*An Outline of Sociology*，1937）

《美国的觉醒》（*The Awakening of America*，1939）

与辛克莱相比，上文所罗列著作无疑表明，卡尔佛登应该更算得上一个真正的文艺理论家。无论是他对于社会婚姻文化的思考，还是对于运用社会学、心理学对文艺理论的思考与批评实践，都比辛克莱的激烈主张要深刻得多，平和得多。然而基于当时革命文学急功近利的宣传以及时代的急剧变革，辛克莱的文艺理论对传统文学的批判，对阶级斗争的热烈呼唤，无疑更能唤起人们的注意。然而从现有的资料来看，卡尔佛登的文艺理论被翻译到中国的数量显然比辛克莱的文艺理论要多得多，就著作而言，便有两部，单篇论文则更多，有 31 篇。总体来看，卡尔佛登的文艺理论译介大致包括四类：文学社会学批评、对以美国文学为中心的现代文学的批判、普罗文学理论以及婚姻与社会理论。就文学而言，主要集中于前三个方面。

据现有材料来看，卡尔佛登的理论进入中国是在 1928 年。1928 年 12 月 6 日，康伦先先生将翻译的卡尔佛登先生的《评民主政治》一文发表在《河北民国日报副刊》第 5 期与第 6 期之上。

自上文发表后不久，卡尔佛登的理论便如潮般涌入中国。1929—1940 年，卡尔佛登的文艺理论被集中引入中国。一方面卡尔佛登的理论发表主要集中于二三十年代，尤以三十年代最盛；另一方面他的理论非常恰当地与中国当时勃兴的革命文学、普罗文学或无产阶级文学形成一种呼应。

一　卡尔佛登的社会学文学批评

首先登陆中国现代文坛的，是卡尔佛登的社会学批评。康伦先翻译《评民主政治》一文后十四天，未名社的李霁野先生便将卡尔佛登的《文学中性的表现》陆续翻译发表在《未名》杂志。它们分别是《英国小说中的性表现》（《未名》1928 年 12 月 20 日第 1 卷第 10—11 合期）、《罗曼主义与革命》（《未名》1929 年 2 月 25 日第 2 卷第 4 期及 3 月 10 日第 5 期）、《英国复政时代文学中的性表现》（《未名》1929 年 3 月 25 日第 2 卷第 6 期、4 月 10 日第 7 期）、《清教徒美学中的性》（《未名》1929 年 4 月 25 日第 2 卷第 8 期、4 月 30 日第 9—12 合期）、《社会变迁与感伤的剧场》（《朝华月刊》1930 年 2 卷 1—2 合期、3 期）。《文学中性的表现》分序言、导论及正文十章，共十二部分。而李霁野先生所译仅为其中五章。此五篇文章按李先生发表的顺序而言，分别为原书第五章、第六章、第三章、第二章及第四章。

卡氏此书是继《文学之社会学批评》之后的文学批评实践，

因此该书非常集中地展现了卡尔佛登文学社会学的理论主张。譬如对于英国小说的兴起，他以为英国小说的发展、成熟与资产阶级的兴起及其道德观念的确立密不可分。“近代小说是经济演进的一种结果。它是资产阶级的产品。没有十八世纪的经济的变迁，商业阶级的扩张的财富，和逐渐增进的教育的扩充，近代小说就要成为一种纯粹的幻想。”[①] 近代小说与新闻业之兴起，是一个社会阶级兴起的结果。新的道德发展，是随同这一社会阶级的新的兴起而来的。英国文学因为资产阶级的兴起，在整个情调与情感上都改变了。资产阶级完结了封建艺术的事业，以及它的贵族阶级的不顾礼法与堂皇富丽。热情改变为格言，而且机智变为说教了。艺术变为道德教训的媒介了。又如浪漫主义的产生，在他看来，与其说浪漫主义是反抗古典主义，不如说它是反对封建制度的爆发的表现。浪漫主义是那时扩张的资产阶级的经济学与个人主义发展的反映。因此从更广的背景来看，浪漫主义运动又只不过是当时社会一系列社会变迁运动的一部分。不难看出，卡尔佛登的批评理路，完全以社会学为起点，进而分析一切文学发生的经济、政治、文化背景。

几乎与李霁野同时介绍卡尔佛登此书的还有刘穆。1929 年 5 月 12 日刘穆在《文学周报》第 370 期详细介绍了卡氏《文学中性的表现》一书。在刘穆看来，卡尔佛登“是一个唯物的阶级论者。他以经济史观的社会学观点分析英国以至现代世界的文学，说明文学的阶级根性。这一本书企图把英国文学中对于性的种种不同态度的社会和经济的基础指出来”。然刘穆介绍此书却有着非常明确的现实意义。自新文化运动以来，在反对封建礼教的潮流之中，人性得以复苏，性的解放跟着社会运动而起，一方面

① 李霁野，《英国小说中的性表现》，《未名》1928 年 12 月 20 日第 1 卷第 10～11 合期，第 291 页。

“性心理和生理的书籍输入中国来”，弗洛伊德与蔼理斯（Ellis）的性学理论相继引入，深得青年人的追捧；另一方面性的苦闷与解放也成为新文学的表现题材，郁达夫、张资平、金满成、章衣萍等人的小说表现出反抗旧伦理的大胆的态度。因此他相信，在当局视性为洪水猛兽的现实当中，“这种新文学还是在奋斗的时期”，因为“卡尔味吞说：‘这种文学上和一般的性的解放却非待到新社会建立不能实现。’这是千真万确的，我们努力罢！”[①]

进入 30 年代，卡尔佛登的文艺社会学批评理论的翻译进一步展开，使其文艺理论在中国的翻译达到鼎盛。此一时期所译的内容似乎主要集中于他 1925 年所著《文学之社会学的批判》。先是李兰于 1930 年 6 月 1 日将卡尔佛登所著《文学之社会学的批判》一文翻译发表在《大众文艺》第 2 卷第 5—6 合期之上，随后对唯美主义文学情有独钟的滕若渠又于同一月再译此文，以《文学之社会学的评判》为题发表于《金屋月刊》第 1 卷第 9—10 期。同年 9 月，傅东华先生将卡尔佛登此书全部翻译交由华通书局出版。除此之外，卡尔佛登有关艺术与美学方面的论述，也几乎同时被翻译成中文，包括傅东华译《古代艺术之社会的意义》（《小说月报》1930 年 7 月 10 日第 21 卷第 7 期）、刘穆译《艺术的起源》（《北新》1930 年 7 月 16 日第 14 期）、天白译《文艺批评的新基准》（《读书杂志》1932 年第 2 卷第 10 期）、刘易凌译《美学价值之变动性》[《国际译报（上海 1932）》1933 年第 4 卷第 5 期]、杜衡译《古代世界的艺术》（《两周评论》1 卷 10 期，见刘修业著 1933 年编《文学论文索引续编》）。

相比《文学中性的表现》一书而言，这一时期的翻译文章更加全面地展现了卡尔佛登的文学社会学批评理论。卡尔佛登本人在建构其文学社会学批评的同时，也认识到在解释文学个人创作

① 刘穆，《文学中性的表现》，《文学周报》1929 年第 370 期，第 616～617 页。

与风格方面的不足，因此在后期理论建构当中，又援引心理学进入文学，从内外两个方面解释文学现象。有关卡尔佛登此一理论体系的完整介绍，一方面集中于傅东华所译《文学之社会学的批评》，另一方面也有张梦麟的介绍性文章《卡尔浮登的文艺批评论》[①]，他的文章无疑是当时介绍卡尔佛登文艺理论唯一一篇文章，同时也是最为完整的一篇文章。

《文学之社会学的批评》一书主要包括“作者自序”“导言”“文学之社会学的批评”“歇尔乌特·安德生：文学之社会学的批评之应用”“美的价值之无持久性”“普罗列塔利亚的艺术”“关于美国批评界的断片”“道德与决定论”“所谓‘伟人的幻念’”“客观心理学之兴起”“艺术科学及量的观念”“近代心理学的倾向”十二部分，十篇文章。此十篇文章大致展现了卡尔佛登的理论思路。其中第一篇文章“文学之社会学的批评”前面有李兰与滕若渠的翻译，而第三篇文章也有刘易凌的翻译。然而此书所收文章还非常零散，最终实现其文学批评成熟引进的是1932年所译《文艺批评的新基准》，由此卡尔佛登的文学批评理论基本上定格在了社会学与心理学两端，这便是他所说的“文艺批评的新基准”。“社会学的研究与心理学的研究之综合”，“我们必须接受现代知识所给与我们的材料，如若我们愿意要我们的判断明晰而确信的话”[②]。如此一来，卡尔佛登完全确立起他所谓的“综合批评”体系，从而区别于一般社会学批评与马克思批评。

二　以美国文学为中心的现代文学批判

卡尔佛登以社会学的眼光非常敏锐地捕捉到当时美学文学发

① 张梦麟，《卡尔浮登的文艺批评论》，《现代（上海1932）》1934年第5卷第6期。

② ［美］V. F. Calverton，《文艺批评的新基准》，天白译，《读书杂志》1932年第2卷第10期，第44页。

展的趋势，但也同时限制了他对于现代主义文学的理解，使其对现代主义文学大加指责，斥为“反动”“病态”文学。此一系列文章以刘穆所译《现代欧洲文学的革命与反动》[①] 为开端，继之则有周绍仪译《美国新兴文学之起衅》(《北新》1930 年 10 月 16 日 4 卷 19 号)、钟宪民译《现代美国文艺的趋势》(《文艺月刊》1930 年 11 月 15 日第 1 卷第 4 号)、王守伟译《美国新兴文学的挑战》(《青年进步》1931 年第 141 期)、赵演译《近百年美国文学之变迁》[《生力（南京)》1933 年第 6 期]、张克己译《黑人文学的生长》(《文化评论》1935 年第 5 期)、张薇露译《现代文学中的病态》(《文学导报》1936 年第 1 卷第 2 期)、龚积芝译《萧伯纳的今昔》[《现代青年（福州)》1940 年新 1 第 3 期]、陈又生译《美国文坛近态》(《国际间》1940 年第 2 卷第 6 期）等文。其中周绍仪、钟宪民、王守伟所译为同一篇文章。

与《文学中性的表现》一样，卡尔佛登同样运用社会学的眼光审视当时美国文学的现状，一方面以左翼文学的突起作为美国文学脱离欧洲文学尤其是英国文学的标志，将自辛克莱以来的美国文学创作囊括进普罗文学大框架之中；另一方面则对普罗文学之外，表现个人消极病态的现代主义文学大肆批判。前者如钟宪民译《现代美国文艺的趋势》则持此主张，认为自惠特曼以来的美国文学便已开始形成美国文学的风格，至辛克莱最终完成，至 KT 所介绍的《美国文学的解放》一书，此种观点则完全成熟。后者则主要体现于刘穆所译《现代欧洲文学的革命与反动》与张薇露译《现代文学中的病态》两文。一方面以社会学的眼光认识到“现代文学的病态之性质很明显的是我们社会的无秩序与混乱的产品”，另一方面则以为“现代文学所探求，正如其变为更病

① ［美］V. F. Calverton，《现代欧洲文学的革命与反动》，刘穆译，《小说月报》1929 年第 20 卷第 7 期。

态的东西一样，接着就会变为更淫邪的东西了”①。社会学眼光的敏锐与狭隘同时存在其中。

三 普罗文学理论

卡尔佛登一方面有其独立的社会学心理学的综合批评理论，另一方面对当时美国蓬勃兴盛的普罗文学也有着独到而清醒的认识，其普罗文学观念与苏俄文艺理论家的观念不尽一样。在当时中国革命文学大行其道之时，卡尔佛登的普罗文学理论同样也被引介入中国。此类翻译性文章包括：严兆晋译《布尔扎维克之社会学的美学》（《群言》1930 年第 7 卷第 3—4 期）、晋武译《卡尔佛登致托罗茨基书：论共产主义的危机》（《民风》1933 年第 2 卷第 8 期）、杨瑞粤译《美国文学的普罗运动》（《北平晨报学园》1933 年 5 月 30 日、6 月 1、2、5 日 514—517 号）、F. W 译《陶器或苹果》（《世界文学》1935 年 2 月 1 日第 1 卷第 3 期）、衡节译《论普罗文学（特译稿）》（《文摘》1937 年第 1 卷第 3 期）；介绍性文章则主要出自毕树棠所介绍的 Literature Goes Left [《最近英美杂志中的文学论文（五）》，《文学季刊》1935 年 3 月 16 日 2 卷 1 期]、Literature As A Revolutionary Force（《最近英美杂志中的文学论文》，《文学季刊》1935 年 6 月 16 日第 2 卷第 2 期）。

与他的社会学心理学批评一样，卡尔佛登的普罗文学也与当时普遍流行的苏俄普罗文艺理论颇不一样。身处资本主义阵营的卡尔佛登，始终对苏俄普罗文学保持着戒心，结合美国普罗文学的实际，总结出一套独特的卡氏普罗文学理论。譬如在他致托罗茨基的书信当中，就认为：“共产党原来是一个富有创造的革命

① ［美］V. F. Calverton，《现代文学中的病态》，张薇露译，《文学导报》1936 年第 1 卷第 2 期，第 22 页。

工具……最大的危险乃是不许人们的批评，禁止人们指示或矫正他们的错误。”[①] 因此当众多布尔什维克反对托罗茨基理论之时，而卡氏却表示了支持，认为他“对于社会学上的美学的贡献，还是极其重要的”[②]。

面对日益蓬勃发展的倾向于左翼的文学，卡尔佛登则提出了他的普罗文艺理论。随着苏俄文艺作品日渐传入美国，卡尔佛登认识到苏俄普罗文学带有太多的宣传性，无论是题材抑或是创作手段都日趋程式化。有鉴于此，卡氏认为，没有一位革命的批评家应该否认，艺术在各种形式之下都和陶器制造一样无二，是一种 Trade，而因为是一种 Trade，所以它有本身的技巧，这技巧更须充分地被捉着，如果艺术的创造须是具有相当价值的话。革命的艺术在未能蕴藏深意之前，应该先具完美的艺术的条件。因此革命批评家不应该轻视文学技巧，仅让文学成为思想宣传的工具，而是通过技巧的综合利用，让“艺术能够完成它在当代的使命”。反之“有革命的意义而没有文学的技巧和有文学的技巧而没有革命的意义都足以造成同一无望的混合”[③]。在卡尔佛登的心目当中，真正的普罗文学，并不是狭义上的无产阶级文学，它的界限要比这宽广得多。“所谓普罗文学，并非如一般之所见，只是一种工人阶级的文学，把文章里的人物由绅士学者商人教士一变而为工人苦力而已；实则，它是由革命目的所启发出来的一种工人阶级文学，它不以工人为同情与怜悯之对象，它是一种新

① ［美］V. F. Calverton，《卡尔佛登致托罗茨基书，论共产主义的危机》，晋武译，《民风》1933 年第 2 卷第 8 期，第 6 页。

② ［美］V. F. Calverton，《布尔扎维克之社会学的美学》，严兆晋译，《群言》1930 年第 7 卷第 3～4 期，第 11 页。

③ ［美］V. F. Calverton，《陶器或苹果》，F. W 译，《世界文学》1935 年第 1 卷第 3 期，第 368 页。

社会之创造的因原。”① 所以普罗文学不只是写实，且主宰着一种有力的理想，含着证实将来的种子。中产阶级的道德文学接续了贵族阶级的享乐文学，同样普罗文学将以工人阶级的新道德造成一种集团的社会。因此普罗文学是不仅仅限于以无产阶级为对象的。它可以描写贵族而仍不失为普罗。现在普遍都把劳工阶级文学和普罗文学相混了。普罗文学是一种充满了浓烈的革命观念，被集体宗旨所激起的文学。它的普罗与否，不在于它的性格和地位，而在于作者如何处理及解释它的性格和地位。如果在题材结构和主旨中有着劳工阶级是明日的支配者和未来的创造者的信仰，它就是普罗的。如果只以劳工阶级为对象，而对于它在社会中的任务并无此种信念，那就不是普罗文学了。

如此看来，卡尔佛登所说的普罗文学更多是带着一种无产阶级信念，而并非仅仅狭义的布尔什维克所谓以无产阶级为表现对象与题材的文学，它既有广泛的文学题材，也重视文学的技巧与美学特质。无疑，卡尔佛登的普罗文学理论比起中国当时的普罗文学、革命文学、无产阶级文学理论，更具生命力与表现力。从某种程度而言，卡尔佛登的普罗文学理论在当时中国的传播对于日渐兴盛的普罗文学或无产阶级文学应该具有一种补偏救弊的功效，遗憾的是，当时的普罗文学并没能给予他理论更多的关注，致使在辛克莱理论的影响下使文学日益沦为政治宣传与党派之争的一种工具，无论是表现题材，抑或创作内容，还是艺术技巧，文学日趋程式化与公式化。

四　接受与批判

尽管卡尔佛登的文艺理论在当时中国的翻译颇为集中，且数

① 毕树棠，《最近英美杂志中的文学论文（五）》，《文学季刊》1935 年 3 月 16 日 2 卷 1 期，第 281～282。

量不菲，然就当时中国文坛对之所作出的反应而言，却显得有些冷淡，并不如辛克莱理论在当时那样流行，这在一定程度上应归咎于卡尔佛登的理论仅是对辛克莱理论的一种补偏。再者，苏俄文艺理论在30年代的主导地位也影响了世人对卡尔佛登理论的接受。尽管如此，从现有材料来看，当时文坛大多接受卡尔佛登的文学社会学理论，而忽视其普罗文学理论。这种选择与过滤，无疑是30年代中国文坛的时代语境与文学主体共同合谋使然。内外社会矛盾的白热化，革命文学的提出，普罗文学的盛行，俄苏文论入主中国，多种势力，多方力量，都最终促成接受主体选择与之相合的文学社会学批评，而放弃其过于宽泛的普罗文学理论。

最早引述卡尔佛登理论的是赵景深。他在《作品与作家》一书论及英国诗人罗塞蒂的时候，将卡尔佛登的《文学中性的表现》列入其参考书目之中。[①] 其后1930年丘玉麟在其《白话诗作法讲话》当中再次引述了此书只言片语[②]。1931年赵景深在《现代文学评论》介绍英美文学杂志之时，也提到了卡尔佛登所创办的杂志"《摩登季刊》(*Modern Quarterly*)"[③]。

赵景深等人的引述显得支离破碎，远不如翻译那么完整。1931年，林疑今在《现代美国文学评论》一文当中，专门论述到"社会派批评家卡尔浮登"。照林疑今的介绍，美国社会学派批评创始于约翰·马西（John Macy），其经典代表作《美国文学的精神》(*The Spirit of American Literature*）是其社会学批评的结晶。然而在他看来，卡尔佛登的"立场比马西正确一点，他的批评时时有惊人的新见解"。在此文当中引述了卡尔佛登有

① 赵景深，《作品与作家》，北新书局，1929年2月。

② 丘玉麟，《白话诗作法讲话》，开明出版部，1930年2月。

③ 赵景深，《英文文学杂志介绍》，《现代文学评论》1931年第1卷第1期。

关“艺术革命化”“生活革命化”观点，以及美学的经典名言：“虽则美学的革命是由于观念的革命，但凡观念的革命，必都是由当时主要的物质状况而起的社会组织上的革命的结果。”[①] 最后，林先生站在美国批评界的立场，认为卡尔佛登的文学社会学批评“或许是美国批评界的一线曙光”![②]

1932年，曾经翻译过卡尔佛登《文艺批评的新基准》的天白在《青年界》第2卷第3期发表了《综合文艺批评及卡尔佛顿近况》。该文介绍了“所谓综合的文艺批评论”者，“急进作家”卡尔佛登的近况。“他的理论，虽带急进的色彩，然始终却站在‘自由’的立场上的，所以最近也不免被人批判。Communist 方面，对他攻击最为利害，竟斥他为‘Idaeolgie’的骗子’‘马克思的谑画家’。”[③] 有此攻击实属正常，因为无论从哪方面来讲，卡尔佛登的理论都与马克思主义相差甚远。同年，余慕陶在其《近代美国文学讲话》一文中也认为，卡尔佛登的文学社会学批评是“接近社会主义的”[④]。

虽然没有翻译过卡尔佛登的文艺理论，但陈北欧先生对他的理论很是推崇。其《新文学概论》第四编“文学的批评”之第四章“文学批评的方法”当中，介绍了近代批评之后，用专节介绍了“社会的文学批评论”。陈北欧认为，近代批评的主观性与个人性，显然很难成为客观有效的批评方法，而批评本身是与客观的社会紧密相连的，因此除却个人的主观立场的社会学批评应该是最为客观有效的批评方法。他在引述了卡尔佛登《文学之社会学

---

① 林疑今，《现代美国文学评论》，《现代文学评论》1931年第1卷第1期，第5~6页。

② 同上，第8~9页。

③ 天白，《综合文艺批评及卡尔佛顿近况》，《青年界》1932年第2卷第3期，第218页。

④ 余慕陶，《近代美国文学讲话》，《微音月刊》1932年第2卷第7—8期，第7页。

的批评》两段文字后，以这一番话结尾："总之，真实的文学批评方法，是完全基于历史的、社会的关系上。而真实的文学批评家，也唯有从作品中发现的社会的力倾向方面之努力，才能完成真实文学批评的任务。"[①] 显然，陈北欧的观点与卡尔佛登对批评的规定如出一辙。

中国现代文坛对卡尔佛登理论运用最有力者应该是他《文学之社会学的批评》一书的翻译者傅东华。虽然在该书的翻译当中，傅东华对他的理论未置可否，无一字褒贬之词，但他在后来的两篇文章当中却明确地表示对其理论的欣赏。

先是在《文学之社会学的批评》一书出版前两个月，即1930年7月10日，他在翻译卡尔佛登所著《古代艺术之社会的意义》一文"译者赞语"当中给予了卡氏很高的评价，敬慕之情，溢于言表。傅东华称他是"美国现在唯一著名的马克思主义的——或宁说社会学的——批评家"。卡尔佛登的社会学心理学批评将现代批评从判断的与印象的批评转到客观说明一端，自然有其功劳。但就卡尔佛登的批评立场，傅东华认为他虽然"竭力要做一个马克思主义者"，但从严格的马克思主义立场看，也是"驳而不纯"的，因为在他的理论当中还含有泰纳等人的批评立场。尽管如此，傅东华却认为此种立场"却正是显出他的不太褊狭的精神。这样的分析，虽不免要嫌它太粗一点，但它的方法是全部可采取的"[②]。

在卡尔佛登的影响下，傅东华很快地吸收其理论成果，将其运用到他本人的文学批评当中。1933年8—12月，他在《青年界》杂志第4卷第1—5期连续发表了五篇主题为"文学心理学"的系

① 陈北欧，《新文学概论》，立达书局，1932年9月，第233页。

② ［美］卡尔佛登，《古代艺术之社会的意义》，傅东华译，《小说月报》1930年第21卷第7期，第1028页。

列文章，包括《刺激与反应》《所谓文思是什么》《文学的情绪》《文学的意识》《文学的个性》。其中最后一篇《文学的个性》，大多是照他翻译卡尔佛登《文学之社会学的批评》一书第七章的内容写成。在他看来，一个作家的个性其实就是他的风格。如果两位作家同处一时代，他们的风格则由"社会学家所说的'社会意识''阶级意识'或寻常所谓'时代作风''民族作风'"[1] 等所造成。因此作家的个性与风格没有什么神秘性可言。由是在下文从中西文学当中举例说明。当举及西方作家如彭斯（Robert Burns），论及天才、作家习惯等方面则大段摘抄卡尔佛登的理论，全文总共10页，而有摘抄卡尔佛登的部分竟占去全文的一半。如此可见傅东华对卡尔佛登有关文学心理学的论述是充分认同的。

1933年，傅东华更是在其半译半述的文章《世界文艺的前途》一文当中将卡尔佛登的理论运用于中国现代文坛。从其内容来看，该文大部内容都译述卡尔佛登的另一篇文章《在歧路上的美国文学》。至于此文的内容，傅东华介绍，卡尔佛登在《歧路上的美国文学》里，首先指出现在（指1931年）的美国文学在一个歧路上。这是一个三岔路口：一路是"新人文主义"（New Humanism），一路是"新地方主义"（New Regionalism），一路是"新普罗列塔亚主义"（New Proletarianism）。三路之中，哪一路是真正的出路呢？美国文学的前途就决定在这一点上。对于这一问题，卡氏虽然没有解决，但他为暗示一个解决的根据起见，曾经把这三岔路的局面所以造成的由来做一种历史的叙述。[2]

综合此文，傅氏将卡尔佛登所描述的美国文学划分出三个时代，即"反叛时代、讥嘲主义时代和信念时代"。进而他将这三分法运用到中国文学。"就现在的中国文学而论，可说极尽五花八门

① 傅东华，《文学的个性》，《青年界》1933年第4卷第5期，第133页。

② 傅东华，《世界文艺的前途》，《前途》1933年第1卷第1期，第2页。

之奇观，绝不止是一个三岔路或四岔路，五岔路，六岔路……的局面。”“但在这样混乱的现象之中，我们却仍可以见出一种发展的步骤——就是仍可把卡尔佛吞的原则应用上去的。”照他的分析来看，“五四时代”可以称之为“age of revolt”，五四以后便渐渐进入了“age of Cynicism”，其中鲁迅先生初期的小说及散文和语丝派的论述都可称之为讥嘲文学。照傅东华先生看来，从新文学到那时为止，整个文学还没有进入“age of Conviction”。即使是那些所谓民族主义等文学最多也是鲁迅先生所说的“遵命文学”而已。那么什么时候才会产生信念呢？依据历史的规律，傅东华先生认为“必定要到某种局面发展到非常迫切的时候，比如两个斗争的团体已经到了非拼个你死我活不可的时候，那就无须代言人的开导，两方面都会自然发生信念了”[①]。

不难看出，傅东华站在当时中国文学的立场，运用卡尔佛登的理论传达出对当时各派文学团体之间的不满。但他过于信仰二元斗争的立场，最终在非此即彼的选择之中失去其本身所应有的态度，也许这便是后来傅东华在新中国成立后基本上不再关注世界文学的发展，也不再从事翻译，而是全身心地投入文字学研究当中的原因所在。

对于卡尔佛登的批评，与对辛克莱的批评一样，都来自于梁实秋。他站在人文主义的立场，在其《文艺批评论》一书中对社会学批评进行了批判。在他看来，社会学的批评方法，号称为科学的，实际上不是如此。社会学认定文学的创造乃受社会影响的支配，故“批评文学作品应解释其当时社会之状况，这个学说是不错的，但是我们也不能否认文学作品一方面固是表现了当时的社会，但一方面也表现了作者各人的人格，并且解释社会状况，只能算是解释了作品产生的状况，不能算是评衡其内容的价值”。

① 傅东华，《世界文艺的前途》，《前途》1933 年第 1 卷第 1 期，第 8 页。

因此社会学的外部研究只能算做文学批评的有益的准备，而不能代替判断，“最好研究文学的方法是在作品里面去研究，不是到作品外面去研究”①。

不可否认，梁实秋的批评一语中的。然而遗憾的是，他一直被打入“新人文主义”之列，他的批评只能作为一种辩护，人们并未注意其中所包含的正确性见解。

当然除此之外，卡尔佛登的文艺理论在中国的传播，还有通过日本中介的转译而来的第二手的印象与评价，因其中所含见解未能代表中国当时文坛的意见，所以这里仅提及而已，不作深入分析。再者，除却以上三个方面对于卡尔佛登理论的译介之外，尚有其社会政治、妇女婚姻等方面理论的译介。因未涉及文艺理论，这里不再提及。

综观卡尔佛登的左翼文艺理论在当时中国的译介，翻译与介绍、引进与吸收、转化与实践等方面确实没有辛克莱的理论那样受当时中国文坛的欢迎。但正如傅东华所看到的那样，卡尔佛登那自由主义的批评立场，能够看到苏俄文艺理论之缺陷与弊端。而这，也许正是卡尔佛登的理论翻译大于接受的原因所在。作为一种无言的接受，用以对抗流行的革命文学与普罗文学理论，正是他在当时中国的价值所在。

① 梁实秋，《文艺批评论》，中华书局，1934年3月，第123～124页。

第六章　英美新批评在现代中国

英国文学源远流长，历史悠久；美国从英国的附属殖民地独立到现在也不过两三百年的时间，两国文学在20世纪初期，你中有我，我中有你，新批评亦如此。在英美意象派的影响下，中国新文学诞生出新诗。中国新文学运动的促成自英美意象派而兴，而最后却以英美新批评而终。

第一节　瑞恰兹的实用批评在现代中国的推广

1928年革命文学方兴未艾之际，中国现代文坛一方面吸收来自苏俄以及美国的左翼文艺理论，援引社会学进入文学，突出文学作为时代社会的宣传功能与意识形态工具特征，就英美而言，以美国辛克莱和卡尔佛登为代表；另一方面学院派批评家则大力译介来自英美的现代批评理论，以心理学方法研究文学，既彰显出文学创作与接受的心理学特质，也兼及文学自身的语言问题，此派理论以英国批评家瑞恰兹最为流行。前者突出强调文学外部功能、社会意义，后者则强调文学欣赏阅读的内在机制及意义生成。随着当时中国时代语境的不断转换，前者虽然显赫一时，然总是昙花一现，忽起忽落。后者则自其进入中国以来，一直作为学界不断引用与实践的理论资源，参与着中国现代批评理论的建设与成长。

艾·阿·瑞恰慈（Ivor Armstrong Richards，1893—1979），

1893年2月26日出生于英国，著名文艺理论家与教育者，曾在英国剑桥大学（1922—1929）、中国清华大学、北京大学与燕京大学（1929—1930）以及美国哈佛大学（1944—1963）任教，被公认为“新批评派”理论的创始人之一。著有《美学基础》（*Foundations of Aesthetics*，1921，与奥各登合著）、《意义的意义》（*The Meaning of Meaning*，1923，与奥各登合著）、《文学批评原理》（*Principles of Literary Criticism*，1924）、《科学与诗》（*Science and Poetry*，1926）、《实用批评》（*Practical Criticism*，1929）、《孟子论心》（*Mencius on the Mind*，1932）等书。

瑞恰兹的文艺理论在中国的影响，赵毅衡先生曾有过很好的描述。“对二十世纪文学批评起了最大影响的英国理论家，应当说非瑞恰慈莫属。瑞恰慈是英美形式文论的第一个推动者，他在二三十年代写的七本美学与文艺哲学著作在文学理论中引申了两门学科：语义学与心理学。前一门学科后来成为新批评的理论基础，后一门却受到形式文论的激烈反对，但是这二门学科，却在瑞恰慈的终身中国梦想中结合起来。”① 赵先生所说的“瑞恰慈的终身中国梦想”主要指瑞恰兹与中国的学术交流。自20世纪20年代至70年代末，瑞恰兹曾经六次造访中国，于其文艺理论在中国的传播最为重要的一次造访当是1929—1931年，其间他以客座教授的身份来清华大学、北京大学、燕京大学教学，讲授“西洋小说”“文学批评”“现代西洋文学”等课程。通过瑞恰兹本人亲自在中国学院授课，三四十年代涌现出一人批深受瑞氏文艺理论影响的学者，与当时的左翼阵营形成鲜明的对照。

---

① 赵毅衡，《瑞恰慈：镜子两边的中国梦》，《对岸的诱惑：中西文化交流记》，上海人民出版社，2007年，第165页。

瑞恰兹的名字最早见于中国文献[①]，应当是1929年2月25日，当时《国立清华大学校刊》登载了一则消息称："瑞恰慈先生（I. A. Richards）对于文学批评，极富研究，任英国剑桥大学英文系主任有年，著有 *Principles of Literary Criticism*、*Meaning of Meaning* 等书，近与罗校长函言，拟于1929—1930年间，请假来华一行，且愿来校任课。并闻偕夫人同行，其夫人亦可来校担任功课云。"随后同年9月该刊"校闻：个人新闻一束"当中再次登载了瑞恰兹即将到校的消息。"西洋文学系教授Richards先生，已有电到校，即可抵平；闻彼系由英经美日来华云"[②]。同时"国立清华大学十八年度教授及讲师一览"中显示，瑞恰慈为新聘外国文学系教授，其时王文显任主任，有教授翟孟生、吴宓、温德、吴可读、艾锷，以及讲师钱稻孙。此外尚有文学院之中国文学系，有教授杨振声（时任院长）、朱自清、陈寅恪、俞平伯等人。这两则消息记载了当时瑞恰兹教授受清华大学校长罗家伦之邀到校讲学的详情，言语之间透露出清华学人对于这个"洋教授"的热切期盼。自此以后，瑞恰兹便在北平三大高校清华大学、北京大学及燕京大学以客座教授身份讲学，其间培养了不少瑞恰兹信徒，对以后三四十年代的中国现代文艺批评建设甚有功劳。

然从文艺理论而言，据现有资料来看，最早提到瑞恰兹理论的可能是于赓虞先生。他于1929年2月27日《河北民国日报副刊—鸮》第12期编者附语当中有这样一席话："开首，我先招认，我是喜爱诗的人。而诗与科学就不同道，这意思在Brown的《诗之园地》，M. Arnold的文章里，I. A. Richards的《诗与科学》中都曾表示过，虽然Macaulay有着'科学的进展，诗将

① 瑞恰兹于1927年到中国的造访目前还未见到原始的文献记录。

② 《校闻：个人新闻一束》，《国立清华大学校刊》1929年第86期，第4～5页。

颓败’的雄语。”[1] 出于对科学的敬畏与对诗的热爱，于赓虞先生可能对瑞恰兹的《科学与诗》一书有所了解。

自1929年2月他的名字出现于中国文坛，瑞恰兹文艺理论的译介、传播、接受与批评伴随着整个中国现代文学批评史，成其为理论建构必不可缺的西方话语资源之一。为方便叙述起见，以下叙述大致从三方面入手进行论述，即翻译、介绍与批评。

一　瑞恰兹文艺理论在中国现代文坛的刊载与翻译

从现在发现的材料来看，最早翻译瑞恰兹理论著作的当是“伊人”。他于1929年5月10至19日[2]分七次将瑞恰兹《科学与诗》一书翻译连载在《河北民国日报副刊》第114—120期。《科学与诗》一书出版于1926年，全书共分七章，伊人将之分别译为“一般的情况”“诗之体会”“诗之估价”“生命之嘱托”“宇宙秘密之揭破”“诗歌与信仰”“科学与诗”。此七篇文章于同年6月由北平华严书店合并出版。此书翻译文字略显生涩，文白夹杂，很多术语略显生疏。自此书出版后不久，署名“闲”的作者于1930年3月10日、24日在《大公报·文学副刊》第113、115期上发表《评伊人译科学与诗》一文，称其译本“不能明白晓畅”，“错误所在皆是”。[3] 此番批评甚为属实。尽管此书翻译不甚完满，然在当时也还颇有影响。当年7月20日《华严》杂志第7期为此书所登广告有数语可折射出此书的接受背景。“此著为雷氏讲诗与科学之专著，当此‘科学的文艺’高唱入云之

① 于赓虞，《编者附语》，《河北民国日报副刊—鸮》，1929年第12期。

② 陈越在其《重审与辨正——瑞恰慈文艺理论在现代中国的译介与反映》一文中将此文日期锁定在1929年5月15日到19日，显然依据逻辑推测而导致错误，可能因其没能见到第一手材料造成。见《中国现代文学研究丛刊》2009年第2期。

③ 闲，《评伊人译科学与诗》，《大公报·文学副刊》1930年3月10、14日。

际，我们对于其关系，应有更清楚的认识。”① 寥寥数语折射出的不仅是学界对此书的热烈期盼，更多的是面对当时同时引入的社会学批评与心理学批评，此书对于厘清科学与文学之间的争议意义甚大。这便是此书当时出版的意义所在，也是他的影响所在。

自伊人翻译此书之后，1929—1930 年间，瑞恰兹一边在北平三所高校讲学，一边将其文艺理论直接以英文刊载于当时的期刊。先是 1929 年 10 月 19 日，《清华周刊》第 32 卷第 1 期上刊载了瑞恰兹所著“Wyndham Lewis”一文。此文主要在于反驳批评家刘易斯的哲学观点，同时也批判其将诗与科学完全分离的做法。不难看出，此文似乎是对伊人所译《诗与科学》一书的一种回应。1930 年，《哲学评论》第 3 卷第 3 期又刊载瑞恰兹“Logic and Language”一文，主要介绍他此前所著《意义之意义》一书的内容。同年，瑞恰兹似乎担心当时中国学界对其意义理论了解不够，于是又在《清华学报》第 6 卷第 1 期上发表了“The Meaning of Meaning”一文。据此文介绍，他在当时正准备运用一套有效的方法来研究汉语与英语之间的转换问题。这便是他后来与燕京大学同仁黄子通、李安宅等人著《孟子论心》的由来。

以上三文，学界在探讨瑞恰兹在中国当时文坛的传播与影响之时，基本上没有注意到。然而在笔者看来，这却是瑞恰兹作为在一个“在场者”，同时也作为一个“他者”直接参与中国现代文艺理论建设的意义所在。这在古今批评史上甚为少见，也许正是以这种直接在场的方式，也使得他的理论不仅仅局限于北平三大学院圈子，而使得当时有更多的人得以直接接触他的文艺理论思想。

---

① 见《华严》1930 年 7 月第 7 期。

然而自瑞恰兹本人刊载他的文章以后时隔两年，他的文艺批评翻译才进入一个高潮。翻译瑞恰兹文艺理论最为有力者除前面伊人有开创之功外，曹葆华的功劳应该最高。他依据其所掌握的《北平晨报·诗与批评》阵地，大量翻译瑞恰兹的文艺理论。从1933年10月开始，至1935年3月，他总共在此刊物上发表了研究瑞恰兹的理论文章7篇。它们分别是化名"鲍和"所译《诗的四种意义》（1933年10月23日第3号，11月2日第4号）、《诗的经验》（1934年1月1日第10号、12日第11号）、《论诗的价值》（1934年2月2日13号）、《关于诗中文字的运用》（1934年2月12日第14号）、《现代诗歌之背景》（1934年3月2、12、22日，4月2日第16—19号）、《实用批评》（1934年5月3日，14日第22、23期）、《诗的界说》（1935年3月14、28日第49、50期）。其中《诗的四种意义》《诗的经验》《实用批评》后于1937年被收入其所编《现代诗论》一书。而《论诗的价值》与《关于诗中文字的运用》取自《科学与诗》一书，在其出版单行本之时，名称做了改动。前者作为第三章变为"价值论"，后者则作为第四章改为"生命之统制"。

在此刊物上翻译发表瑞恰兹文艺理论的还有清华大学1934级毕业生施宏告先生。他于1934年7月在此刊物翻译发表了《哀略特底诗》一文。第二年9月16日他又在《文学季刊》第2卷第3期发表了《批评理论底纷歧》一文。据他文后附录说明，此文译自《文学批评原理》第一章。"全篇是对于过去的批评理论的一个观察，同时也就是推出他自己的理论的一个先声。因为他在这本书中所要建立的，主要是他认为批评上基本的'价值'问题。还有一个更在先的，初步问题，就是'经验如何比较'的问题。在论及这一点时，本文的后半把近代实验美学可资我们借鉴到什么程度，明确的划定了。他的论断是很精确的，对于学者并且很有用的指示。Richards的理论，以剑桥为中心，十余年来已经扩展到全英美了。”[①] 最后引用与瑞恰兹同时代的批评家 F. R. Leavis 的话表明瑞恰兹在当今世界批评界有着如何重要的影响力。“‘在今日有谁对于文学有兴味而对于 Richards 不感到兴味呢?’此亦足视作者的地位和英美现今批评界的风气是如何了。”[②]

1935 年 11 月 1 日，身在成都四川大学的谭仲超教授又在涂序瑄教授的指导下翻译了《托尔斯泰的感染说》一文，发表在成都“文艺月刊社”所办《文艺》杂志第 3 卷第 3 期 9 月号上。据正文末附记所言，此文据 1934 年所出第五版的《文学批评原理》第二十三章所译，并“公平”而简略地介绍了瑞恰兹，“Richards 系英国现代文艺批评界的心理学派骁将，与 Eliot、Read 等齐名”。1936 年，曾任教于北京大学外国文学系，时任四川大学教授的涂序瑄于 2 月 8 日发表了“日恰兹博士著”《论诗的经验》一文，发表于《文艺》杂志第 4 卷第 1 期 1 月号。此文乃出自《科学与诗》第二节。

此后，曹葆华将其以前所译数文结集出版，几乎同时于 1937 年 4 月由上海商务印书馆出版了《科学与诗》与《现代诗论》两书。前者已有伊人的翻译，但较之曹葆华的翻译，显然后者的译文质量高得多，而且影响也大得多。该书以“文学研究会丛书”出版，前附“叶公超序”。此书对于当时的意义，已不同于伊人所处时代语境，因为在叶公超看来，“瑞恰慈在当下批评里的重要多半在他能看到许多细微问题，而不在他对于这些问题所提出的解决方法”。换言之，即叶公超长期身处学院教学，对自新文学以来所倡导之文学批评久已不满。原因何在？长久以

① ［英］瑞恰慈，《批评理论底的纷歧》，施宏告译，《文学季刊》1935 年第 2 卷第 3 期，第 799 页。

② 同上。

来，从最初引进欧美文学批评伊始，文学批评一直是宏观抽象的理论引进，但对于实际的教学与文本解读，所需操作方法尤为急迫。瑞恰兹凭借其长期教学实践总结而成的“实用批评”方法，无疑对于当时中国的文学批评非常有益。再者自文学批评引入中国新文学以来，批评一直作为表达个人意见的工具，往往停留于各派纷争之中，于文学批评实践无任何客观有效性。这便是叶先生所深深感受到的，“文学里的问题，尤其是最扼要的，往往是不能有解决的，事实上也没有解决的需要，即便有解决的可能，各个人的方法也难得一致”。因此他“相信国内现在最缺乏的，不是浪漫主义，不是写实主义，不是象征主义，而是这种分析文学作品的理论”[①]。其实叶公超在作此序之前，已有对于瑞恰兹理论的运用，此类文章包括《爱略特的诗》（《清华学报》1934年4月第9卷第2期）及《从印象到评价》（《学文月刊》1934年2期）等。

曹葆华本人的意见，则散见于《现代诗论》一书。先是他在此书《序》言当中说：“瑞恰慈（I. A. Richards）是被称为‘科学的批评家’的。且不管这些，因为名与实往往是不相干的。现在一般都承认他是一个能影响将来——或者说，最近的将来——的批评家。因为他并不是像一般人所想象的趋附时尚的作家，实际上他的企图是在批评史上划一个时代——在他以前的批评恐怕只能算是一个时期，关于他的重要，虽时常不能和他同意的爱略忒（T. S. Eliot）也承认（见‘批评中的试验’一文）。”[②] 后又在《诗的经验》一文末尾附录之中高度评价了瑞恰兹，说他是“在文学批评中是一个开创新局面的人。他在这方面的工作，确

① ［英］瑞恰慈，《科学与诗·叶公超序》，曹葆华译，上海商务印书馆，1937年4月，第1～4页。

② 曹葆华译述，《现代诗论·序》，上海商务印书馆，1937年4月，第1页。

实是前无古人的。——这并不是说，检些前人不愿意做的东西来故眩新奇。事实决非如此。他看透了过去一切批评共有的根本的弱点是什么，而想加以补救（关于这一点读者参阅爱略忒《批评中的试验》一文）。他认定前人说的多是模糊惝恍的话语，听者固然不知所云，说者自己也往往莫明其妙；所以要想改正，首先必须有心理学的知识，拿了这种知识，才能把语言文字的意义弄清楚。现在颇有一部分人，因为听说他应用科学的知识来讲文学，就为之竖额，以为用死的科学方法来衡量活的文学批评，结果必沦于独断。殊不知在另一部分人看来，一般以意为之的批评，才是独断的，像瑞恰慈的批评，一句话的分寸，应该是最可以接受的。自然，这一种学说方在开创，必待后起者多加修正，但我们不深究他的结论，只要看他的方法，也就得益不少”[①]。此番话语，与叶公超的意思几无二致，都认同瑞恰兹实用批评的有效性。因此曹葆华认为此种方法运用于文学批评当中，“文学批评中有许多问题，因此都可以得到解说。读者虽然不能尽悉这些问题，但在领会了四种意义之后，在欣赏诗的时候试为应用，必然得到很大帮助”[②]。因此在《现代诗论》当中，曹葆华翻译了取自《实用批评》一书的两节，以期望国内读者能进一步了解实用批评的方法，对其批评实践有所助益。

尽管叶公超鼓励曹葆华再接再厉，多翻译一些瑞恰兹的理论，但此两书的出版还是终结了瑞恰兹文艺理论在中国现代文坛的翻译。尽管如此，相比翻译，对瑞恰兹理论的介绍与批评远远热闹于其理论翻译。

---

① 曹葆华译述，《现代诗论·序》，上海商务印书馆，1937年4月，第146～147页。

② 同上，第161页。

二　瑞恰兹文艺理论在中国的介绍、认同与转化

瑞恰兹的文艺理论译介如前所述，显然不多，且有关文艺批评的重要著作如《文学批评原理》与《实用批评》等书都未见其中文译本。但这并不妨碍瑞恰兹的文艺理论在现代中国的传播与接受。

傅东华于1929年10月10日发表于《开明》杂志第2卷第4期之上的《诗的唯物与唯心》一文当中，首先从唯物论的角度对瑞恰兹的文艺理论表示了赞同。“将来当有一天，只消把诗人的脑在实验室里解剖一下，化验一下，就可晓得诗的‘天才’是由什么化学成分构成的了。这样的试验似乎还不会有人做过，但是实验心理学派的批评家当中，确乎已有用‘精神生理学’（Psyche-physiology）来解释诗的了。例如理查兹（I. A. Richards）的《文学批评原理》（*Principles of Literary Criticism*）——特别是其中‘诗的分析’一章——就完全用的是这种方法，虽则他并不承认自己是唯物论者。”① 如此看来，傅东华是早已对瑞恰兹的文艺理论熟稔在心，心生认同。此种心态在其于1931年所发表的《现代西洋文艺批评的趋势》一文中更是表露无遗。“我觉得科学对于文艺批评的贡献不可限量。弗洛伊特（Freud）之将精神分析学应用于文艺批评，虽还没有圆满的成绩，却总算在这个方向有了显著的进步。他如英国的力查兹（I. A. Richards）之根据现代心理学以建设新美学和实用的批评，正是我们所最欢迎的趋势。”②

继傅东华之后，武汉大学陈西滢教授全面介绍了瑞恰兹的文

① 傅东华，《诗的唯物与唯心》，《开明（上海1928）》1929年第2卷第4期，第150页。

② 傅东华，《现代西洋文艺批评的趋势（附图表）》，《暨大文学院集刊》1931年第1期，第10页。

艺理论。他于1930年在《国立武汉大学文哲季刊》第1卷第1期发表了一篇介绍性文章《文学批评的一个新基础》。陈教授以“桥梁”之喻将瑞恰兹的文学批评的两大原理即价值论与传达论贯穿简介，线索清晰。虽有些许缺点，但他总体上还是非常推崇此书的。“虽然根据新的心理学去研究文学批评的不是没有人，完全以心理学作根据来建筑文学批评原理，而且能自圆其说的，却以瑞恰慈先生为第一人。”因为他一方面对心理学有很深的研究，能够综合运用当时颇为盛行的“精神分析学”“行为主义心理学”与“格式塔”理论；另一方面更为重要的是，他在文学艺术、美学与哲学方面也有很深的造诣。虽然他所建立的批评系统还有不少缺点，心理学的发展也不健全，但是要是心理学获得快速的发展，“我们谁敢肯定的说文学批评不能走上一个稳固的基础，放出异样的光彩来?”“即使我们不能赞同瑞恰慈先生的根本观念，他对于文艺与道德的关系，文艺在人生的地位等等都有极精到的意见，对于美学，托尔斯泰的艺术观，为艺术而艺术的理论等等都有极透彻的批评，也使人不能不心折。我们可以说，这本书没有一章没有精警的议论，没有一页没有独到的意见。实在是近年来文学批评作品中一本绝无仅有的好书。”[①] 陈西滢教授的分析非常有先见之明，也非常公允，第一次对瑞恰兹的文学批评理论做了相对完整的介绍。

随后传播介绍瑞恰兹理论最得力者当数他的弟子李安宅先生。瑞恰兹在燕京大学讲课之余，李安宅曾协助他共同翻译孟子，助其完成《孟子论心》一书。受其教诲，李安宅便做起了瑞恰兹的“使徒”，大力传扬瑞氏理论，并消化于其学术研究当中。他有关瑞恰兹理论介绍与转化的文章包括：1931年《论艺术批

---

① 陈西滢，《文学批评的一个新基础》，《国立武汉大学文哲季刊》1930年第1卷第1期，第240～241页。

评》两篇（《北晨评论》一卷10期、12期、25期，以及《北晨学园》134—136号）、《什么是意义》（《大公报·现代思潮》）、《语言与思想》（《大公报·现代思潮》第4、5期）、《我们对于语言底用途所应有的认识》（《大公报·现代思潮》）、《语言的魔力》（《社会问题》1卷4期），1933年《甚么是“意义学”》（《燕大月刊》第10卷第1期）、《意义学》（商务印书馆1934年）、《美学》（世界书局1934年）等。上述诸文基本上是基于瑞恰兹理论的改写与运用，正如在其《我们对于语言底用途所应有的认识》一文发表时，编者按语所言：“英国剑桥大学的吕嘉慈教授的意义学是一种很新的东西。他在清理思想和文艺批评上都有很大的贡献。李先生将吕氏学说‘消化’一番，又在中国文字上找出许多佐证。注意吕氏理论的人，不可不细读本文。”[①] 之所以李安宅如此热心于传播与研究瑞恰兹的理论，乃在于他期望以瑞恰兹理论来“疗愚”中国的学术研究。在瑞恰兹所有理论体系当中，李安宅似乎最钟情于“意义学”。上面所列举七篇论文、两部专著当中，其中涉及语言类便有论文六篇，专著一部。如此可见在协助瑞恰兹的过程当中，语义分析对其所产生的深远影响。除此之外，李安宅还在其著作《意义学》《美学》两书当中一再地介绍了瑞恰兹的著作及其理论主张。

1932年，还有两位毕业生的论文值得一提。这两位同学分别是高庆锡与吴世昌，他们的论文都以瑞恰兹的文学批评为选题。高庆锡的论文题目为《吕嘉慈底文学批评》（1932年5月）。在其论文序言当中，有感于当时世人对于瑞恰兹理论了解太少，而学界又介绍不多，所以作了此文。然而高庆锡此文完成之后，几乎没见其有过任何译介瑞恰兹的文字。吴世昌则与之相反，在

① 李安宅，《我们对于语言的用途所应有的认识》，《大公报·现代思潮》1931年。

其毕业以后，继续介绍、运用瑞恰兹的文艺理论。

吴世昌毕业论文标题为《瑞恰慈的文学批评理论》（*Richards' Theory of Literary Criticism*）。全文从六个方面阐述了瑞恰兹的文学批评理论，这六部分依次为“批评中的谬误之澄清”（The Clearance of Fallacy in Criticism）、“艺术价值论”（On Value of Art）、“心理学之梗概”（A Psychological Sketch）、“瑞恰慈理论在文学批评中之运用”（The Application of Richards' Theory to Literary Criticism）、“艺术的传达”（of the Communication of Art）、“真理、信仰和诗歌”（Truth，Belief and Poetry）。后来此文精缩之后，于1936年6月以《吕恰慈的批评学说述评》之名发表于《中山文化教育馆季刊》3卷第2期。此文则从四个方面介绍了瑞恰兹的文学批评理论，即“价值论”“文学批评的心理学基础”“读诗的心理分析”“艺术和传达”。吴世昌对瑞恰兹的态度，在其“附记”当中说得很清楚：“吕恰慈（I. A. Richards）是当代英国一位以心理学作基础的文学批评理论家。这名字近来似乎不大有人提起，但五年以前他在清华和北大讲学的时候却曾盛传过。不过他的批评学说还没有好好地介绍过来，尤其是关于批评原理这一部分。”究其原因，吴世昌认为，当年他在北平讲学的时候，仅向其学生推荐介绍过《实用批评》（*Practical Criticism*，吴世昌翻译为“实验批评学”，有人也译为“实用批评学”）。据他讲，此书在当时颇为盛行，致使市场上竟出现过此书的翻版书。这一点恐怕在当代也难得一见。虽然他的同学李安宅也曾介绍过一二，但他始终觉得很有限。另一大原因是瑞恰兹此书理论的本身。在他看来，“他的《文学批评原理》文字实在别扭——其实内容并不难懂，差不多没有一句不绕三个弯儿的。这话不必待中国人说，为了这，他在英国所受的攻击已不少”。再者，他的批评理论严格地局限于心理学，与其说是文学批评，不如说他“对于心理学的贡献比文学更大”。至于价值学说，按其“所满足的冲动是否重要而定，但这‘重要’须用什么标准来估计，他却没有说。因此这问题似乎仍未解决。……（我这样看，也许他不）他的问题只是提出，不曾解决”①。

吴世昌这话，实际上也间接地解释了为何瑞恰兹的理论盗版甚多，介绍甚多，但就是翻译太少，原因就在于其行文过于专业艰深，晦涩难解。所以这也是瑞恰兹的理论为何在学院当中颇为盛行，却很难在民间广场起到很大影响的一大原因。惟其受过学院专业训练，否则便不可能透彻认识其理论，更别谈其运用。除却此文外，吴世昌还运用其理论分析中国文学，这方面的文章代表作为《诗与语音》(《文学季刊》1934 年创刊号)。

同为清华大学的外籍教授，也是瑞恰兹曾经的同事，翟孟生先生也在其文章当中多次引述瑞恰兹的文艺批评理论。这方面的文章包括“Poetry in the Laboratory”（《清华周刊》1929 年第 31 卷 第 1—3 期）、“Poetry and Plain Sense——A Note on the Poetic Method of T. S. Eliot”（《清华学报》1932 年第 7 卷第 1 期)、《吕嘉慈——孟子论心》（《哲学评论》1934 年第 5 卷第 3 期）等文。这些文章大多受益于瑞恰兹理论的影响。譬如《实验室里的诗歌》显然是对瑞恰兹心理学批评的运用；而《诗与直义》则明确提到，这个名词的运用以及本篇的分析方法来自于瑞恰兹的《实用批评》。

对于博学的钱钟书而言，英国批评家瑞恰兹的理论肯定逃不过他敏锐的眼光。他先是于 1932 年 12 月 1 日在《新月》月刊 4 卷 5 期发表了《美的生理学》书评，言谈之中涉及瑞恰兹的著作，对之颇为欣赏。“瑞恰慈先生的《文学批评原理》确是在英

① 吴世昌，《吕恰慈的批评学说述评》，《中山文化教育馆季刊》第 3 卷第 2 期，第 724～725 页。

美批评界中一本破天荒的书。它至少教我们知道，假使文学批评要有准确性的话，那末，决不是吟啸于书斋之中，一味‘泛览乎诗书之典籍’可以了事的。我们在钻研故纸之余，对于日新又新的科学——尤其是心理学和生物学，应当有所藉重。换句话讲，文学批评家以后宜少在图书馆里埋头，而多在实验室中动手。”①钱钟书后又于1933年11月4日于天津《大公报》发表《论俗气》一文，以及1934年在《学文》月刊第3期发表《论不隔》一文，其中都不乏对瑞恰兹理论的巧妙运用。尤其是后者运用瑞恰兹的“传达”理论阐释王国维的“不隔”理论，使其再放光彩。

1933年郁达夫将瑞恰兹《文学批评原理》一书列入《英文文艺批评书目举要》一文，作为适用于大学教材的课本，足以见出郁达夫先生对此书的重视。

1935年，瑞恰兹的理论继续在中国文坛发生影响。譬如洪深在其《几种“逃避现实”的写剧方法》当中运用瑞恰兹对作品与读者的分析，认为“一曲戏剧对于观众所发生的影响，是甚为实在与远到的。正像 I. A. Richards 在他的 *Principles of Literary Criticism* 里所主张，一部作品，多少地会影响了读者或观众们的对于世事的观看和感觉的 Mode；即是改变了他们的反应刺激与应付环境的方式，而不知不觉中指导了他们的行动”②。

意大利美学家克罗齐的理论传入以后，同样对中国现代文坛产生深远的影响。对照瑞恰兹理论，很多批评家很快发现克罗齐理论的不足。庭棕在其文章《文艺批评之意义与其价值》中谈到

---

① 钱钟书，《美的生理学》，《新月》1932年第4卷第5期。

② 洪深，《几种“逃避现实”的写剧方法》，《国闻周报》1935年第12卷第5期，第10页。

克罗齐一派的理论虽然重视心理活动与个人经验，但是还是觉得“这种学理，有欠圆满。伽尔兹（I. A. Richards）说：‘批评学说所必倚靠着的砥柱有两个：一是价值说；一是传达说。’”[①] 而克罗齐的学说，却完全忽略了艺术家在构造意象过程当中所运用的媒介或符号，更否认传达是艺术的活动。因此其美学关注内在活动的说法，使艺术的价值问题陷于不可捉摸的渺茫当中。庭棕认为，批评与创作虽然不同，但却不是不相容，二者相辅相成，对于促进文学的创作，增强批评的兴趣是有好处的。

作为克罗齐在中国的代言人，朱光潜何尝没有注意到他理论的不足。1936年1月，朱光潜在天津《益世报·读书周刊》介绍的三十部“美学的最低限度的必读书籍”中，列举了瑞恰慈的三种著作：《美学基础》《文学批评原理》《柯勒律治论想象》。此举实则表明朱光潜对瑞恰兹的批评理论涉猎颇为广泛。同年，在其所出版的《孟实文钞》（上海良友图书公司1936年）与《文艺心理学》（开明书店1936年）两书中，多次引用瑞恰兹的价值与传达理论弥补克罗齐理论之不足。譬如在谈到瑞恰兹的两大理论支柱之时他说：“英国心理学派批评家芮伽兹（I. A. Richards）说过：‘批评学说所必倚靠的台柱有两个，一个是价值的讨论，一个是传达的讨论。’关于传达的问题，克罗齐学说不甚圆满，已如上述。”[②] 除此之外，他对于瑞恰兹论道德与信仰、文艺心理学等方面都特别赞同。

同是京派批评家的水天同也深受瑞恰兹影响。1936年在《胡梁论诗》一文中，水天同对于胡梁二人所倡白话诗，颇不以为然，认为“白话的诂与诗的语言是有分别的”。因为语言意义

---

① 庭棕，《文艺批评之意义与其价值》，《西北论衡》1935年第20期，第25页。

② 朱光潜，《近代美学与文学批评》，《孟实文钞》，上海良友图书公司，1936年，第195页。

的构成具有四个层次，即直指、情感、语气与用意。由此瑞恰慈才有“假叙述”的说法。[①] 后他在《文艺批评》一文中，再次运用瑞恰兹理论评析当时中国文坛现状。“说句老实话，文艺界自有批评以来所聚讼纷纭的问题，都可归入两个大问题之下：一是传达的问题（Problem of Communication），二是价值的问题（Problem of Values）。第一个问题包括通常关于‘语言’‘技巧’‘形式’……的各种讨论。第二个问题包括文艺与人生的种种关系的讨论，如‘文艺与社会’‘文艺与道德’……”“瑞恰兹教授（Professor I. A. Richards）的《实用批评》（*Practical Criticism*，New York，1929）一书，中国的翻印本充斥市场已数年矣，但是书中的道理似乎并未经人注意。譬如他在绪言里所提出的十难（见原著 13～17 页），可说是切中时弊，但是有谁引用过呢?”[②] 后文便结合瑞恰兹的“十难”对中国文学批评进行批评。京派批评家作品当中，尚有萧乾的《书评研究》（1935 年 11 月商务印书馆初版）以及常风的《关于评价》（《艺文杂志》1943 年第 1 卷第 1 期）等文都明确表示受惠于瑞恰兹文艺批评理论的影响。

进入 40 年代以后，英美其他文艺理论相继退潮，瑞恰兹的文艺批评理论依然盛行，仍然不乏对其人之介绍转化。

武汉大学的费鉴照先生于 1941 年在《当代评论》发表四篇文章，其中三篇直接地论述瑞恰兹理论，而最后一篇也与之相关。他在《当代评论》第 1 卷第 7 期发表《怎样训练欣赏文学作品？一个实用文学批评方法》一文，针对学生不能正确欣赏文学作品，他建议“教员常给学生一种批评的训练。拿一个作品，最好是一首诗，一首不常见的诗，交给学生批评。等他们的批评意

① 水天同，《胡梁论诗》，《新中华》1936 年第 4 卷第 7 期，第 2 页。

② 水天同，《文艺批评》，《新中华》1937 年第 5 卷第 7 期，第 73～75 页。

见交进来了，然后再分析他们的意见，找出他们这些意见的来源；并且告诉学生那种批评意见是合理的，正确的，同时也鼓励这种意见，倘使，遇到不正确的批评意见，便坦白告诉学生，并且分析给他们听错误的原因。各个人的个性不同，对于一个文学作品的反应和发生的‘心理的状态’，自然也有些不同，我们并不希望完全除去差异。我们的目的在除去不合理的差异和希望在学生心中发生一个比较有价值的‘心理的状态’。我们要知道很多‘心理的态度’是没有什么价值的，我们训练学生，使他们受到训练以后，能够消灭那些没有价值的‘心理的状态’，来达到我们的目的”[①]。很明显，此方法取自瑞恰兹的“实用批评”。

相隔四期之后，费先生又以《栗洽慈心理的文学价值论》专文介绍了瑞恰兹的文学批评价值论，并给予其很高的地位。“到近代，因为科学研究的范围扩大，学者根据一种新发现的科学，产生一种新的文学理论。这便是开创文学批评史上新纪元的‘新剑桥学派’。大约二十多年前剑桥大学莫特利安学院研究员栗洽慈博士利用近代心理学的知识，创立一个心理的文学价值论。”[②]随后费教授在该杂志第 19 期发表《现代英国文学批评的动向》一文，系统介绍了以瑞恰兹为中心的“新剑桥派”文艺批评谱系，对“爱姆泊生”（W. Empson）[③]、“劳伯慈”（Michael

① 费鉴照，《怎样训练歆赏文学作品？一个实用文学批评方法》，《当代评论》1941 年第 1 卷第 7 期，第 108～109 页。

② 费鉴照，《栗洽慈心理的文学价值论》，《当代评论》1941 年第 1 卷第 11 期，第 159 页。

③ 有关燕卜生文艺理论在中国的传播，早在 1932 年翟孟生所作《*Poetry and Plain Sense—A Note on the Poetic Method of T. S. Eliot*》（《清华学报》1932 年第 7 卷第 1 期）一文就已运用他的“复义”理论分析艾略特的诗歌。其后他的名字时常出现在他老师瑞恰兹的后面。此外日本阿部知二著，高明译《英美新兴诗派》[《现代（上海 1932）》1933 年第 2 卷第 4 期]、朱自清的《语文常谈》《诗多义举例》等文都有对燕卜生的理论的阐述，加之三四十年代燕卜生到中国讲学，使其理论得以进一步在中国传播。

Robert)、“里德”(Herbert Read)[1]、“利维斯”(F. R. Leavis)等人都有详细介绍，并且始终坚信瑞恰兹的心理学研究在将来会取得巨大成功。“现代英国文学批评应用心理学的收获，解释许多创作的现象和读者对于一篇作品反应的经过，它对于文学批评的贡献不小。现在心理学还没有充分发达，等它充分发达以后，它对于文学批评一定有更大的帮助。栗洽慈与李特利用心理学已有很大的成就了。……现代的文学趋向于开发人的下意识部分，今后的文学批评我敢说仍旧会沿着心理学一条途径走去，它在这条路上，它的前途是未可限量的，古典的与浪漫的文学批评理论还会存在还会吸引一部分人去相信它们，但是它们的时代似乎已经是过去了。”[2] 费先生在其文章《辜立治论想象和莎士比亚：他的批评兴趣的检讨》(《当代评论》1942 年第 3 卷第 4 期)一文当中也再次提到柯尔律治的想象理论对瑞恰兹批评理论的影响。

40 年代中后期，当新诗面对时代表现出浮华苦闷之时，杨振声从瑞恰兹《科学与诗》一书中看到，尽管科学发展，信仰堕落使人类生活渐趋苦恼，而诗却可以使人类的情感得到寄托和抚

---

① 里德的文艺理论在当时中国也有一定的传播与介绍。他运用心理学理论批评文学的理论著作如《英诗诸形相》(*Phases of English Poetry*)等书经常被与瑞查兹的文艺批评一起提及。譬如日本阿部知二著，高明译《英美新兴诗派》[《现代(上海 1932)》1933 年第 2 卷第 4 期]、英国 Ramsay 著，方重译《心理学与文学批评》(《国立武汉大学文哲季刊》1937 年第 6 卷第 2 期)、费鉴照著《现代英国文学批评的动向》(《当代评论》1941 年第 1 卷第 19 期)、戴镏龄著《当代英国文艺批评的动向：从世纪初至第二次欧战前夕》(《时与潮文艺》1946 年第 5 卷第 5 期)等文都有介绍与阐述。有关他的翻译文章譬如曹葆华译《心理分析与文学批评》(《北平晨报学园》1933 年 8 月 3 日第 549 号、4 日第 550 号、7 日第 551 号)、《近代英国诗歌》(《北平晨报诗与批评》1934 年第 29—31 期)、《诗的界说》(《北平晨报诗与批评》1934 年 49—50 期)等。

② 费鉴照，《现代英国文学批评的动向》，《当代评论》1941 年第 1 卷第 19 期，第 286 页。

慰。因为它可以让人在现代生活的艰辛与苦闷当中，使其游移不定、彷徨颓唐的情感纠葛得以宣泄，以至达到平衡和谐。而新诗在那战乱连连的年代，他应该主动地承担起时代的责任，实现其价值。①

进一步从瑞恰兹的文艺理论吸收营养的是诗人兼批评家袁可嘉。他在一系列的文章当中反复引述瑞恰兹的理论，将其理论运用于新诗理论的建构之中。这些文章包括：《从分析到综合——现代诗底发展》（《东方与西方》1947 年第 1 卷第 3 期）、《对于诗的迷信》（《文学杂志》1947 年第 2 卷第 11 期）、《诗与意义》（《文学杂志》1947 年第 2 卷第 6 期）等。在其诗歌理论当中，既有运用瑞恰兹理论来说明“现代诗”的综合倾向，也有运用他的理论来证明“诗是象征的行动”，② 不同于科学的语言，诸如此类，不再列举。总之，40 年代中后期，袁可嘉可算是最善于转化瑞恰兹理论的一位学者。

此一时期还有一位也善于消化吸收瑞恰兹理论的学者，即朱自清。朱自清长期讲学于清华大学，自然对瑞恰兹的理论不会陌生。他在其《语文学常谈》一文中，很经典地运用瑞恰兹的语义学来分析中国文学。在他看来，尽管我国古典文学当中也有专重字义推敲考证的训诂学，但真正从“现代的兴趣开场伸展到历史的，似乎只有所谓意义学”。语义学在当时被李安宅等人称为“意义学”，主要的目的在分析语言的多义现象。在朱自清先生看来，语言多义现象在中国也有。如“唐代的皎然的《诗式》里说诗有几重旨，几重旨就是几层意思。宋代朱熹也讲看诗文不但要识得文义，还要褒得意思好处。这也就是‘文外的意思’或‘字

① 杨振声，《诗与近代生活》，《经世日报·文艺副刊》1946 年第 8 期。

② 袁可嘉，《对于诗的迷信》，《文学杂志》1947 年第 2 卷第 11 期，第 12 页。

里行间的意思'，都可以叫作多义。"[1] 针对瑞恰兹语言的四层意义，朱自清先生也作了颇为生动的阐释。"他（瑞恰兹）说语言文字的意思有四层。一是文义，就是字面的意思。二是情感，就是梁启超先生说的'笔锋常带情感'的情感。三是口气，好比公文里上行平行下行的口气。四是用意，一是一、二是二是一种用意，指桑骂槐，言在此而意在彼，又是一层用意。"[2] 尽管他对心理学的未来，以及介入文学所产生的后果还有所顾虑，但最后还是基本上认同了瑞恰兹的语义学的。"瑞恰慈被认为科学的文学批评家，他的学说是根据心理学。他说的语言文字的作用也许过分些，但他从活的现代语里认识了语言文字支配生活的力量，语言文字不是无灵的。他们这一派并没有'意义学'的名目，所根据的心理学也未必是定论，意义学独立成为一科大概还早，但单刀直入的从现代生活下手研究语言文字，确是值得我们注意的。"[3] 至少他早期的文章如《诗多义举例》[4] 一文便是明证。

此外在此还须一提的是，瑞恰兹以外的翻译文章也有对其理论的介绍与提及。这些文章包括：竹友藻风著《文学的意义之新解释》(张资平译，《当代文艺》1931 年第 1 卷第 5 期)、宫岛新三郎著《英美的新文学理论》(白河译，《微音月刊》1932 年第 2 卷第 3 期)、V. F. Calverton 著《文艺批评的新基准》（天白译，《读书杂志》1932 年第 2 卷第 10 期)、阿部知二著《英美新兴诗派》[高明译，《现代（上海 1932)》1933 年第 2 卷第 4 期]、爱略特著《〈诗的用处与批评的用处〉序说》(周煦良译，《现代诗风》1935 年第 1 期)、西胁顺三郎著《二十世纪小说的态度》

---

① 朱自清，《语文学常谈》，《标准与尺度》，上海文光书店，1948 年 4 月，第 80 页。

② 同上，第 81 页。

③ 同上，第 82 页。

④ 朱佩弦，《诗多义举例》，《中学生》1935 年 6 月号。

（高明译，《文史春秋》1935年第6期）、爱略特著《诗与宣传》（周煦良译，《新诗》1936年第1期）、爱略特著《诗的功用与批评的功用》（赵增厚译，《师大月刊》1936年第30期）、卡静著《现代美国文艺思潮（下）》（冯亦代译，晨光出版公司，1949年）等。

三　瑞恰兹文艺批评的二次批评

如上所述，可见出瑞恰兹理论在现代中国的传播与接受颇受人追捧，介绍与转化者多有其人，然而对其批判者也不乏其人。

其实在前面所述的瑞恰兹理论的传播与介绍，甚至转化当中，也是有所保留的，有些人，诸如陈西滢、吴世昌、朱自清等人在接受其理论时，也是颇有微辞的。

首先明确地对瑞恰兹提出批评，表示不满的是陈西滢的同事张沅长。尽管瑞恰兹的实用批评可以破除诗之神秘，为批评建立一确切有效的标准，然而引心理学进入文学批评似乎还是有些不妥。张沅长说："在诗的本身上是无法可想，据 Richards 的意见，正当的方法是去研究读诗的心理上对于诗的反应。这样一来，文艺评论便变成心理学的附属品了。"[①] 因此他觉得瑞恰兹在心理学之路上走得太偏。尽管引用心理学分析文学评论是一种进步，但"除了主观的心理分析以外，心理学对于自己许多难题没有办法，那里会有多少力量来帮文学批评的忙。Richards 也是不得已才想到叩齿二十通，画起神符，念'太上老君，急急如律令敕'的"[②]。揶揄之中，无形解构着瑞恰兹批评的权威。

而京派批评家李长之则从英国批评传统出发，看不到瑞恰兹

---

① 张沅长，"I. A. Richards Practical Criticism－A Study of Literary Judgement"，《国立武汉大学文哲季刊》，1931年第2卷第1期，第204～207页。

② 同上。

理论有任何新颖之处，“现在以《文艺批评之原理》（*Principles of Literary Criticism*）一书著称的李却慈（I. A. Richards），他的路线也依然是导源于渥兹渥斯，与考列律治两人”[①]。不能不说，李长之的眼光是相当敏锐的，因为毕竟瑞恰兹的理论确实从浪漫派那里汲取了不少营养的，尤其是柯尔律治的文艺批评。当然我们也应该看到，李长之之所以对瑞恰兹的心理学批评不感兴趣，乃在于此派科学化甚浓的理论与他“为批评而批评”的主张颇不相容。

一直以古典主义批评自居，始终秉持人文主义立场的梁实秋，沿袭着白璧德以来对科学主义的批判路数，当然对瑞恰兹这派科学化批评甚为不满。

他先于1933年6月在天津《益世报·文学周刊》发表《〈英文文艺批评书目举要〉之商榷》一文，针对郁达夫之前发表在《青年界》（1933年第3卷第4号）上的《英文文艺批评书目举要》一文，认为瑞恰兹的《文学批评原理》与美国伊斯特丹（Max Eastman）著作实属同派作品，都援引心理学分析文学。然而心理学毕竟还年轻，因此它对于文学批评的指导亦有限。这种论调后来一直贯穿到他的《科学时代中之文学心理》与《文学与科学》两篇文章。前一篇文章主要评述美国文艺理论家伊斯特丹的著作《科学时代中之文学心理》（*The Literary Mind*：*Its Place in an Age of Science*，1931）。谈到伊斯特丹的心理学批评，梁实秋同时将瑞恰兹揪了出来，说：“他（伊斯特丹）所最引为同调的当代批评家是最近在北平清华大学教书的瑞查兹教授（I. A. Richards），因为瑞查兹的《文学批评原理》也是从心理学

① 李长之，《现代美国的文艺批评》，《现代（上海1932）》1934年第5卷第6期，第891页。

和生理学的观点出发的。”[1] 之所以梁实秋对心理学颇为不满，实在是因为心理学对人的研究，尤其是对人性的研究无法让人信服。在梁实秋看来，文学是人性的表现。“但是现在心理学自命是按科学方法来研究人的心理，现在心理学虽然幼稚，却已有人宣称治文学亦须用心理学的方法了。例如文学批评家瑞查兹，伊斯特曼，以及心理分析学派等。心理学原是和哲学一般的空虚的理论，自从得到解剖学生理学的援助，俨然要成为一种实验的科学的样子。但是人的身体是否完全为一堆物质，人的心理是否亦完全受物质规律的支配？这是问题。”[2] 人类生活之精神现象降格为心理现象，这本身便是与古典主义的高贵的人性相悖，更何况现在心理学以实验方法所取得的成果尚不得而知，现在它又要侵入到文学的“营盘”，势必会进入“迷阵”而不知所向。

从学理的角度对瑞恰兹文学批评做出全面评判的当是郭本道先生。其在《对于李嘉慈教授文学批评的讨论》一文当中，一方面全面介绍了瑞恰兹的文学批评理论，然而更多地是“讨论”与“批评”。正如李长之一样，郭本道站在了整个英国文化传统来讨论瑞恰兹的理论，只不过李长之看到了浪漫主义在瑞恰兹身上的影响，而郭则从瑞恰兹的理论当中看出了经验主义哲学的影子。“李嘉慈教授对于心理学的见解，对于逻辑学的看法，虽然比前人来得高明，但是仍然免不了经验派的色彩。”[3] 全文从六个方面讨论了瑞恰兹的文学批评理论，其中既有对他文学批评理论的肯定，更有对他的批评。第六部分“李嘉慈文学批评的批评”，

① 梁实秋，《科学时代中之文学心理》，《偏见集》，正中书局，1934 年 7 月，第 117～118 页。

② 梁实秋，《文学与科学》，《偏见集》，正中书局，1934 年 7 月，第 207～209 页。

③ 郭本道，《对于李嘉慈教授文学批评的讨论》，《行健月刊》1935 年第 6 卷第 1 期，第 154 页。

专门从五个方面对瑞氏文艺理论进行了检讨。

针对瑞恰兹的冲动理论过于强调刺激，郭本道认为：“李嘉慈的心理学，完全轻视了刺激的性质，他以为我们的需要，我们的种种环境，我们以前所构成的种种情绪，可以完全决定所引起来的反应。固然我们以前的种种条件，在反应上，是很有影响的；但刺激本身所具有的性质，也是不可轻视的。”“再者李嘉慈教授，完全站在行为派的心理学的立场上，以刺激反应来解释一切的心理现象。以实际而论，刺激与反应这两个名辞，是不很妥当的。”① 关于逻辑的运用，他指出“这种供献不是李嘉慈教授所独有的，在他以前，英国的大哲学家洛克，早已注意到这个问题，洛克一生所最反对的，是含糊不清的名词。李嘉慈教授这种贡献，也很受洛克的影响”。至于瑞恰兹最有贡献的“传达论”，郭先生也指出他的理论实际上是对法国哲学家柏各森理论的改头换面。而价值论则“也有他不能自圆其说之处”，即瑞恰兹完全颠倒了价值与和谐之间的关系。因为先是有价值的东西，才引起我们和谐的心理状态，此种心理状态只不过是作为价值的一种副产物而已。谈到瑞恰兹理论的运用，郭本道也只是部分接受，而对于和谐即有价值的说法仍然持保留意见。以心理状态的和谐与不和谐，来评判文学价值的标准，根本上是矛盾的。因为世上人人都有不同的情绪与性格，更有深浅不同的修养。如果下流作品也能使修养不高的人的情绪获得某种和谐，而对修养颇深的人却不能产生和谐的情绪，如此一来，同一刺激物，在不同人，不同时代，不同环境当中却发生不同的反应，那么如何拿一统一的标准来衡量此一刺激物的价值所在？再者如果拿大多数人所发生的相似的和谐心理状态来作为文学价值批判的标准，也不可靠。因

① 郭本道《对于李嘉慈教授文学批评的讨论》，《行健月刊》1935 年第 6 卷第 1 期，第 167～171 页。

为大多数人的修养不一定深切，也不一定有价值。“所以李嘉慈教授文学批评的理论，也有很多的困难。”①

实际上，郭本道的批评是非常有道理的，归结到一点便是，瑞恰兹过于强调心理状态，过于从功利主义哲学的角度来强调冲动的数量，而忽略其读者本身的精神状态与文化修养在不同时代，不同环境的变化。这一点与梁实秋等人的批评实际上是差不多的，只不过梁实秋强调人性的精神生活多一点。

同样，方重在翻译《心理学与文学批评》一文末尾也表示了对于心理学介入文学的顾虑。“心理学应用到文学批评里来，究竟对于文学本身的欣赏有多少十分重大的关系？心理学可以分析文学家的心理背景，是的，也许可以，但这个对于文学作品的了解是不可免的工作么？不应用心理学，文学作品对于我们的身心修养就会没有补益么？能应用心理学的批评者就能充分欣赏作品么？文学作品是全部人生的表现，心理学是许多解释人生的方法之一。”② 因此任何新的方法，固然可给人耳目一新之感，但真正靠得住的还是“作品本身”，“我们真正的需要也就是作品本身的阅读欣赏，假如我们抛弃这一点，在作品的了解上没有用工夫，在作品与我们自身之间还没有发生关系，就天花乱坠大谈其文学批评、心理方法、新的看法、新的学说，岂不是舍本求末，到头来得不着半点好处！”③ 显然这一番话是有感而发，因为当时中国文坛的批评大多各据一方，抓不住文学批评的核心问题。因为方重所看重的乃是人生。文学是复杂多变的人生的反映，只要人生是值得我们去体验的，文学也就是值得我们去虚心研读

① 郭本道《对于李嘉慈教授文学批评的讨论》，《行健月刊》1935年第6卷第1期，第167～171页。

② ［英］Ramsay，《心理学与文学批评》，方重译，《国立武汉大学文哲季刊》1937年第6卷第2期，第477～478页。

③ 同上。

的，其中并不会有什么新发现的捷径可走。

戴镏龄在其《当代英国文艺批评的动向：从世纪初至第二次欧战前夕》一文当中也表达了同样的论调。虽然他在前面大量介绍了里德与瑞恰兹的心理学批评理论，但最后依然表示对瑞恰兹心理学批评的怀疑。行文语气与方重的批评语气几乎一致。只不过戴镏龄更看重文学的想象功能，而方重则侧重于人生。

> 他（瑞恰兹）的罅漏甚多，必须另文讨论。他笃信神经学，但这门学问幼稚而不可全凭借，他自己也知道；一切从神经学出发的推论，其可靠程度如何，自然不难想见。诗歌是诗人用想象的语言，表达出经过想象的透视的事物。读者也须同样根据想象的经验去欣赏体会。写诗读诗都是创造的活动，同样需要想象力的运用以组织一切创生一切，这固然和神经生理的感觉冲动有关，但仅仅凭神经生理不足以说明之。来自感觉冲动的情绪、感触、愿望及意向等，这些心理活动的各方面，必须有属于最高理性的想象力任综合指挥的职务，才能产生有意义的动作。忽视想象力，而斤斤于心理上刺激冲动，无异于舍本逐末。而且假使诗歌的功用，在于当作刺激使神经系冲动达到平衡和谐，那末写诗读诗亦只等于吸烟喝酒和服安眠药片，不是很荒谬的推论么？[①]

如上所述，瑞恰兹的文学批评理论无疑是三十四年代英美文学理论在中国文坛最为活跃，也最有影响力的一脉。尽管其翻译远远落后于理论的介绍与接受，但总体来看，这并不妨碍他的批评理论为当时中国文坛提供一种可供操作的批评方法。然而他的批评理论，过多地侧重于心理学，过于关注神经系统，以生理学的冲动解释文学欣赏，而忽略外在的人生意义与时代社会的变

---

① 戴镏龄，《当代英国文艺批评的动向：从世纪初至第二次欧战前夕》，《时与潮文艺》1946 年第 5 卷第 5 期，第 25 页。

化，终使人们在接受其理论之时，也对其过于浓厚的心理主义倾向保持着警戒，甚至是招来种种批判。这也许是瑞恰兹自己也未曾想到的，因为他到中国最伟大的雄心乃在于推广“基础英语”!①

第二节　T. S. 艾略特的诗学批评理论与现代中国

T. S. 艾略特（Thomas Stearns Eliot，1888—1965），于 1888 年 12 月 6 日出生在美国密苏里州圣路易斯城。自 1906 年伊始，先后在哈佛大学、巴黎索尔本大学、德国马堡大学、英国牛津大学有过学习经历，学识非常广博，包括比较文学、哲学、古典文学、心理学、中世纪历史、印度哲学和梵文。1914 年 9 月 12 日，艾略特在伦敦结识意象派首领庞德。1927 年 6 月 29 日，艾略特在牛津郡的教堂接受英国国教的洗礼，皈依英国国教。同年 11 月 2 日，诗人加入英国国籍。1965 年 1 月 4 日，艾略特在伦敦逝世。

作为一个诗人，艾略特著有《普鲁弗洛克的情歌》（1915 年）、《荒原》（1922）等著名诗作，成为现代诗人的舵手。同时作为一个批评家，艾略特长期担任杂志编辑，这些杂志包括《小评论》（*Little Review*）、《自我中心主义者》（*The Egoist*）、《标准》（*Criterion*）杂志，并著有丰富的文学批评论著。这些作品包括，《圣林》（*Sacred Wood*，1920）、《献给兰斯洛特·安德鲁斯：关于风格与形式的论文集》（1928）、《白璧德的人文主义》（1928）、《诗歌的用途与批评的用途》（1932）、《论文选》

① 其实瑞恰兹三番五次地到中国，最大的目的在于推广所谓的“基础英语”，当然在中国取得了一些成就，当然也招致诸多人的批判，认为此举实在是一种文化上的殖民。

(1932) 等。

随着英美新浪漫主义，尤其是象征主义思潮 20 年代在中国的大力译介传播，艾略特的名字也随之进入中国。据现有材料来看，艾略特的名字出现在中国是通过文学研究会的介绍。1923 年 8 月 27 日，茅盾在《文学》周报刊载了一则“几个消息”，其中之一便是有关 T. S. 艾略特的，说他是英国新办的杂志《阿得尔非》(*Adelphi*) 的撰稿人之一。[①] 除此之外，茅盾别无更多文字介绍。

四年以后，有关艾略特的介绍便多了起来。在中国现代文坛，第一次较为详细地介绍艾略特诗歌的当是清华大学的外籍教师翟孟生 (R. D. Jameson)[②] 先生。他于 1927 年《清华学报》第 4 卷第 2 期“介绍与批评”一栏当中发表“The Literary Drift”(《文艺的趋势》) 一文。此文详细介绍了当时欧美文学发展的趋势，小说兴盛而诗歌日衰。由是“现代的诗是人造的不是天生的”，领略诗歌的妙处非得借助高超的想象力不可。进而翟孟生列举了三位诗人分别加以论述。“(一) H. Wolfe 是英国作者，著有 Requiem 由 Ernest Benn 公司出版。(二) T. S. Elliot 是一位美国人住居在英国的，他是 *The Criterion* 的编辑 (这是一种很好的文艺评论杂志)。(三) Edgar Guest 是一位美国著作家。”[③] 当论及诗歌情感表现透过语言的明示 (Denotation) 与暗示 (Connotation) 来表现时，孟翟生认为这两种语言的运用最

---

① 见《几个消息》，《文学》杂志 1923 年 8 月 27 日。

② 作为来自美国的外籍教师，翟孟生教授作为中西文学与文化交流的使者，不仅利用课堂向国人传授欧美文学，同时也包括介绍一些最新的理论动向。前面瑞恰兹，这里的艾略特的理论都有介绍。除此之外，他对于童话学的介绍也有一定的贡献。譬如《童话形式表》(美国翟孟生著，于道源译，《歌谣》1936 年第 2 卷第 24 期) 便是其杰作。

③ [美] 翟孟生，《The Literary Drift (文艺的趋势)》，《清华学报》1927 年第 4 卷第 2 期，第 1440 页。

佳者当推艾略特。

> 凡诗中 denotation 和 connotation 相混，忽而可意解，忽而须神会，要推 Eliot 的作品为最上。他是诗人中后起之秀，可能是最出众，最有智慧，最左派的诗人。他最长的诗 *Waste Land*，是把诗所要说的故事，完全笼罩在暗示的雾里，这一首诗可以代表诗学艺术最末一步的发展。……此后诗更有演化，变为暗示派的诗：诗的构成大致由于情感的冲动，诗里既无英雄又无情感，诗的命意也不能用简单的文字记述出来；读诗的人只觉得诗中所用的字有恍恍惚惚的，有暗示的，使他的心里充满了诗的情感。Eliot 的诗可说已到了这种境地，这种作品无怪在这个工业发达的时期，劳工运动的领袖无暇费工夫仔细推敲。①

随后翟孟生的另一篇文章《纯粹的诗》也于当年 12 月 10 日由朱自清先生翻译成中文，发表在《小说月报》第 18 卷第 12 期。此文着重叙述当时欧美有关“纯诗”的论述，主要讨论的是爱伦坡、波德莱尔、瓦莱里、布莱德里等人的理论。而艾略特之诗则是此论争的结果。据翟孟生介绍，“纯诗”理论的探讨，在过去两三年当中，曾引起法、英、美三国批评界的高度重视。然而在他看来此种讨论“不过是欧洲关于诗的性质辩论之旧病复发罢了”。因为当时英美两国诗歌的创作已经转向，因此有关“纯诗”的愚夫愚妇对于弄清这种新诗运动是非常必要的。因为“T. S. Eliot，Gertude Stein，Paul Valéry 与其他诸人的工作，超越从来的理论”②，所以我们若要理解他们的诗歌，必须重新

① ［美］翟孟生，“The Literary Drift”（《文艺的趋势》），《清华学报》1927 年第 4 卷第 2 期，第 1440 页

② ［美］R. D. Jameson，《纯粹的诗》，佩弦译，《小说月报》1927 年第 18 卷第 12 期，第 5～13 页。

建构一种新的理论，并且应充分应用近十年来在其他学科发展所带来的成果，如心理学、语音学、物理学与生物学，来进一步发现其中的真理。

1929 年，梁遇春译英国利奥那·武尔夫（Leonard Woolf）著《论新诗》一文，再次谈到了艾略特。与翟孟生一样，T. S. 艾略特都是以一个反抗旧诗的现代诗人面目出场。“但是德林克窝忒（John Drink-Water）先生接着说近代诗人应当用传统的形式写他的诗，而且说若使他不能够用传统的五韵脚抑扬格（five-foot ambic line）讲出他所要说的，那要归咎于他诗的修养没有完全，这些话在我看来压根儿就是胡说。很明显地新诗人爱略晓先生（Mr. T. S. Eliot）同西特卫尔小姐（Miss Edith Sitwell）往往有些情感为德林克窝忒先生所赞美的那种传统诗式所不能适合地表现出来的。”① 这里很明显认为德林克窝忒代表的是旧诗，而艾略特则是新诗的代表。彼此之间的争论似乎是当时中国新文坛新旧诗争的一个折射。

以上两人对 T. S. 艾略特的介绍都集中于他反抗旧诗传统的现代诗人身份，此种介绍无疑是与当时中国文坛的新旧诗之争相呼应的。然而艾略特的诗学理论在中国的介绍，曾觉之当是第一人。

1929 年，曾觉之在《国立中央大学半月刊》第 1 卷第 2 期上发表《哲学的文艺批评》一文。当论及文艺与科学之间的差别之时，他第一次介绍了艾略特的“客观对应物”理论。他说：“我们从另一方面看，即从表现的形式与被表现的内涵的关系上看，文艺与科学有同样的差别。爱里乌（T. S. Eliot）说过：以艺术形式来表现情绪的唯一款样，是在寻出一种客观的相关体；

① ［英］利奥那·武尔夫，《论新诗》，梁遇春译，《北新》1929 年第 3 卷第 1 期，第 75 页。

换言之，是在寻出事物体的一种位置的和一串事件的集合，以组成这个特殊情绪的规程。而其组成是当必至为感官经验的外界事实发出时，这种情绪便立即引起。”① 然而科学的过程却正好相反，它将客观对象、人的情绪进行尽可能地分解，从而使其过程得以昭现，结果是情绪稍纵即逝，反倒失去了原来的色彩，更不能得以真实地传达。因此科学要求人进行反思，从客观对象中寻求无意味的相似性；而艺术则使人直接地感受活动的活体，人与对象共为一体，生活世界鲜活生动。因此这两者之间有着难以逾越的鸿沟。很显然，曾觉之是站在科学与文学的立场来理解艾略特的“客观对应物”理论，尽管如此，艾略特的诗学理论总算第一次出现在了国人面前。

1930 年，艾略特的名字也出现在刘大杰的《现代美国文学概论》[《现代学生（上海 1930）》1930 年第 1 卷第 2 期] 与张我军译千叶龟雄著《现代世界文学大纲（上）》（神州国光社，1930 年）当中。但都只是只言片语的介绍，更无涉其理论。1931 年，浩文所著《文学批评在中国》一文再次引用艾略特《传统与个人才能》中的话来反对弥漫于当时文坛的“印象批评”。“况且一个批评家的成就，何尝会是只要听了年讲演，或是读几本论集呢？T. S. Tliot 说得好：‘没有完全读过荷马、但丁与莎士比亚的，千万不要梦想能批评近代诗。’近代诗，在一般人看来不过是些极自由的词句；但是由一位真正的批评家看来，却没有我们理想的那样简单了。”②

自 1932 年以后，艾略特在现代中国的命运好了起来，他的名字在中国现代文坛出现得越来越频繁，直到 1934 年，艾略特

① 曾觉之，《哲学的文艺批评》，《国立中央大学半月刊》1929 年第 1 卷第 2 期，第 133～134 页。

② 浩文，《文学批评在中国》，《新时代》1931 年第 1 卷第 2 期，第 3 页。

的文艺理论在中国的译介进入一个高峰期，此后一直有他的理论译介，当然也不乏接受者。

翟孟生继 1927 年两篇文章涉及艾略特的论述之后，1932 年专门写了一篇分析艾略特诗学方法的文章，即《诗与直义——T. S. 艾略特诗学方法的一个注释》（Poetry and Plain Sense——A Note on the Poetic Method of T. S. Eliot）。[①] 此文用英文写成，发表于《清华学报》第 7 卷第 1 期。据他说，此文为他的专著《艾略特之诗》的第一部分，研究的是艾略特的诗学方法。然而很遗憾的是，此文并不是专门论述艾略特的诗学理论，而是借用瑞恰兹的实用批评方法分析艾略特诗歌当中语言的运用。继此文后，《青年界》杂志不仅在当年第 2 卷第 2 期登载了 T. S. 艾略特的照片，而且还登载了温源宁的《现代英美四大诗人》一文。在此篇文章当中对艾略特作了简要的介绍，然而对其理论基本没有涉及。

这一年从日本转译过来的文章，对艾略特的诗学理论有更多的介绍，且相比前面曾觉之与浩文的引述而言，更为详细，也更为全面系统。

首先是白河翻译的日本文艺理论家宫岛新三郎所著《英美的新文学理论》一文。英美现代派相比前面的批评家，似乎更偏重于理智，侧重于知识。由此宫岛新三郎引出了艾略特的著述。“现如爱利奥特（T. S. Eliot），便倾倒于德莱登（Drydon），颇普（Pope）及准孙（Ben Jonson）等十七八世纪的诗人，而在其最近评论集为《兰斯洛特·安得鲁兹》（*For Lancerot Andrewes*）评文中，便说他自己在文学上是古典主义者。”后面专门引述了艾略特的“《神圣之森林》（*the Sacred Wood*）中的

① ［美］R. D. Jameson，“Poetry and Plain Sense—A Note on the Poetic Method of T. S. Eliot”，《清华学报》1932 年第 7 卷第 1 期。

《传统与个人的才能》（Tradition and Individual Talent）一文”的部分内容。在宫岛新三郎看来：“爱利奥特，为反对印象主义的批评，而试作了一种可以说是审美的，价值之科学的研究的批评。最明显地表现了这批评之态度者，是一九二〇年发表的评论集《神圣之森林》中冒头的《不完全的批评家》（Imperfect Critics）一文。”[①] 后文便专门介绍了这一篇批评文字的内容。宫岛新三郎的此篇文章在当时来讲，应该算是艾略特诗学理论在中国传播介绍最为齐全最为详细的一篇文章，里面不仅涉及了艾略特的大部分理论著作，而且还就某些理论进行了详细的论述。

继宫岛新三郎的文章之后，高明所译阿部知二的《英美新兴诗派》也对艾略特有专门的介绍，虽不如宫岛新三郎的详细，但也可补其不足。此文最后引艾略特的《传统与个人才能》一文中相关话语来终结此篇论述，后面还专门介绍了艾略特所编《标准》杂志及相关著作。里面不仅举到了艾略特的名诗，也提到了他的批评文集。“评论在 the Sacred Wood 之外，有《德莱登研究》，或用法文写的《现代英国小说家研究》等。”[②]

有了前面诸人的铺垫，艾略特的批评理论在中国的传播终于有了质的飞跃，从而在 1934 年进入了翻译高峰期。此年集中翻译了艾略特的大量论文，甚至还出现了一本多译的现象。然纵观此时翻译主体而言，与瑞恰兹的理论翻译一样，大多为学院派与现代派的诗人，尽管圈子狭小，但影响力却毫不逊色于英美浪漫主义、左翼文学理论等。

在翻译艾略特诗学方面最为努力，也最有成效的当是现代派诗人曹葆华先生。凭借其掌握的《北平晨报诗与批评》阵地，他

① ［日］宫岛新三郎，《英美的新文学理论》，白河译，《微音月刊》1932 年第 2 卷第 3 期，第 83～85 页。

② ［日］阿部知二，《英美新兴诗派》，高明译，《现代（上海 1932）》1933 年第 2 卷第 4 期，第 566 页。

在上面发表了数篇文章，从而系统地介绍了同为现代派诗人的艾略特的诗学理论。文章包括《诗与宣传》(化名霁秋，《北平晨报诗与批评》1934年2月12日、22日第14—15期)、《批评中的实验》(《北平晨报诗与批评》1934年4月12日、23日第20—21期)、《批评的功能》(《北平晨报诗与批评》1934年5月20日第24期)、《论诗》(化名志疑，《北平晨报诗与批评》1934年11月2日第39期)。其中《批评中的实验》《批评的功能》《论诗》三篇文章皆收入1937年由商务印书馆所出版的《现代诗论》一书，而《论诗》在此书当中将其名称还原为《传统与个人才能》。

作为批评家的艾略特，曹葆华对之颇为推崇，同时也借翻译的机会，不仅传播了艾略特的现代诗论，而且似乎还有一种替自己辩护的味道。因为作为一个现代派诗人，曹葆华与艾略特一样，最初都是没有得到承认的。这些文字主要集中于他为以上三篇翻译在《现代诗论》一书所作的按语当中。譬如在《传统与个人才能》一文的按语当中有这样一些话："爱略忒（T. S. Eliot）和梵乐希（Paul Valéry）一样，自己是当代的大诗人；他的批评的主张，必须与他的诗合看。因为古往今来的诗人莫不在他的笔下出现，而且他又用典极多，所以许多人说他的诗歌是理智的，或者甚而至于说他是玄学的。这实在是一种皮相的观察，如果我们知道他之主张诗人不能不吸收含有历史意义的传统，和读他的'诗不是情绪的放纵，而是情绪的逃避……'这一段话，对他的诗必可以多一点了解。"[①] 对于《批评的功能》，曹葆华认为："爱略忒自己从他的论文中选出了一本集子（1933），其中第一类只有两篇，即是《传统与个人才能》和《批评的功能》，因为这两篇合起来，可以代表他对于诗与批评全部的意见。"[②] 而

① 曹葆华编译，《现代诗论》，商务印书馆，1937年4月，第124页。

② 同上，第289页。

《批评中的试验》，曹葆华同样给予了有意义的评价：“爱略忒的这篇文章，虽然是历史的叙述，却有不少很好的意见。就从历史一方面讲，他上溯到上世纪近代批评的创始者，下及于最近批评的各种倾向和派别。在这篇文章中，他很谦虚，没有把自己列入‘试验的’作家之林；但我们却可以从本文的第一节中窥出他的态度：他对于‘传统’这个名词之意义与价值有着一定的理论，在他‘批评那些已被遗忘的作家’，他的批评又是‘实验的’。”①

自曹葆华于该年 2 月份第一次翻译了艾略特的诗学理论之后，当年还有另外两位的翻译文章。

就《批评的职能》而言，从时间上来讲，何穆森应该是第一个译者。他于 1934 年 3 月 25 日将此译文发表在《新中华》杂志第 2 卷第 7 期之上。正如曹葆华所言，此文应当包含了艾略特批评理论的基本要点。

就《传统与个人才能》而言，前面 1932—1933 年曾有宫岛新三郎与阿倍知二对此文的引译，然而就翻译而言，卞之琳②无疑应当是第一人。他于此年 5 月 1 日在《学文》杂志第 1 卷第 1 期发表此文，而曹葆华的翻译则是当年 11 月份的事了。卞之琳译文因译笔流畅，语言明白，所以引述的人最多，其中最为有名的句子当是“诗不是放纵情绪，而是逃避情绪，不是表现个性，而是逃避个性。自然，只有有个性和情绪的人会知道要逃避这种东西是什么意义”③。

除却这三人的大量翻译之外，这一年尚有一些介绍性的文章也涉及了艾略特的诗学理论，就内容来看，大多是引述他有关美

① 曹葆华编译，《现代诗论》，商务印书馆，1937 年 4 月，第 345 页。

② 关于卞之琳翻译此文，学界几乎都将它作为艾略特在中国的第一篇译文，但却忽略了同一年曹葆华 2 月就已开始翻译 T. S. 艾略特的理论。

③ ［英］T. S. Eliot，《传统与个人才能》，卞之琳译，《学文》1934 年第 1 卷第 1 期，第 97 页。

国白璧德人文主义的论述，从而作为拥护与反对白璧德人文主义的证词。

1934 年 10 月 1 日，围绕着人文主义的争论，同时刊出了三篇文章。它们分别是《现代》发表的两篇，有梁实秋的《白璧德及其人文主义》、李长之的《现代美国的文艺批评》，另一篇则是傅东华在《文学》杂志上翻译发表的《人文主义是什么》。这三篇文章虽是谈人文主义，却不约而同地都将 T. S. 艾略特抬了出来。

梁实秋在论述人文主义的三个优点之第一个“人文主义是精极的主张”之时，引出了艾略特的论述。“T. S. Eliot 在他的《白璧德之人文主义》一文（见 *For Lancelot Andrewes*，1927）开篇就说：‘尽人皆知的一句常谈，破坏易而建设难；附带着还可以说，读众易于了解一个作家之破坏方面，较难了解他的建设方面。并且，一个作家写破坏的批评若是很巧妙的时候，读众就很满意了。如其他没有建设的哲学，读众也并不索要；如其他有，也要被大家忽视的。’”[①] 艾略特后文继续以门肯为例分析其讽刺批评善于破坏，而不重建设。梁实秋当然也抓住这一点正面突出了白璧德的人文主义对于当代社会思想建构的意义。尽管如此，梁实秋依然出于对人文主义的尊重，对艾略特的批评进行了批判。“伊利奥特既说要以理性节制情感，在别处又说以宗教‘训练’情感，别处又说以诗‘陶冶’情感，别处又说使情感‘发而为诗’，别处又说诗中‘描写’情感。在同一页上，伊利奥特先说诗是‘逃避情感’，随后又说诗不但是‘情感的真挚的表现’且是‘最有意义的情感之表现’。这些矛盾糊涂的语句，充

① 梁实秋，《白璧德及其人文主义》，《现代（上海 1932）》1934 年第 5 卷第 6 期，第 907 页。

分的表现文人运用名词之漫不经心，思想之紊乱驳杂。”①

然而另外两位，即李长之与傅东华看到的却是艾略特在此文当中对白璧德的批评多一些。在《现代》杂志同时刊载的李长之的文章，认为艾略特此文主要是批评白璧德满足于象牙塔式的理论建构却忽略了“他自己的所隶属的种族及时地的联系了”。而且李长之认为艾略特更抓到了人文主义的要害，即“人文主义不是宗教的对头，就是宗教的附庸。在我看，人文主义的兴起往往是宗教鼎盛的时期，可是你也可以找出反宗教，或者至少和宗教对立的人文主义来，那种人文主义却是只有破坏的，因为它没有它所反对下去的代替品。……换句话，就是需要批评的理性。所谓批评的理性，即正许是人文主义的一部分。然而倘若如此的话，则人文主义的作用倒是即使必需，而已成为次要的了。你决不能把人文主义本身变为宗教”②。所以在李长之看来，人文主义者是矛盾的，既欲建立宗教，又欲批评之，结果显得极不自然。

长期翻译英美左翼批评理论著述的傅东华，在人生与社会批评的影响下，自然对人文主义有所不满。之前因为他翻译美国琉威松的《近世文学批评》遭到梁实秋的批评，究其原由在于，傅东华省略了琉威松攻击人文主义的序言③。为此傅东华借翻译作答。“跟谟尔及白璧德同道的还有著名人文主义意识的代表者爱利阿脱（T. S. Eliot）。他在《人文主义的宗教》一文里主张神学和科学应该和解，以为两方面的缺点一经消除之后，就可以树立一个新实在论的基础，而这所谓新基础，就是指人文主义说的。

① 梁实秋，《科学时代中之文学心理》，《偏见集》，正中书局，1934年6月，第122页。

② 李长之，《现代美国的文艺批评》，《现代（上海1932）》1934年第5卷第6期，第897～898页。

③ 梁实秋，《傅东华译近世文学批评》，《图书评论》1934年第2卷第9期。

同时爱利阿脱反对宗教的礼仪。原来人文主义者是在尝试建造一种新的宗教概念，要将它外表上的一切礼仪完全去掉。”“爱利阿脱在《没有人文主义的宗教》里说：‘近代世界所需要的是情绪的纪律和训练，这是哲学或科学之知识的训练，人文主义的智慧，或心理学之消极的教训，所都不能给与的。’”[①] 尽管此文对人文主义极尽攻击之能事，但对艾略特的人文主义的理解还是很恰当的。T. S. 艾略特曾长期在哈佛大学求学，获得了从学士到博士的学位[②]，其间深受白璧德人文主义思想的影响。一方面他接受了人文主义对于古典主义理性与传统的观念，但对白璧德以人文主义替代宗教却甚为不满。这一观点主要集中于此三篇文章所引用的《白璧德之人文主义》一文。

除了以上几篇文章之外，尚有邵洵美著《现代美国诗坛概观》[《现代（上海 1932）》1934 年第 5 卷第 6 期]、张梦麟著《现代欧洲文学的趋势》（《新中华》1934 年第 2 卷第 1 期）、叶公超著《爱略忒的诗》（《清华学报》1934 年第 9 卷第 2 期）。前两篇文章大致简要介绍艾略特在当前文学当中的地位。邵洵美从艾略特身上看到的是“文学上的国际主义”，而张梦麟却着意于英国文学批评之间的论争，其焦点便是以《标准》杂志为中心的艾略特与以 *Adephi* 为阵地的墨雷[③]（J. M. Murry）。

---

① Sergei Dinamov，《人文主义是什么》，伍实译，《文学（1933 年）》1934 年第 3 卷第 4 号，第 879 页。

② T. S. 艾略特虽然也提交了博士论文，但却因为生活的原因而没有参加博士论文答辩，但学习经历还是有的。

③ 英国批评家墨雷的文字在中国现代文坛也不乏介绍。第一个介绍他批评理论的是沈雁冰先生，他在《梅莱（Murry）的文学批评》（《小说月报》1921 年第 12 卷第 4 期）一文中对此有较为详细的介绍。关于他批评理论的翻译，譬如曹葆华所译《论文艺批评之信念》（化名钟拭译《北平晨报学园》1933 年 7 月 25 日第 544 号）、《论批评》（化名白和《北平晨报诗与批评》1934 年 11 月 13 日第 40 号）、《批评的信条》（《北平晨报学园》1934 年 6 月 19 日第 692 号）。除此之外墨雷的名字及批评也间或出现在各派学者的文字当中，只是影响不大而已。

自称“第一个介绍艾氏的诗与诗论给中国”[①] 的叶公超先生，虽然与艾略特有过多次接触，但他对于艾略特的介绍之功多半在于提携鼓励后生对他诗歌与理论的翻译介绍，譬如前面提到的曹葆华、卞之琳以及赵萝蕤等人对于艾略特诗歌与诗论的翻译都是应叶公超之邀请或鼓励之下进行的。尽管他本人很少译介艾略特的诗学理论，但他对艾略特诗学理论的论述却也比较深刻，而且更为重要的是，他将此理论灵活地转化到他自身的诗学体系建构当中，这是他与其他翻译家不一样的地方，也是他的创造性所在。

1934 年 4 月，叶公超在《清华学报》第 9 卷第 2 期发表了《爱略忒的诗》一文。该文针对 Hugh Ross Williamson 所著 *the Poetry of T. S. Eliot*（London：Hodder & Stoughton，1932）与 Thomas McGreevy 所著 *T. S. Eliot*：*A Study*（London：Chatto & Windus，1931）两本书作书评，其中也结合谈到艾略特的自选集 *Selected Essay*：1917—1932（London：Faber & Faber，1932）。虽然主要是评论其诗歌，但也对其诗论有所涉及。针对艾略特诗歌晦涩难懂，诗与理论到底孰先孰后的问题，叶公超认为，“所以要想了解他的诗，我们首先要明白他对诗的主张。知道了他对诗的主张未必就能使你了解他的诗；不过完成了这步，你至少不至于像许多盲从新奇者一般的感觉他是个含有神秘的天才，也不至于再归降于一般守旧批评家的旗帜之下，安然地相信他不过又是个诗界的骗子，卖弄着一套眩惑青年的诡术”[②]。对于马克格里菲所认为艾略诗前后不连贯统一，叶先生则以《传统与个人才能》理论相卫护。因此叶公超倾向于认为艾

① 关鸿等编，《新月怀旧——叶公超文艺杂谈》，学林出版社，1997 年，第 179 页。

② 叶公超，《爱略忒的诗》，《清华学报》1934 年第 9 卷第 2 期，第 516～517 页。

略特的理论与创作是统一的，没有分歧。

叶公超对艾略特诗学理论的运用首先体现在他 1936 年 7 月发表的《谈读者的反映》（《自由评论》第 33 期）一文。在文中他认为真正感觉的鉴赏力发展是离不开个性和性格的发展的，并且引用了艾略特《诗的功能与批评的功能》。

1937 年叶公超为其弟子赵萝蕤所译艾略特的《荒原》写了一篇序言。后来此文以《再论爱略特》发表于当年 4 月 5 日的《北平晨报·文艺》。全文分三部分，即艾略特的诗歌理论、艾略特的诗歌技巧以及艾略特诗论与中国诗论相通。就理论而言，第一部分依然沿袭了他第一篇论文的观点，真正具有理论意义的是第三部分，他将艾略特的诗论与中国诗论进行比较分析，在中西文论之间作了很好的沟通。他认为："爱略特之主张用事与用旧句与中国宋人的夺胎换骨之说颇有相似之点。《冷斋夜话》云：'山谷言，诗意无穷，而人才有限。以有限之才，追无穷之意，虽渊明、少陵不得工也。不易其意，而造其语，谓之换骨法。规摹其意而形容之，谓之夺胎法。'"同时他又认为"爱略特的历史的意义（见《传统与个人的才能》）就是要使以往的传统文化能在我们各个人的思想与感觉中活着，所以他主张我们引用旧句，利用古人现成的工具来补充我们个人才能的不足"①。

同年 5 月，他又在文章《论新诗》一文当中再次引用艾略特佐证他的新诗观。针对新诗与旧诗，新诗的格律、用韵、用典等问题，他认为："新诗人不妨大胆读旧诗。我并且感觉新诗人应当多看文言的诗文，就是现在人所写的也应当看。我的理由是：一、我们希望新诗人的意识扩大，能包括传统文化的认识和现代阶段的知觉；二、旧诗文里有许多写新诗的材料。"随后便引用

① 叶公超，《再论爱略特》，陈子善编《叶公超批评文集》，珠海出版社，1998 年，121～126 页。

了艾略特《诗的功能与批评的功能》的一段话加以证明："诗人，任何艺术的艺术家，谁都不能单独具有他完全的意义。他的重要以及我们对他的鉴赏就是我们对他和以往诗人及艺术家的关系的鉴赏；你得把他放在前人之间对照，来比较。我认为这是一个批评的原理，美学的，不仅是历史的。他之必须适应，必须一致，并不是一方面的；一种新的艺术作品之产生同时就是以前所有一切的艺术作品之变态的复生。……现存种种伟大的成绩所组成的规模，遇着新的（真是新的）作品出现，当然就要起变化。……因之每件艺术品对于全体的关系、比例和价值又经过一番配合了；这就是新与旧的适应。"艾略特的此番论述，在叶公超看来，它"代表人类最高的理想，用于文学里可以算是最进步的，最有意义的"。因此在艾略特诗学观指导下，他进一步指明了新诗人如何运用旧材料，如何将传统文学转换成现代新诗。"旧诗的情境，咏物寄托，甚至唱和赠答，都可以变态的重现于新诗里。怎样变态呢？第一是要绝对用现代语言；第二是要用现实生活中实在的情景来做比喻。"①

叶公超对艾略特诗学理论的接受，不仅促成了他的新诗理论，而且也自觉地运用比较文学方法对艾氏诗学与中国诗学进行对照论述，从而有效地实现了中西文论之间的沟通。

1934 年艾略特的诗学理论翻译进入高峰期之后，他的理论相继得到翻译。这些翻译文章大致包括：章克椮译《T. S. 厄了忒的诗论》（《清华周刊》1935 年第 43 卷第 9 期）、周煦良译《〈诗的用处与批评的用处〉序说》（《现代诗风》1935 年第 1 期）、周煦良译《诗与宣传》（《新诗》1936 年第 1 期）、周煦良译《勃莱克论》（《新诗》1936 年第 3 期）、赵增厚译《诗的功用与批评的功用——现代人的观念》（《师大月刊》1936 年第 30

① 叶公超，《论新诗》，《文学》1937 年创刊号，第 29～30 页。

期)、光祖译《〈诗的功用及批评的功用〉序言》(《光华附中半月刊》1937年第5卷第3—4期)、许天虹译《爱伦·坡在文学上的地位》(《改进》1945年第11卷第4期)、柳无忌译《维多利亚时期文学传统的支持者》(出自《维玑尼亚和她的朋友》,《文讯》1947年第7卷第1期)、沈济译《T. S. 艾略忒论诗》(《诗创造》1948年第12期)。以上当数周煦良先生所译文章最多。又,艾略特的文章以《诗的功用与批评的功用》被翻译最多,其中此文序言就有两篇同名翻译。

对于周煦良而言,他常常"想到文学用处或相似的问题,我的译爱略特也是为了给自己对这问题多得点认识。爱略特是我讲到的少数批评家中最服膺的一个;这并不是说我就能了解他,或完全和他同意;他至少能使我在形成自己想着的问题上省去许多浪费的摸索"①。并且他还打算将这全书翻译出来,不过最后还是没能完成。继《序说》之后,他在1936年10月所译《诗与宣传》一文当中,再次详细依据自己的理解,传达了艾略特的诗歌主张。然而对于诗歌与信仰之间的关系,周煦良也表示了怀疑。"一种意识地用诗来表现一个信仰的企图,真成功与否也似乎依这信仰能否与生活打成一片而定。一种意识地用诗来效力于一个信仰,如果还能写出好诗,并且,如果这信仰是值得效力的,当然更好。一种只把诗用来效力于一个信仰,完全不为了要写一首诗,或者完全利用诗的外貌来效力于一个信仰的企图,在纯为这信仰服务的人来做,是另一问题,在一个爱好诗的人,是否'应当'如此,要看这信仰的要求是否高出诗的要求,和牺牲诗来效力于这信仰是否为必要。这都要看信仰的内容和客观情形而定,不是空论可以解决的。这样绝对高出的要求,我很怀疑实际上是

① [英] T. S. Eliot,《〈诗的用处与批评的用处〉序说》,周煦良译,《现代诗风》1935年第1期,第58页。

否真有，并且是否做来真有效。”[①] 之所以怀疑信仰的问题，主要在于照周先生的意见，中国的信仰实际上有无还是值得怀疑的。因此对于诗歌表现信仰的真实性与崇高性问题，他是很怀疑的。

除却以上的翻译之外，对艾略特诗歌理论的介绍、接受与转化，甚至是拒绝也不断地出现在30年代后期。

林白在《战后英国文学》(《清华周刊》1935年第43卷第11期）一文中认为：“爱里奥特（T. S. Eliot）充分表现古典主义的倾向，而于他，这不但是美学的主义，也是人生的规律。他那雄有力的性格，是战后文学一个主权的领袖。他自己的思想史也是很有意义的，他那诗人的性格，用最新方式写诗的灵感，渐渐地为他批评的冲动所克服、泯灭，所以他后来就专注重于树立一种新的基准来工作。在另一方面，他也是宗教和伦理思想家，确信道德上的健康，只有依从一种久已确立的、传统而有组织的信仰。”[②] 钦敬之情可见一斑。后文还介绍了艾略特的两部论文集 *The Sacred Wood* 与 *For Lancelot Andrews*。

一直对英国文学批评颇为关注，且介绍了不少英国文学批评的武汉大学教授费鉴照似乎对艾略特论宗教与文学的主张有所不满。“爱立欧脱是‘英国天主教会’的信徒，拿文学与宗教混为一谈。他要‘教会’来制造、改正与提高社会的风俗习惯，不要每个人自己造成他个人的习惯，他想倘使每个人自己来造成他的习惯，不受社会的与宗教的裁制，他的人格，便控制作品，而他的作品，也完全变为他人格的表现了。爱立欧脱不赞成这样

① ［英］T. S. 爱略特，《诗与宣传》，周煦良译，《新诗》1936年第1期，第75～76页。

② 林白，《战后英国文学》，《清华周刊》1935年第43卷第11期。

的。”[①] 同时他在另一篇介绍罗斯金批评理论的文章中，涉及道德与宗教问题时，再次表达了同样的意见。“罗斯金对于情感的观念，在现代还可以找一个同道者。现代英国的诗人和批评家爱立欧脱和他一样不造成情感独霸的，哈代借着天然风景来流露自己的情感，做表达他情感的工具，哈代的目的在表达他的情感，因之，爱立欧脱便非议他的作品，罗斯金与爱立欧脱学有一个相同的地方，他们都拿文艺联系在道德上，罗斯金说艺术的目的是教训，爱立欧脱虽没有像罗斯金那样说法，但是在他论劳伦斯小说里男女人物关系的时候，他说他们缺乏道德的意识而责备劳伦斯，无疑的，道德的意识在爱立欧脱看来，是文艺里一个重要份子，在这点上，他们的意见又是相同了，他们两位对于艺术与道德的关系，态度相同，我想，因为受了宗教的影响。”[②] 在费先生看来，人生与道德不可避免地会产生关系，只要艺术与文学拿人生做材料，难免不会包含道德的意义。但是“道德不能包括人生的一切，所以，说艺术与文学的目的是为着教训大众，那便是偏于一方面的见解了。”[③] 相应地，如果拿艺术与文学的目的来教训大众而引起宗教虔诚，实属褊狭。

对此持相同意见的还有戴镏龄先生。他认为艾略特“初期的批评诚带着反浪漫的偏见，但出发点多少是纯艺术的。后来他力争建设一个更大的理论和信念，不免跨到别的领域。他在后期的一篇论文里说：‘审判的批评和伦理的批评不容有分界，批评和形而上学不容有分界。尽管其始取严格审美家的立场从文艺批评着手，终亦必至于牵涉到别的范围。’往后他批评文字的一特点

① 费鉴照，《现代英国文学批评的动向》，《当代评论》1941 年第 1 卷第 19 期，第 285 页。

② 费鉴照，《罗斯金论道德宗教和艺术的关系》，《当代评论》1942 年第 2 卷第 9 期，第 144 页。

③ 同上。

是好谈神学，武断色调愈趋浓厚”[①]。

此外有关艾略特诗学理论的介绍的文章还有两篇值得注意，一是钱学熙先生于1948年在《学原》杂志第2卷第5期上发表的《T. S. 艾略脱批评思想体系的研讨》一文。该文可谓是自艾略特传入中国以来对他的批评思想所做的一次最为全面的总结。据钱先生交代，艾略特的重要性虽已遍及英美，但对他的评价仍然不过是一些散见的批评文章，“他的批评思想的体系”“还没有整理出来”[②]。由此钱先生在充分占有英美研究艾略特文献的基础上，第一次尝试着勾勒出艾略特先生的批评思想体系。全文不仅有着翔实的资料，而且在充分的评述上，从艾略特的传统观，他论诗与作用、诗的标准、写诗的条件以及写诗的办法等方面阐述了艾略特的批评思想体系。全文材料丰富，有述有评，线索清楚，体系明了，实为当时艾略特思想在中国最为全面的一次总结。然而美中不足的是，我们很难见到钱先生对艾略特的任何态度。不过从其介绍来看，他应该是非常了解艾略特，对他也颇为推崇的。

最后一部介绍西方文艺批评著作，即何家选的《近代文艺批评选》，该书将当时颇为盛行的艾略特的批评理论选入其中，算是新中国成立前对之所作的一个全面总结。何家选先生从英国批评史的角度谈道：“从亚诺德到爱略脱的英国文艺批评的进展之迹，看起来很像一种螺旋形，中心从亚诺德而出，再回到亚诺德而止。”这一螺旋形的发展所包含的英国文艺批评包含印象批评与客观批评的两端，浪漫主义与古典主义，为人生的艺术与为艺术的艺术。从最初阿诺德提倡古典主义，维持传统，借埋性统一

① 戴镏龄，《当代英国文艺批评的动向：从世纪初至第二次欧战前夕》，《时与潮文艺》1946年第5卷第5期，第22页。

② 钱学熙，《T. S. 艾略脱批评思想体系的研讨》，《学原》1948年第2卷第5期。

混乱，使批评精神得以确立起统一的生活，以至有他“诗是人生的批评”至理名言。然而唯美主义、象征主义、新浪漫主义等世纪末流派一出，阿诺德所建立的批评局面再次打破，印象主义与主观主义批评大行其道。力挽狂澜，重返古典，艾略特从反抗浪漫诗风开始，再次企图回到阿诺德所建立的批评传统。因此“爱略脱说‘一检讨现代的批评，我们简直还是在亚诺德时代呢。’实在是慨乎言之”[①]。此番言语，与当时诸多评论家从古典主义传统方面来接受艾略特的诗论应当是一致的，也是最有代表性、最有说服力的一种解说。因此他说，艾略特的批评又是为解决此前循环而出现的。这话有一定的道理。

继叶公超以后，虽然对艾略特的诗学理论间有引述者，但要么犹疑，要么不满，而对其理论的消化吸收则不多。尽管如此，对其理论的阐释与运用，仍然有其传人。

首先是曾经翻译过艾略特的《传统与个人才能》的卞之琳很明确地谈到，他是一个传统主义者。不过他所说的传统，是“英国的现代作家 T. S. Eliot、Herbert Read、Stephen Spender 诸人所提倡的传统，那并不是对旧东西的模仿”。如果只是墨守成规，那只是精神上的奴才而已。因此当以新的眼光来看旧东西，才会真正的了解，才会使旧的复活。“时代过去，传统的反映也就不一样，譬如，我们倘若生在唐朝，一定写唐诗；李杜如果生在现在，也一定写新诗。中国的新文艺尽管表面上像推翻旧传统，其实是反对埋没，反对窒息死真传统，所以反而真合乎传统。保持传统，主要是精神上的问题。”[②] 卞之琳的传统观很明显，与叶公超《论新诗》的观点如出一辙，几无二致。

---

① 何家选，《近代文艺批评选》，中华书局，1948 年 9 月，第 73 页。

② 卞之琳，《新文学与西洋文学》，《世界文艺季刊》1945 年第 1 卷第 1 期，第 17 页。

另一位将艾略特理论进行充分运用的当是袁可嘉。针对当时出现的政治感伤诗，结合当时英美现代诗歌的发展趋势，艾略特诗论对“理性”的强调，对信仰的看重，无疑为袁可嘉反对此派诗风，建立现代诗学提供了直接的理论资源。在《从分析到综合——现代诗底发展》一文当中，他认为：“现代诗中的综合倾向所含意义其深其广，一方面可证之立恰慈（I. A. Richards）所代表的文学批评方面对狭窄的‘以艺术为艺术’的理论的击破及最大量意识（Maximum Consciousness）学说的建立，此点因不属于本文范围，只能略过一论；一方面又可见于艾略脱对于理智与感情结合的坚持，及特定的‘诗的语言’（Poetic Diction）的否定，会话节奏的应用，及对传统特殊的看法。”[①] 除此之外，《论诗境的拓展与结晶》（《北平经世日报》1946 年 9 月 15 日）、《论现代诗中的政治感伤性》（《天津益世报》1946 年 10 月 27 日）、《托·史·艾略特》（书评）（《天津大公报》1948 年 5 月 23 日）、《诗的戏剧化》（《文学杂志》1948 年第 3 卷第 1 期）等也都充斥着艾略特的诗学观点。只不过袁可嘉取艾略特诗论的目的乃在于强调诗歌经验并非单纯地取自生活，而是与生活有一定的距离，经过理性的转化而成形。因此对于过度的浪漫感伤，无节制的自由，与其说袁可嘉所持态度与艾略特是一致的，不如说他的理论直接来源于艾略特。

综上可见，艾略特的文艺批评理论在现代中国的传播虽无专著出版，但在中国的传播历史还是比较长的，其理论面涉及也较为广泛，几乎艾略特比较重要的批评文学都得以翻译介绍。一方面他的批评理论直接地参与着当时中国的文艺论争，另一方面也直接地催生着中国新诗的理论建设。然而我们也应该看到，他的

① 袁可嘉，《从分析到综合——现代诗底发展》，《东方与西方》1947 年第 1 卷第 3 期，第 32 页。

理论在中国的接受、消化与吸引，更多地还是针对其对理性与传统的重视，用以反抗流行于现代中国的政治浪漫诗风；而对于其宗教与信仰的思想则几乎一致地予以抛弃或批判。这一点无疑是中国现代文坛的语境与中国传统文化过滤的结果。

结　语

自五四新文化运动以来，西方各种文化势力，包括欧美、苏俄与日本三大势力相继与现代中国的演进交织在一起，形成一张纷繁复杂的文化交流网。随着时代、社会与接受者的选择与摒弃，虽然最后是苏俄文学批评在中国扎下根来，但英美文学批评理论在现代中国文坛的理论建构进程当中，其功绩不应该被抹杀，也不可能被抹杀。自黄人的《中国文学史》通过日本中介引入英美文学理论，加之鲁迅、周作人两兄弟 1908 年的不断推广与运用，英美文学批评理论似乎已经随着他们一道进入中国现代文坛。

自 1917 至 1920 年间，文学革命的浪潮涤荡着华夏每一寸土地，震荡着中国传统文化的每一根神经。然而自此以后，在与旧文学维护者的交战之中，新文学运动者冷静下来，开始思索着更为高远的问题：新文学到底是什么？它与旧文学的区别何在？怎样才能彻底击败旧文学的维护者？运用怎样的手段与方法与之论战？……所有这一切最终凝聚成一个问题：文学是什么？批评是什么？此类问题显然不可能从传统文学当中去寻找，因为它们本身就是舶来品。如是新文学运动家们再次将眼光投向西方，投向英美。

英美文学批评理论相比苏俄文艺理论而言似乎更能满足对此类问题的解答。何以如此？两套文学理论的规则不同。英美文学批评理论在其经验与实用当中，一方面善于建构形而上学式的文学原理，又以其经验的实践与实用，颇为重视方法问题。前者为文学原理，它回答的问题便是中国新文学需要的答案；后者为文学批评，它既为论战也为鉴赏文学提供了切实可行的方法与手段。相比苏俄文论，诸如托尔斯泰、普列汉诺夫、“别车杜”、马克思主义等文学理论，他们观照的问题是如何处理文学与外在社会的问题，文学更多地被用于启迪民智、反映社会，甚至是宣传意识形态主张。所有这一切它追问的不是“文学是什么”的问题，而是“文学为什么”的问题。显然这一问题在新文学最初理论建设当中是无所助益的。

新文学运动既是文化的启蒙，同时也是文学的启蒙，它表现于追求文学的独立与自觉。独立与自觉，既是“五四”科学话语催生的结果，同时也是据以反抗传统文学观念的重要策略。现代科学话语必然要求将文学作为一门独立的学科来看待，而非像传统文学那样博而不精，以经史子集代文学，以诗文评代批评。譬如朱希祖先生在1919年《北京大学月刊》上发表的《文学论》一文开篇就讲：

> 吾国之论文学者，往往以为文字为准，骈散有争，文辞有争，皆不离乎此域；而文学之所以与其他学科并立，具有独立之资格，极深之基础，与其巨大之作用，美妙之精神，则置而不论。故文学之观念，往往浑而不析，偏而不全，不学者遂得标榜其间，以相诳耀。其达者则又高自位置，不肯语人以浅露之途径，偶或出其高尚本真之作，则人每以闻所未闻，诧为外道。无他，以不识文学之所以为文学也。[①]

随后他便从三个方面，即“独立之资格”“极深之基础”“巨大之作用”建立他的新文学观。尤其是其中第一个方面，他完全

① 朱希祖，《文学论》，《北京大学月刊》1919年第1卷第1期，第45页。

从现代科学与学科的角度来谈文学之独立的必然性与必要性。在他看来，“凡学术莫不由浑而趋于析。吾国学术，则浑而未析者，多矣!”因此对于章太炎所言“著于竹帛，论其法式皆为文学”之论甚为不满，多处以“文学为独立之科学”相称。在他的理论建构当中，英国的培根对其影响颇深。“昔英 Bacon（1561—1626）分学术为三大类，曰史学，曰诗学，曰理学。史学以记忆为主，诗学以想象为主，理学以悟性为主，颇与吾国分文学为说理、纪事、言情三大类相同。所不同者，Bacon 之所谓诗学，即今世所谓文学，然吾国视此，不过为文学之一部分，不能独立。文学全体大用，一切学术皆所并包，故学术无分科并进之望，不特文学无系统条理可言也。……惟以诗该括纯文学之文，可与 Bacon 诗学相发明。……今世之所谓文学，即 Bacon 所谓文学。”[①] 虽然其中也引述了日本太田善男的纯文学观，然而最终取向仍然是培根的文学观念。

实际上，自黄人转引英美学者有关文学界说开始，英美文学批评理论便与中国现代文坛结下了不解之缘。而周作人、鲁迅、朱希祖、罗家伦等人对于文学界说的追溯本身仅是对于“五四”时代科学话语的一种回应而已。正是自此时起，通过对英美文学批评理论的译述与翻译，从某种程度言，它助成了中国新文学的理论启蒙，完成了中国新文学的文学观念的独立与自觉。自此以后，新文学的理论从生产到接受，从作家到读者，不再迷茫。

然而自 1927 年各种革命运动此起彼伏，中国现代文坛随即转向，“文学革命”一变而为“革命文学”，自此“人的文学”、“为人生”的文学与“为艺术”的文学，被普罗文学所替代，文学的独立与自觉，在时代的呼唤当中迅速地“向外转”，“文学是什么”最终被“文学为什么”所置换。英美文学批评原理与批评

① 朱希祖，《文学论》，《北京大学月刊》1919 年第 1 卷第 1 期，第 52～53 页。

在中国显然在当时不可能再有市场，取而代之的是文学与其他学科结盟所产生的批评理论更为实用。如此一来，在整个三四十年代世界普罗文学蓬勃发展当中所总结出来的美国左翼文学理论一跃而登上中国文坛的宝座，辛克莱、卡尔佛登的名字高频率地出现在当时的中国学人所写的文章当中。与之相反的是，偏安于高校“象牙塔”的学院派学者则选择了英美新批评理论作为批评中国文学的法宝。此派理论完全是应中国现代派文学之需而引进中国的。因为这些引介者一边是创作，一边是批评，因此本身脱胎于欧美现代主义文学思潮的中国现代派便有系统有目的地引进了英美新批评，以之作为建构中国现代派的理论资源，成为三四十年代中国文学批评界的一道独特风景。

如果说英美文学批评理论对中国新文学以来的现代文学理论建构促使其理论的启蒙与自觉，为其成长壮大提供营养的话，那么它对于中国传统文学，即中国古代文学与理论则是完全作为一个地道的“他者”而存在。

轰轰烈烈的五四新文化运动企图在与中国旧文学的对抗当中将其一举歼灭，历史证明这完全是一种极不理智，极为极端的做法。当胡适从提倡“少谈些主义，多谈些问题”转向之后，转身面对中国传统文学，于是乎提出“整理国故”的口号。科学“整理国故”不仅是一种方法问题，更重要的是观念。前面我们的论述当中一再地提到，像沈雁冰、郑振铎等人，他们更为注重以新的文学批评方法来对中国旧文学进行改造升级。这是他们有意识引进英美文学批评所在达成的第二个目标。由此通过《小说月报》《文学》等杂志，专题讨论如何运用新的文学观念重新估价旧文学。这方面的讨论成果，以郑振铎所编《中国文学研究》（上下）（商务印书馆，1927 年 6 月）为其代表。其中诸多文章深受英美文学理论的影响，譬如郭绍虞先生运用美国文学理论家莫尔顿的“文学进化论”来解释中国文学批评的演进历程。其实对中国古代文学研究影响最深的仍然是文学观念的问题。当时无论是《文学概论》还是《中国文学概论》类的著作，首先依据新文学的思想，将“什么是文学”作一番清理。大多沿袭罗家伦的路数，将英美等国的文论家的“文学界说”一一罗列之后，再结合中国文学或自己的理解得出自己的定义。再者就批评而言，也是如此。

然而在这里我们要注意的问题是，作为“他者”的英美文学批评理论在处理中国传统文学时到底发生了什么？它们像新文学那样据内在所需外在所迫而选择性吸收呢，还是有所抵牾抗拒，或是全盘皆收？答案是，没有哪一种英美文学批评理论在现代中国是完全被全盘吸收的，这些理论大多依据中国传统文学的实际作了相应的改编与过滤，甚至是中国化。

英美文学批评理论在现代中国的传播之路，一方面促成了中国现代文学批评的成熟，虽然使中国文学步入现代化进程，几乎与世界同步，但始终缺乏一种传统的根基。另一方面英美文学批评理论作为“他者”介入中国传统文学研究，虽然提供了全新的观念与方法，然而却或多或少地遭遇误读与过滤、改写与变异，甚至某些理论已经全然地中国化。究其根源在于，中国新文学利用英美文学批评理论大多出于“求同”心态，急于与世界接轨。正如当时有论者所言，欧美用上千年演化的文学进化历程，在中国仅用十几年的时间就演化完成，中国新文学无疑成为欧美文学在中国的复制品；然而在中国古代文学研究方面，却基于彼此之间文学的异质性，即使有求同趋向，但最终研究的过程中，即使比附也会无意识当中照顾到中国传统文学自身的特性而对英美文学批评理论进行改造，从而促使其变异，甚至实现中国化。

因此，本书通过描述英美文学批评理论在现代中国的传播，所绘制的文学地理图，最终目的在于为如何处理中国文学与世界文学，如何处理中国文学的传统与现代之间的关系提供某种借鉴。这种借鉴在于，面对外来文学与理论，如何据于我们自身文学的异质性对之做出适当的调整，促使其转化，为我所用，既免却我们自身文学的失语状态，也使之不致落伍于世界文学步伐！当然，囿于选题范围与界限的限制，新时期以来英美文学批评理论在中国的传播与变异还未得到系统的清理，这也正是本书以后所需延展之处。

附录　英美文学理论家译名对照

阿伯克龙比（Lascelles Abercrombie，1881—1938）又译：亚培克龙俾

阿诺德（Mathew Arnold，1822—1888）又译：爱诺尔德、亚罗德、安乐、埃诺特、亚罗耳德、亚诺尔特、安诺德、阿诺特、安诺尔特、埃诺尔特、安诺尔德、安脑德、安纳特

艾略特（T. S. Eliot，1888—1965）又译：爱里乌、爱略特、厄了忒、爱略尔特、艾略忒、艾略脱、爱略忒、艾略奥脱、爱利奥特、爱里窝特、爱里特、爱立欧脱、蔼略脱、哀里奥德

爱登（Horace A. Eaton，1810—1883）

爱迪生（Joseph Addison，1672—1719）又译：爱狄生、阿迭生、爱逖逊、阿迪生、埃特生

爱默生（Ralph Waldo Emerson，1803—1882）又译：亚懋孙、安麦生、爱茂孙、爱墨孙、爱玛生、爱摩生、爱马生、艾默生、艾曼生、爱麦逊、翁慕生

安德森（Sherwood Anderson，1876—1941）又译：安得生、安德生

奥尔登（Raymond Macdonald Alden，1873—1924）

奥格登（C. K. Ogden，1889—1957）又译：欧格顿、阿克顿

巴勒斯（John Buroughs，1837—1921）又译：白劳、巴洛、褒罗、巴罗夫斯、巴洛兹

巴默弗斯（Ramsden Balmforth，1861—1941）

巴斯康（John Bascom，1827—1911）

白璧德（Irving Babbit，1865—1933）又译：巴比璧

班奈特（Arnold Bennett，1867—1931）又译：皮奈德、亚诺尔特·培耐德、伯奈特、培勒特、宾纳特、倍奈德、本涅特

鲍桑葵（Bernard Bosanquet，1848—1923）又译：白番珊奎、波桑鸠、波桑凯

本生（A. C. Benson，1862—1925）

比亚兹莱（Aubrey Vincent Beardsley，1872—1898）又译：比尔兹利、琵亚词侣

波斯奈特（Hutcheson Macaulay Posnett，1855—1927）又译：薄士纳、波士纳德、波斯纳、颇斯耐脱、坡乃德、柏斯奈特、包斯乃、包斯勒德、波士勒特、波斯涅特

勃朗宁（Robert Browning，1812—1889）又译：布朗宁、白朗宁

勃伦（Randolph Silliman Bourne，1886 — 1918）

布克（Gertrude Buck，1871—1922）又译：勃克、蒲克

布拉克默尔（R. P. Blackmur，1904—1965）又译：勃莱克穆

布莱逊（Lyman Bryson，1888—1959）

布雷德里（A. C. Bradley，1851—1935）又译：卜拉德赉

布鲁克（Stopford Brooke，1832—1916）又译：巴尔克、布路克、白鲁克、卜鲁克、勃鲁克、蒲罗克、卜罗克、蒲洛克、斯脱蒲佛特布卢克

布鲁克斯（Cleanth Brooks，1906—1994）

布鲁克斯（Van Wyck Brooks，1886—1963）又译：勃卢克斯

布罗克（A. Clutton－Brock，1868—1924）又译：克鲁登·

白洛克

柴斯特顿（Gilbert Keith Chesterton，1874—1936）又译：乞斯脱顿

车尼（Sheldon Cheney，1886—1980）又译：雪尔敦陈鼐

戴维逊（Edward Lewis Davison，1898—1970）

道生（W. J. Dawson，1854—1928）

德昆西（Thomas De Quincey，1785—1859）又译：科因西哀、台髭雪、狄昆西、提昆绥、戴昆西、狄·昆西、狄昆塞

德莱顿（John Dryden，1631—1700）又译：随顿、德赖顿、德来登、载旦、屈莱顿

德莱塞（T. Dreiser，1871—1945）又译：特莱萨尔、特莱塞

德林瓦克（John Drinkwater，1882—1937）又译：约翰特林瓦透、德零克华透

德卢（Elizabeth A. Drew，1887—1965）

狄金生（Thomas H. Dickinson，1877—1961）

杜德莱（Louise Dudley，1884—?）

杜克斯（Ashley Dukes，1885—1959）又译：杜克士

多顿（Edward Dowden，1843—1913）又译：图藤氏、道覃、陶钿、陶甸、道典、道屯

多兰（Carl Van Doren，1885—1950）又译：独兰

厄森文（J. B. Esenwein，1867—1946）

樊戴克（Henry Van Dyke，1852—1933）

菲尔普斯（William Lyon Phelps，1865—1943）又译：费卜士、佛尔泼、飞而泊斯、费尔普司

佛雷德立克（John T. Frederic，1893—1975）又译：佛雷特立克

佛罗朗（Flora Klickmann，1867—1958）

福克斯（Ralph Fox，1900—1937）

福斯特（E. M. Forster，1879—1970）又译：福斯忒、佛斯特

盖莱（Charles Mills Gayley，1858—1932）又译：该莱、葛莱、盖雷

高尔斯华绥（John Galsworthy，1867—1933）又译：高尔士委士、高斯华绥、哥尔斯华绥

戈登克雷（Edward Gordon Craig，1872—1966）又译：戈登格雷、高登克雷

格斯（Edmund Gosse，1849—1928）又译：哥斯、戈斯、蔼得孟特高斯

葛兰坚（Charles Hall Grandgent，1862—1939）

哈得逊（William Henry Hudson，1862—1918）又译：黑德森、韩特孙、黑德生、赫得孙、韩德生

哈兰（Henry Hallam，1777—1859）又译：海兰、赫尔姆

哈里逊（J. E. Harrison，1850—1928）

哈密尔顿（Clayton Hamilton，1881—1946）又译：韩弥顿、哈尔敦、韩美尔敦、汉弥尔顿、哈米顿、哈密儿东、哈密尔敦、哈美路顿

哈密尔顿（William Hamilton，1788—1856）

哈兹列特（William Hazlitt，1778—1830）又译：韩自立、夏士勒德、黑兹列特、哈慈列德

豪斯曼（Alfred Edward Housman，1859—1936）又译：霍思曼、霍斯曼、郝斯曼

赫恩（Charles F. Horne，1870—1942）又译：荷英

赫恩（Lafcadio Hearn，1850—1904）又译：小泉八云

赫胥黎（T. H. Huxley，1825—1895）

亨德（Theodore W. Hunt，1844—1930）又译：宏德、韩

德、何提、洪特

亨德生（Philip Henderson，1906—1977）

亨特（Leign Hunt，1784—1859）又译：韩德、航特、黎汉特、汉特、韩脱

华次道顿（Theodore Watts－Dunton，1832—1914）又译：华德邓、滑芝邓登、瓦芝腾顿

华顿（Edith Wharton，1862—1937）

华雷斯（Edgar Wallace，1875—1932）又译：华莱士

华舍斯特（Joseph E. Worcester，1784—1865）又译：倭什斯多、胡思德、华斯透、渥斯特、沃瑟斯特

华兹华斯（William Wordsworth，1770—1850）又译：吾斯华士、华次华斯、华滋渥斯、华治华斯、华资活斯、尉迟渥斯、华慈华斯、华士奂斯、卡福尔登、渥兹渥斯、乌兹华斯、华茨偓持、华茨瓦斯

霍威耳斯（William Dean Howells，1837—1920）又译：豪威尔斯、霍惠尔斯、何威尔士、何威尔、豪威尔兹

吉卜斯（Sir Philip Hamilton Gibbs，1877—1962）

加拉德（H. W. Garrad，生卒年不详）又译：加劳德、加洛德

卡尔佛登（V. F. Calverton，1900—1940）又译：卡尔味吞、卡伟顿、加尔沃顿、卡尔佛吞、卡尔浮登、卡尔佛顿、嘉文登、开尔浮登、卡尔佛尔顿、卡尔法通

卡尔弗特（Louis Calvert，1859—1923）

卡芬（Charles H. Caffin，1854—1918）

卡静（Alfred Kazin，1915—1998）

卡莱尔（Thomas Carlyle，1795—1881）又译：楷雷、卡那儿、嘉莱尔、嘉拉衣尔、喀莱尔、卡赖尔、加来伊尔、卡利尔

考特威尔（Christopher Caudwell，1907—1937）

柯尔律治（Samuel Taylor Coleridge，1772—1834）又译：郭侣理之、柯莱列茨、考拉瑞芝、辜立治、科律利治、卡莱基、顾立治、考列律治、古尔立奇、克律利已、辜勒奇、哥列里慈

克利平根（Erle E. Clippinger，1864—1933）

克洛福德（F. M. Crawford，1854—1909）又译：克劳福

拉西（Elmer Rice，1892—1967）

兰色姆（John Crowe Ransom，1888—1974）又译：朗森、约翰·克罗·仑逊、朗逊

朗（William Joseph Long，1867—1952）又译：朗克、朗威廉

里德（Herbert Read，1893—1968）又译：虑德、李德、李特、雷达

里甫（Clara Reeve，1725—1803）

理查逊（Samuel Richardson，1689—1761）又译：李佳特生

利维斯（F. R. Lewis，1895—1978）又译：里维斯、利威斯

利维斯（George Henry Lewes，1817—1878）又译：纽斯

刘易斯（B. Roland Lewis，1884—1959）

刘易斯（C. Day Lewis，1904—1972）

刘易斯（Sinclair Lewis，1885—1951）又译：刘易士

琉威松（Ludwig Lewisohn，1882—1955）又译：李维生、柳威生、路威森、琉伊松、琉维松、刘维松

卢卡斯（F. L. Lucas，1894—1967）

罗尔逊（T. Sharaper Knowlson，1867—1947）又译：讷尔逊

罗塞蒂（妹）（Christina Georgina Rossetti，1830—1894）又译：罗塞特

罗塞蒂（兄）（Dante Cabriel Rossetti，1828—1882）又译：

罗斯梯、罗瑟蒂、洛塞谛

罗斯金（John Ruskin，1819—1900）又译：约翰赖斯金、纳斯钦、露斯金、拉司金、鲁斯金、拉斯肯、路斯金、兰斯肯、勒斯金、腊斯金

洛威尔（Army Lowell，1874—1925）又译：罗威尔、爱米·洛爱尔、劳威尔、亚美劳卫、罗伟尔、艾梅·劳威尔、罗蕙儿

马希（John Macy，1877—1932）又译：马西

马修斯（Brander Matthews，1852—1929）又译：马秀、麦秀士、马太士、玛休氏、马太斯

麦考莱（Thomas Babington Macaulay，1800—1859）又译：麦考赉、麦加莱、麦皋莱、麦苛莱

麦肯尼兹（A. S. Mackenzie，1875—1930）又译：麦更西、麦坚西、麦更基、玛克恩、麦铿西、马恳斋

门肯（H. L. Mencken，1880—1956）又译：孟铿、孟根

摩莱（Henry Morley，1822—1894）又译：莫雷、摩来、麦培、马莱

摩台尔（Albert Mordell，1885—1965）又译：莫特尔、莫德尔、莫台尔

莫尔（Paul E. More，1864—1937）又译：穆尔、摩尔

莫尔顿（Richard Green Moulton，1849—1924）又译：摩尔东、冒尔顿、毛尔顿

莫里斯（William Morris，1834—1896）又译：威廉姆里斯、穆理斯

墨雷（J. Middleton Murry，1889—1958）又译：梅莱、马利、墨瑞

墨锐（Gilbert Murray，1866—1957）

穆尔（George Moore，1852—1933）又译：摩尔、莫尔

尼尔生（W. A. Neilson，1869—1946）

聂可尔（Allardyce Nicoll，1894—1976）

纽曼（J. H. Newman，1801—1890）又译：纽门、牛曼

欧文（Henry Irving，1838—1905）

庞德（Ezra Pound，1885—1972）又译：爱兹拉·朋特、埃若潘、旁德、磅特、哀慈拉·邦德

庖威斯（John Cooper Powys，1872—1963）

培根（Francis Bacon，1561—1626）又译：倍庚、昔英、倍根

培克（G. P. Baker，1879—1951）

佩里（Bliss Perry，1860—1954）又译：柏利氏、沛雷、皮利士

佩特（Walter H. Pater，1839—1894）又译：巴德勒、瓦德彼得、裴德、华尔德配德、佩忒、泊特、配脱、皮泰、攀特、沛得、沛德

朋科斯德（Henry Spackman Pancoast，1858—1928）又译：烹苦斯德、庞科士

皮考克（T. L. Peacock，1785—1866）

坡（Edgar Allen Poe，1809—1894）又译：鲍、阿伦坡、亚伦坡

蒲伯（Alexander Pope，1688—1744）又译：朴伯、波魄、颇普、蒲甫

普雷司各特（F. C. Prescott，生卒年不详）又译：蒲瑞士考特

普里斯特利（J. B. Priestly，1894—1984）

普利查得（F. H. Pritchard，1884—1942）又译：普力查、普列查特

乔治（W. L. George，1882—1926）又译：佐治

琼斯（H. A. Johns，生卒年不详）又译：约莱士

瑞恰兹（I. A. Richards，1893—1980）又译：瑞恰慈、瑞洽次、瑞洽慈、瑞查兹、吕恰慈、吕嘉慈、吕嘉兹、雷嘉茨、雷嘉兹、李却茨、李恰次、李却慈、理查斯、日恰兹、力查兹、栗洽慈、芮卡慈、雷恰茨、芮伽兹、伽尔兹、瑞卡慈、吕恰却

赛珍珠（Pearl S. Buck，1892—1973）又译：勃克

桑戴克（A. H. Thorndike，1871—1933）

桑德勒斯（T. Bailey Saundlers，1860—1928）又译：商德勒士、商德尔

桑塔亚娜（George Santayana，1863—1952）又译：珊泰耶那、山态亚纳

圣次伯利（George Saintsbury，1845—1933）又译：闪智褒理、圣次堡莱、桑次堡莱、圣兹倍里、圣斯比利、圣支伯利、圣斯宾、森次巴力、沈慈白瑞、胜茨摆雷、圣次伯雷、圣兹柏利、森思白理、圣志倍利

史密斯（Milton Smith，1890—?）

史彭德（Stephen Spender，1909—1995）又译：斯班特

史文朋（Algernon Charles Swinburne，1837—1909）又译：斯温伯恩、斯文本

司各特（Fred Newton Scott，1860—1931）又译：史格德、施各德、史科德、司哥德

斯宾加恩（J. E. Spingarn，1875—1939）又译：史宾格、斯宾甘、斯宾嘉恩、施宾加恩、斯宾根、斯宾喀尔

斯宾塞（David Herbert Spencer，1820—1903）

斯德曼（Edmund Clareuce Stedman，1833—1908）又译：斯铁德曼、史特曼、斯忒德曼、史德曼

斯蒂文森（Robert Louis Stevenson，1850—1894）又译：斯梯文生、史梯文森、司提芬生

斯梯尔（Richard Steele，1672—1749）

梭罗（Henry David Thoreau，1817—1862）又译：陶罗

泰勒（Emerson Gifford Taylor，1874—1932）

退特（Allen Tate，1888—1979）又译：泰德、亚仑·泰特

王尔德（Oscar Wilde，1856—1900）又译：沃斯卡淮特

威尔斯（H. G. Wells，1866—1946）又译：威尔士、韦尔斯

威尔逊（Edmund Wilson，1895—1972）

威廉（Blanche Colton Williams，1879—1944）

温彻斯特（C. T. Winchester，1847—1920）又译：文采斯德、文齐斯特、文齐斯德、文齐使德、温且斯特、温采士德、温契斯特、温奇斯特、文却斯德、功蒂稚旦、温切司特、文策斯偷、温齐思脱

沃斯福德（W. Basil Worsfold，1858—1939）又译：华斯福尔

乌兹（Thomas H. Uzzell，1884—?）

伍德贝利（George E. Woodberry，1855—1930）又译：伍伯利、吴德伯利、乌德贝雷

伍尔芙（Virginia Woolf，1882—1941）又译：乌尔夫、伍尔孚、吴尔芙

武尔夫（Leonard Woolf，1880—1969）

西蒙斯（Arthur Symons，1865—1945）又译：西莫士、薛蒙士、西蒙士、萨孟思、阿沙赛门士、萨蒙斯、赛梦兹、塞门斯、西蒙、昔蒙

西特韦尔（Edith Sitwell，1887—1964）

锡德尼（Sir Philip Sidney，1554—1586）又译：什德尼、薛特乃

萧伯纳（George Bernard Shaw，1856—1950）又译：萧伯讷

谢尔曼（S. P. Sherman，生卒年不详）又译：雪尔曼、锡尔曼

辛克莱（Upton Sinclair，1878—1968）又译：辛克来、辛克莱尔、辛克拉

休姆（T. E. Hulme，1883—1917）又译：休尔谟、休尔姆

休涅刻（James Huneker，1857—1921）

雪莱（Percy Bysshe Shelley，1782—1822）又译：雪来、蝉侣、席勒、席莱、雪蕾、雪莉、薛悝、师梨

亚尔汶（Newton Arvin，1900—1963）

燕卜荪（William Empson，1906—1984）又译：燕卜逊、爱姆泊生、安普孙、艾姆参

叶芝（W. B. Yeats，1865—1939）又译：夏芝

伊斯特曼（Max Eastman，1883—1969）

约翰逊（Samuel Johnson，1709—1784）又译：约翰孙、约翰生、约翰悄

翟孟生（R. D. Jameson，1896—1959）

詹姆斯（Henry James，1843—1916）又译：詹姆士、杰姆斯、亨利乾姆士、亨利健姆斯、简门斯、乾姆司

参考资料

一、中文著作、译著

[美] Bosworth 著《戏剧导演基础》，章泯译，上海杂志公司，1939 年 8 月

[英] J. B. Priestly 著《英国小说概论》，李儒勉译述，商务印书馆，1946 年 1 月

[美] J. E. Spingarn 著《文艺复兴时期之文艺批评》，孙伟佛译，正中书局，1937 年 2 月

[英] Lafcadio Hearn 著《文艺谭》，石民译，北新书局，1930 年 12 月

[美] M. 史密斯《戏剧演出教程》，田禽译述，上海杂志公司，1949 年

[美] Proffossor F. Sefton Delmer 著《英国文学》，林惠元译，北新书局，1930 年 1 月

[美] T. 德莱塞著《梭罗》，白石译，改进出版社，1941 年 8 月

[英] Thomas Carlyle 著《英雄与英雄崇拜》，曾虚白译，商务印书馆，1937 年 3 月

艾青《诗论》，三户图书社，1941 年 9 月

[美] 爱伦 · 坡著《诗的原理》，林孖译，商务印书馆，1924 年

[美] 爱米尔顿著《戏剧论》，张伯符译，世界书局，1931年7月

[日] 岸田国士著《戏剧概论》，陈瑜译，中华书局，1933年3月

[美] 白璧德著《白璧德与人文主义》，吴宓等译，新月书店，1929年12月

鲍文杰著《中国文学史略》，中流出版社，1948年5月

北京图书馆书目编辑组编《中国现代作家著译书目（续编）》，书目文献出版社，1986年4月

北京图书馆书目编辑组编《中国现代作家著译书目》，书目文献出版社，1982年12月

[日] 本间久雄著《欧洲近代文艺思潮论》，沈端先译，开明书店，1928年8月

[日] 本间久雄著《文学概论》，章锡琛译，开明书店，1930年3月

[日] 本间久雄著《文学研究法》，李自珍译，星云堂书店，1932年7月

[日] 本间久雄著《新文学概论》，汪馥泉译，上海书店，1925年5月

[日] 本间久雄著《新文学概论》，章锡琛译，商务印书馆，1925年8月

[美] 勃利司蕃莱著《诗之研究》，傅东华等译，商务印书馆，1923年11月

蔡达著《文学通义》，著者刊，1920年5月

蔡尚思著《中国学术大纲》，启智书局，1930年12月

蔡仪著《文学论初步》，生活书店，1946年8月

蔡振华著《中国文艺思潮》，世界书局，1935年12月

[日] 藏原惟人著《新写实主义论文集》，吴之本译，现代书

局，1930年5月

曹聚仁编《论议文》，博览书局，1946年

曹顺庆编著《比较文学教程》，高等教育出版社，2010年3月

曹顺庆等著《比较文学学科理论研究》，巴蜀书社，2001年

曹顺庆著《跨文化比较诗学论稿》，广西师范大学出版社，2004年

曹顺庆著《中外比较文论史（上古时期）》，山东教育出版社，1998年

曹顺庆著《中西比较诗学》，北京出版社，1989年

草川未雨著《中国新诗坛的昨日今日和明日》，海音书局，1929年

曾虚白著《美国文学》，世界书局，1935年

曾虚白著《美国文学ABC》，世界书局，1929年3月

曾虚白著《英国文学》，世界书局，1935年

曾虚白著《英国文学ABC》，世界书局，1928年8月

曾毅著《中国文学史》，泰东图书局，1915年

查士骥著《二十世纪的艺术家》，世界书局，1929年4月

陈安仁著《文学原理》，著者刊，1927年12月

陈北欧著《新文学概论》，立达书局，1932年9月

陈彬龢著《中国文学论略》，商务印书馆，1931年1月

陈炳堃著《最近三十年中国文学史》，太平洋书店，1930年11月

陈大悲著《爱美的戏剧》，晨报社，1922年3月

陈大悲著《戏剧ABC》，ABC丛书社，1931年6月

陈干吉著《文学基本问题》，著者刊，1936年8月

陈冠同著《中国文学史大纲》，民智书局，1931年11月

陈国恩著《20世纪中国文学与中外文化》，长江文艺出版

社，2004 年 7 月

陈厚诚、王宁主编《西方当代文学批评在中国》，百花文艺出版社，2000 年 6 月

陈怀著《中国文学概论》，中华书局，1931 年 2 月

陈景新著《小说学》，明星社，1924 年 11 月

陈君治著《新文学概论讲话》，合众书店，1935 年 3 月

陈穆如著《文学理论》，启智书局，1930 年 3 月

陈穆如著《小说原理》，中华书局，1931 年 1 月

陈平原著《中国文学研究现代化进程二编》，北京大学出版社，2002 年 4 月

陈去病著《诗学纲要》，国光书局，1927 年 1 月

陈铨著《文学批评的新动向》，正中书局，1943 年 5 月

陈铨著《戏剧与人生》，大东书局，1937 年 2 月再版

陈辛仁著《现代中外文化交流史略》，中国书籍出版社，1997 年 3 月

陈旭轮著《世界文学类选》，世界书局，1935 年

陈钟凡著《中国文学批评史》，中华书局，1927 年 2 月

陈子温著《现代英国文学》，国立北平师范大学，1936 年 10 月

成仿吾著《新兴文艺论集》，创造社，1930 年

程鼎声著《诗的原理》，行知书店，1933 年 10 月

程欧、夏雨合编著《英国文学》，中流书店，1941 年 5 月

程千帆著《文论要诠》，开明书店，1948 年

［日］厨川白村著《出了象牙之塔》，鲁迅译，未名社，1925 年 12 月

［日］厨川白村著《近代文学十讲》（上），罗迪先译，学术研究会丛书部，1935 年 9 月

［日］厨川白村著《近代文学十讲》（上下），罗迪先译，学

术研究会丛书部，1921 年 8 月

［日］厨川白村著《近代文学十讲》（下），罗迪先译，学术研究会丛书部，1935 年 9 月

［日］厨川白村著《苦闷的象征》，鲁迅译，新潮社，1924 年 12 月

［日］厨川白村著《苦闷的象征》丰子恺译，商务印书馆，1925 年 3 月

［日］厨川白村著《文艺思潮论》，樊从予译，上海商务印书馆，1924 年

［日］厨川白村著《小泉八云及其他》，绿蕉译，启智书局，1936 年 6 月

［日］厨川白村著《走向十字街头》，绿蕉、大杰译，启智书局，1928 年 8 月

［日］大宅壮一著《文学的战术论》，毛含戈译，联合书店，1930 年 10 月

代迅著《西方文论在中国的命运》，中华书局，2008 年

戴叔清著《文学方法总论》，文艺书局，1931 年 8 月

戴叔清著《文学原理简论》，文艺书局，1931 年 6 月

戴渭清著《新文学研究法》（上下），新文学研究社，1920 年 9 月

登太编著《论现在我们的文学运动》，长江书店，1936 年 11 月

［日］狄原朔太郎著《诗的原理》，孙俍工译，商务印书馆，1933 年 2 月

丁伯骝著《戏剧欣赏法》，正中书局，1936 年 12 月

东方杂志社编《美与人生》，商务印书馆，1923 年 12 月

董每戡著《西洋诗歌简史》，文光书店，1949 年 9 月

董每戡著《西洋戏剧简史》，商务印书馆，1949 年 7 月

杜蘅之著《诗的本质》，商务印书馆，1940 年 9 月

段凌辰著《中国文学概论》（上），瑞安集古斋书社，1929 年 7 月

段凌辰著《中国文学概论》（下），著者书店，1933 年 5 月

［美］厄森文（J. B. Esenwien）著《短篇小说分析》，杨梦生译述，商务印书馆，1941 年 3 月

［日］儿岛献吉郎著《中国文学概论》，胡行之译，北新书局，1930 年 5 月

樊仲云著《新兴文艺论》，新生命书局，1930 年 11 月

范况著《中国诗学通论》，商务印书馆，1930 年 10 月

范泉著《战争与文学》，永祥印书馆，1945 年 5 月

范祥善著《现代文艺评论集》，世界书局，1930 年 1 月

方璧著《西洋文学通论》，世界书局，1930 年 8 月

方孝岳著《中国文学批评》，世界书局，1934 年 5 月

方重著《英国诗文研究集》，商务印书馆，1939 年 4 月

费鉴照著《浪漫运动》，商务印书馆，1933 年 11 月

费鉴照著《现代英国诗人》，新月书店，1933 年 2 月

冯乃超著《文艺讲座》，神州国光社，1930 年 4 月

冯瘦菊著《新诗与新诗人》，大东书局，1929 年 6 月

［美］佛雷特立克著《短篇小说作法纲要》，马仲殊译，真美善书店，1929 年 4 月

［英］佛罗朗著《给有志于文艺的青年》，田禽译，中西书局，1943 年 11 月

［英］福斯脱著《小说与民众》，何家槐译，生活书店，1938 年 3 月

傅东华著《诗学原理 ABC》，ABC 丛书社，1928 年 9 月

傅东华著《文学常识》，商务印书馆，1927 年 7 月

傅东华著《文艺批评 ABC》，ABC 丛书社，1928 年 9 月

傅东华著《文艺批评 ABC》，世界书局，1929 年 2 月

傅东华编《文学百题》，生活书店，1935 年 7 月

傅东华编《我与文学》，生活书店，1934 年 7 月

傅东华辑译《诗歌与批评》，新中国书局，1932 年 8 月

傅庚生《中国文学批评通论》，（重庆）商务印书馆，1946 年 1 月

傅庚生《中国文学欣赏举隅》，重庆开明书店，1943 年 9 月

[日] 高赖、甘粕等著《艺术史的问题》，辛苑译，质文社，1937 年 4 月

高乔平、周则明编《世界著名文艺家逸话》，世界书局，1929 年

高滔《近代欧洲文艺思潮史纲》，著者书店，1932 年 12 月

[英] 戈登格雷著《舞台艺术论》，赵如琳译，动员书店，1940 年

葛存悆著《中国文学史略》，大同出版社，1948 年 12 月

葛斯著《英国文学——拜伦时代》，韦业尧译，未名社出版部，1930 年 4 月

葛遵礼著《中国文学史》，会文堂新记书局，1921 年 1 月

[日] 宫岛新三郎著《欧洲最近文艺思潮》，瞿然译，现代书局，1930 年 4 月

[日] 宫岛新三郎著《文艺批评史》，高明译，开明书社，1930 年 2 月

龚启昌著《中国文学史读本》，乐华图书公司，1936 年 9 月

龚质彬编著《英文英美诗歌小史》，中华书局，1934 年 4 月

巩思文《现代英美戏剧家》，商务印书馆，1939 年 6 月

顾凤城《新兴文学概论》，光华书局，1930 年 8 月

顾凤城编《现代新兴作家评传》，光华书局，1933 年 6 月

顾凤城、邱文渡等编《新文艺词典》，光华书局，1931 年

4月

顾实著《中国文学史大纲》，商务印书馆，1926年11月

顾毓琇著《中国的文艺复兴》，中华书局，1948年6月

光大书局编译所《文艺创作讲座》（第二卷），光大书局，1936年3月

光华书局编辑部《文艺创作讲座》（第四卷），光华书局，1933年11月

光华书局编辑部《文艺创作讲座》（第一卷），光华书局，1931年6月

郭沫若著《文艺论集》，光华书局，1925年12月

郭沫若著《文艺论集续集》，光华书局，1931年9月

郭沫若著《现代文学评论》，爱丽书店，1931年4月

郭绍虞著《中国文学批评史》（上），商务印书馆，1934年5月

郭希汾著《中国小说史略》，新文化书社，1934年11月

［美］郭颖颐著《中国现代思想中的唯科学主义》，雷颐译，江苏人民出版社，1998年3月

郭箴著《中国小说史》，商务印书馆，1939年5月

国立北平图书馆《文学论文索引三编》，中华图书馆协会，1936年1月

［英］韩得生著《小说的研究》，宋桂煌译，光华书局，1930年9月

［英］韩德生著《文学研究法》，宋桂煌译，光华书局，1930年5月

韩侍桁《西洋文艺论集》，北新书局，1929年9月

［美］汉弥尔顿著《小说法程》，华林一译述，商务印书馆，1924年11月

［美］汉米尔顿著《戏剧原理》，赵如琳译，言行出版社，

1940年6月

何典编《文艺漫谈》，通惠印书馆，1937年

何福同著《文学杂讲》，行健学社，1929年12月

何冀野著《何谓文学》，大东书局，1930年3月

何家选编《近代文艺批评选》，中华书局，1948年9月

贺凯著《中国文学史纲要》，新兴文学研究会，1933年1月

贺玉波著《现代中国作家论》（第二卷），大光书局，1936年7月再版

贺玉波著《现代中国作家论》（第一卷），大光书局，1936年7月再版

［英］赫理斯著《萧伯纳传》，黄嘉德译，商务印书馆，1934年8月

［美］亨特著《文学概论》，傅东华译，商务印书馆，1935年12月

洪球编《现代诗歌论文选》（上下），仿古书店，1936年6月

洪深《戏剧导演的初步知识》，中国文化服务社，1943年9月

胡行之著《文学概论》，乐华图书公司，1933年3月

胡行之著《中国文学史讲话》，光华书局，1932年6月

胡怀琛著《白话诗文谈》，广益书局，1921年1月

胡怀琛著《诗的作法》，世界书局，1931年5月

胡怀琛著《诗学讨论集》，新文化书社，1934年7月

胡怀琛著《小诗研究》，商务印书馆，1924年6月

胡怀琛著《新诗概说》，商务印书馆，1923年5月

胡怀琛著《新文学浅说》，泰东图书局，1921年

胡怀琛著《中国诗学通评》，大东书局，1923年6月

胡怀琛著《中国文学辩正》，商务印书馆，1927年9月

胡怀琛著《中国文学评价》，华通书局，1930年6月

胡怀琛著《中国文学史略》，梁溪图书馆，1924年3月

胡怀琛著《中国小说研究》，商务印书馆，1933年

胡梦华、吴淑贞著《表现的鉴赏》，现代书局，1928年3月

胡秋原著《民族文学论》，文风书局，1944年8月

胡适著《白话文学史》，新月书店，1928年

胡适著《国语文学史》，文化学社，1927年2月

胡适著《五十年来中国之文学》，申报馆，1924年3月

胡适、郁达夫等著《文学论集》，中国文化服务社，1936年3月

胡小石著《中国文学史》，人文社股份有限公司，1930年3月

胡毓寰著《中国文学源流》，商务印书馆，1924年9月

胡云翼著《新著中国文学史》，北新书局，1932年4月

胡云翼著《中国文学概论》，启智书局，1928年10月

华北文艺社编《怎样研究文学》，人文书店，1935年3月

华帝编《文艺创作概论》，天马书店，1933年7月

[英] 华斯福尔忒著《文艺批评》，石楞、危鼎铭译，青春文艺社，1932年10月

黄道明著《文学丛话》，北京新进社，1942年2月

黄峰著《世界革命文艺论》，文艺新潮社，1940年3月

黄霖主编，黄念然编《20世纪中国古代文学研究史·文论卷》，上海东方出版社，2001年1月

黄曼君著《中国近百年文学理论批评史》，湖北教育出版社，1997年3月

黄药眠著《论诗》，远方书店，1944年5月

霍衣仙著《最近二十年中国文学史纲》，北新书局，1936年8月

［日］吉江乔松著《西洋文学概论》，高明译，现代书局，1933 年 5 月

［日］加滕一夫著《社会文艺概论》，胡行之译，乐华图书公司，1934 年 1 月

贾植芳等编《文学研究会资料》（上中下），河南人民出版社，1985 年 10 月

简贵三编《文学要略》，河南教育厅公报处，1925 年 10 月

江恒源著《中国诗学大纲》，大东书局，1928 年 7 月

姜亮夫著《文学概论讲述》，北新书局，1930 年 1 月

蒋晓丽《中国近代大众传媒与中国近代文学》，巴蜀书社，2005 年

蒋伯潜、蒋祖怡著《诗》，世界书局，1948 年 12 月

蒋方震著《欧洲文艺复兴史》，商务印书馆，1921 年

蒋鉴璋著《中国文学史纲》，亚细亚书局，1930 年 4 月

蒋善国著《论诗六稿》，北平文化学社，1929 年 9 月

蒋述卓、刘绍瑾等编《二十世纪中国古代文论学术研究史》，北京大学出版社，2005 年 8 月

蒋述卓主编《文化诗学：理论与实践——20 世纪中国文学批评的跨文化视野与现代性进程》，人民文学出版社，2005 年 11 月

蒋祖怡著《诗歌文学纂要》，正中书局，1946 年 11 月

蒋祖怡著《文体论纂要》，正中书局，1942 年 6 月

蒋祖怡著《小说纂要》，正中书局，1948 年 5 月

解弢著《小说话》，中华书局，1919 年 1 月

［日］芥川龙之介著《文艺一般论》，高明译，光华书局，1933 年 4 月

金东雷著《英国文学史纲》，商务印书馆，1937 年 2 月

金石声著《欧洲文学史纲》，神州国光社，1931 年 5 月

［日］菊池宽著《戏曲研究》，沈宰白译，上海良友图书印刷公司，1927 年 6 月

［美］卡尔登佛著《文学之社会学的批评》，傅东华译，华通书局，1930 年 9 月

［美］卡静著《现代美国文艺思潮》（上下），冯亦代译，晨光出版公司，1949 年

康璧城著《中国文学史大纲》，广益书局，1933 年 5 月

［英］柯尔（G. D. H. Cole）著《政治与文学》，郭祖劼译，四十年代杂志社，1934 年 8 月

孔芥著《文学原论》，正中书局，1937 年 3 月

旷新年著《中国 20 世纪文艺学学术史》（第二部下卷），上海文艺出版社，2001 年 3 月

赖干坚著《二十世纪中西比较诗学》，百花洲文艺出版社，2003 年 10 月

乐华编辑部《当代中国文艺论集》，乐华图书公司，1933 年 6 月

黎锦明著《文艺批评概说》，北新书局，1934 年

黎明亮著《新文艺批评谈话》，人文书店，1933 年 11 月

李安宅著《美学》，世界书局，1934 年

李安宅编译《意义学》，商务印书馆，1934 年 3 月

李步楼著《冲击与思考——西方思潮在中国》，湖北人民出版社，1991 年 10 月

李广田著《文艺书简》，开明书店，1943 年 12 月

李何林著《近二十年中国文艺思潮论》，重庆生活书店，1939 年 3 月

李何林著《小说概论》，文化学社，1932 年 5 月

李何林著《中国文艺论战》，中国书店，1929 年 10 月

李菊休著《现代小说研究》，亚细亚书局，1931 年 1 月

李菊休、赵景深著《世界文学史纲》，亚细亚书局，1933年12月

李笠著《中国文学述评》，雅宬学社，1928年8月

李祁著《华茨华斯及其序曲》，商务印书馆，1947年12月

李青春等著《20世纪中国古代文论研究史》，山东教育出版社，2008年12月

李唯建著《英国近代诗选》，中华书局，1934年3月

李一鸣著《中国新文学史讲话》，世界书局，1947年10月

李幼泉、洪北平著《文学概论》，民智书局，1930年5月

李则纲著《欧洲近代文艺》，华通书局，1932年6月

李长之著《苦雾集》，商务印书馆，1942年10月

李长之著《批评精神》，南方印书馆，1942年12月

李长之著《迎中国的文艺复兴》，商务印书馆，1944年8月

［美］里德著《今日之艺术》，施蛰存译，商务印书馆，1935年10月

梁实秋著《浪漫的与古典的》，新月书店，1927年8月

梁实秋著《偏见集》，正中书局，1934年7月

梁实秋著《文艺批评论》，中华书局，1934年3月

梁实秋辑译《文学的纪律》，新月书店，1928年5月

廖辅叔著《中国文学欣赏初步》，生活书店，1946年9月

林传甲著《中国文学史》，上海科学书局，1910年6月再版

［美］林辅华著《诗篇新论》，夏明如译，广学会，1932年12月

林庚著《中国文学史》，国立厦门大学，1947年5月

林海著《小说新论》，中华书局，1949年9月

林焕平著《活的文学》，海燕出版社，1940年3月

林洛著《大众文艺新论》，新民主出版社，1948年7月

林履信著《萧伯纳的研究》，商务印书馆，1939年7月

林语堂译《新的文评》，北新书局，1930 年 1 月

林之棠著《新著中国文学史》（全三册），北平华盛书局，1934 年 9 月

［日］铃木虎雄著《中国古代文艺论史》（上），孙俍工译，北新书局，1928 年 5 月

［日］铃木虎雄著《中国古代文艺论史》（下），孙俍工译，北新书局，1929 年 10 月

［日］铃木虎雄著《中国诗论史》，许总译，广西人民出版社，1989 年 9 月

刘大白著《中国文学史》，大江书铺，1933 年 1 月

刘大杰著《东西文学评论》，中华书局，1934 年

刘大杰著《中国文学发展史》，中华书局，1941 年 1 月

刘大杰编译《东西文学评论》，中华书局，1934 年 3 月

刘经庵著《中国纯文学史纲》，北平著者书店，1935 年

刘麟生著《中国诗词概论》，世界书局，1933 年 8 月

刘麟生著《中国文学 ABC》，ABC 丛书社，1929 年 5 月

刘麟生著《中国文学史》，世界书局，1932 年 6 月

刘麟生编《中国文学八论》，世界书局，1936 年 6 月

刘麟生等著《中国文学讲座》，世界书局，1934 年 12 月

刘麟生等著《中国文学讲座》，世界书局，1935 年 6 月再版

刘麟生著《中国文学概论》，世界书局，1934 年 6 月

刘圣旦著《诗学发凡》，天马书店，1935 年 8 月

刘师培著《论文杂记》，景山书社，1928 年 8 月

刘修业著《文学论文索引续编》，中华图书馆协会，1933 年 11 月

刘永济著《文学论》，湘鄂印刷公司，1922 年 4 月初版

刘毓盘著《中国文学史》，古今图书店，1924 年 8 月

刘贞晦、沈雁冰著《中国文学变迁史》，新文化书社，1921

年 12 月

［美］琉威松著《近代文艺批评断片》，李霁野译，未名社出版部，1929 年 7 月

［美］琉威松著《近世文学批评》，傅东华译，商务印书馆，1928 年 3 月

柳村任著《中国文学史发凡》，文怡书局，1935 年 8 月

柳丝著《文学研究入门》（下），光华书局，1933 年

柳无忌著《西洋文学的研究》，大东书局，1946 年 9 月

卢冀野著《中国戏剧概论》，世界书局，1934 年 3 月

卢骥野著《近代中国文学讲话》，上海会文堂新记书局，1930 年 5 月

［苏］卢那查尔斯基等著《外国作家研究》，鲁迅、茅盾等译，生活书店，1937 年 6 月

鲁迅著《中国小说史略》，鲁迅全集出版社，1941 年 10 月

陆侃如、冯沅君著《中国诗史》（卷三），大江书铺，1931 年 7 月

陆侃如、冯沅君著《中国诗史》（卷一），大江书铺，1930 年 7 月

陆敏车著《最新中国文学流变史》，汉光印书馆，1937 年 2 月

伦达如著《文学概论》，广东高等师范学校贸易部，1921 年 10 月

［英］罗斯金著《罗斯金的艺术论》，刘思训译，光华书局，1927 年

罗钢著《历史汇流中的抉择：中国现代文艺思想家与西方文学理论》，中国社会科学出版社，1993 年 6 月

罗根泽著《中国文学批评史》，人文书店，1934 年 8 月

吕天石著《欧洲近代文艺思潮》，商务印书馆，1931 年 4 月

吕云彪等著《白话文做法》，上海新文化书社，1920 年 4 月

马睿著《从经学到美学：中国近代文论知识话》，四川民族出版社，2002 年 7 月

[英] 马霞尔著《美学原理》，萧石君译，泰东图书馆，1922 年 9 月

马彦祥著《戏剧讲座》，现代书局，1932 年 11 月

马仲殊著《中国文学体系》，乐华图书公司，1933 年 11 月

马宗霍著《文学概论》，商务印书馆，1925 年 10 月

[英] 麦科尔文著《艺术的将来》，北新书局，1928 年

美子编译《世界文艺批评史》，国际学术书社，1928 年 12 月

孟昭毅、李载道主编《中国翻译文学史》，北京大学出版社，2005 年 7 月

[美] 摩尔登（R. G. Moulton）著《圣经之文学研究》，贾立言等译，广学会，1936 年 8 月

[美] 摩台尔著《近代文学与性爱》，钟子岩译，开明书店，1931 年 4 月

[美] 莫德威（H. K. Moderwell）著《近代戏剧艺术》，贺孟斧译，剧艺出版社，1941 年

[英] 墨雷、瑞恰兹等著《现代诗论》，曹葆华译，商务印书馆，1937 年 4 月

[日] 木村毅著《世界文学大纲》，应天会译，昆仑书店，1929 年 3 月

[日] 木村毅著《小说研究十六讲》，高明译，北新书局，1930 年 4 月

穆济波著《中国文学史》（上），乐群书店，1930 年 3 月

欧阳兰编译《英国文学史》，京师大学文科出版部，1927 年 11 月

欧阳溥存著《中国文学史纲》，商务印书馆，1930年8月

潘梓年著《文学概论》，北新书局，1925年11月初版

［美］培利著《抒情诗之研究》，穆女译，文化学社，1932年12月

［美］培利著《小说的研究》，汤澄波译，商务印书馆，1925年1月

培良《中国戏剧概评》，泰东图书馆，1929年7月再版

［日］平林初之辅著《文学之社会学的研究方法及其适用》，林骙译，太平洋书店，1928年3月

［日］平林初之辅著《文学及艺术之技术的革命》，陈望道译，大江书铺，1928年12月

［日］平林初之辅著《文学之社会学的研究》，方光焘译，大江书铺，1928年12月

［美］蒲克著《社会之文学批评论》，傅东华译，商务印书馆，1926年1月

［英］普列查特著《文艺鉴赏论》，胡仲持译，文化供应社，1946年9月

［日］千叶龟雄著，《现代世界文学大纲》（上），张我军译，神州国光社，1930年12月

钱歌川著《文艺概论》，中华书局，1930年12月

钱歌川著《现代文学评论》，中华书局，1935年2月

钱基博著《现代中国文学史》，世界书局，1933年8月

钱杏邨著《现代中国作家》，泰东图书馆，1928年7月

钱释云著《中国文学问答》，三民图书公司，1930年8月

钱杏邨著《现代中国作家》（第二卷），泰东图书馆，1930年3月

钱振东著《中国文学史》，著者刊，1929年9月

钱钟书著《谈艺录》，开明书店1948年6月

［日］青木正儿著《中国古代文艺思潮论》，王俊瑜译，人文书店，1933 年 12 月

［日］青木正儿著《中国文学发凡》，郭虚中译，商务印书馆，1936 年 10 月

［日］青木正儿著《中国文学思想史》，郑樑生、张仁青译，台湾开明书店，1977 年 10 月

丘玉麟著《白话诗作法讲话》，开明出版部，1930 年 2 月

瞿秋白著《论中国文学革命》，海洋书屋，1947 年 7 月

全国图书联合目录编辑组编《1833—1949 全国中文期刊联合目录》，书目文献出版社，1981 年 8 月

任白涛著《西洋文学史》，民智书局，1933 年 5 月

任白涛辑译《给志在文艺者》，亚东图书馆，1928 年 3 月

任均著《新诗话》，两间书屋，1948 年

容肇祖著《中国文学史大纲》，朴社，1935 年 9 月

［英］瑞恰兹著《科学与诗》，曹葆华译，商务印书馆，1937 年 4 月

［英］瑞恰兹著《科学与诗》，伊人译，华严书店，1929 年 6 月

上海图书馆编《中国近现代丛书目录》，上海图书馆编印，1979 年 9 月

沈苏约著《小说通论》，梁溪图书馆，1925 年 6 月

沈天葆著《文学概论》，梁溪图书馆，1926 年 8 月

沈雁冰著《近代文学》，商务印书馆，1921 年 9 月

沈雁冰著《小说研究 ABC》，ABC 丛书社，1928 年 8 月

［日］升曙梦著《现代文学十二讲》，汪馥泉译，北新书局，1931 年 7 月

施慎之著《中国文学史讲话》，世界书局，1941 年 8 月

石灵著《新诗歌的创作方法》，天马书店，1935 年 9 月

石苇著《小说作法讲话》，光明书局，1934年4月

侍桁著《文学评论集》，现代书局，1934年4月

思明著《文艺批评论》，神州国光社，1931年12月

［日］松村武雄著《文艺与性爱》，谢六逸译，开明书店，1927年9月

宋春舫著《宋春舫论剧》，中华书局，1923年3月

宋春舫著《宋春舫论剧二集》，文学出版社，1936年3月

宋云彬著《中国文学史简编》，文化供应社，1945年5月

苏雪林著《新文学研究》，国立武汉大学，1934年

苏雪林著《中国文学史略》，国立武汉大学，1938年

苏约编著《恋爱与文学》，梁溪图书馆，1926年3月

隋育楠著《文学通论》，元新书局，1934年11月

孙寒冰、伍蠡甫著《西洋文学鉴赏》，黎明书局，1931年11月

孙俍工著《文学概论》，广益书局，1933年3月

孙俍工著《戏剧作法讲义》，亚东图书馆，1925年3月

孙俍工著《小说作法讲义》，中华书局，1923年12月

孙俍工著《新诗作法讲义》，商务印书馆，1925年8月

孙俍工著《新文艺评论》，民智书局，1923年12月

孙俍工著《新文艺评论》，民智书局，1933年11月

孙席珍著《近代文艺思潮》，人文书店，1932年10月

孙席珍编译《辛克莱评传》，神州国光社，1930年6月

孙席珍著《雪莱生活》，上海世界书局，1919年

［英］泰尔 Rother 著《美学原论》，金公亮编译，正中书局，1936年7月

谭丕模著《文艺思潮之演进》，文化学社，1932年12月

谭丕模著《新兴文学概论》，文化学社，1932年8月

谭丕模著《中国文学史纲》，北新书局，1933年8月

谭正璧著《诗歌中的性欲描写》，光明书局，1928 年 3 月

谭正璧著《文学概论讲话》，光明书局，1934 年 9 月

谭正璧著《中国文学进化史》，光明书局，1929 年 9 月

谭正璧著《中国文学史大纲》，光明书局，1925 年 9 月

谭正璧著《中国小说发达史》，光明书局，1935 年 8 月

唐敬杲著《新文化辞书》，商务印书馆，1923 年 10 月

唐沅、韩之友等编《中国现代文学期刊目录汇编》（上下），天津人民出版社，1988 年 9 月

滕固著《唯美派的文学》，光华书局，1927 年 7 月

［日］滕森成吉著《文艺新论》，张资平译，现代书局，1928 年

田汉著《爱尔兰近代剧概论》，东南书局，1929 年 7 月

田汉著《文学概论》，中华书局，1927 年 11 月

田汉译述《穆理斯之艺术的社会主义》，东南书店，1929 年 5 月

田明凡著《中国诗学研究》，著者刊，1934 年 8 月

田禽著《中国戏剧运动》，商务印书馆，1944 年 11 月

［日］田中湖月著《文艺赏鉴论》，孙俍工译，中华书局，1930 年 11 月

童行白著《中国文学史纲》，大东书局，1933 年 4 月

童庆炳著《中国古代文论的现代意义》，北京师范大学出版社，2001 年 12 月

［日］丸山学著《文学研究法》，郭中虡译，商务印书馆，1937 年 3 月

汪馥泉著《文章概论》，商务印书馆，1939 年 4 月

汪静之著《诗歌原理》，商务印书馆，1927 年 8 月

汪祖华著《文学论》，拔提书局，1934 年 6 月

［英］王尔德著《道连格雷的画像》，杜衡译，金屋书店，

1928 年 4 月

［英］王尔德著《社会主义与个人主义》，袁振英译，香港受匡出版部，1921 年 5 月

王丰圆著《中国新文学运动述评》，新新学社，1935 年 9 月

王光祈著《西洋话剧指南》，中华书局，1939 年 8 月

王锦厚著《五四新文学与外国文学》，四川大学出版社，1989 年 10 月

王靖著《英国文学史》，泰东图书局，1927 年再版

王梦曾著《中国文学史》，商务印书馆，1914 年 8 月

王任叔著《文学读本续编》，珠林书店，1940 年 11 月

王森然著《文学新论》，光华书局，1930 年 5 月

王世栋编辑《新文学评论》（上下），新文化书社，1920 年 3 月

王西彦著《文学科学哲学》，中华书局，1949 年 5 月

王西彦著《文学与社会生活》，中华书局，1949 年 9 月

王希和著《诗学原理》，商务印书馆，1924 年 12 月

王希和著《西洋诗学浅说》，商务印书馆，1924 年 5 月

王希龢著《英诗研究入门》，中华书局，1939 年 6 月

王瑶著《中国文学研究现代化进程》，北京大学出版社，1996 年 12 月

王耘庄著《文学概论》，非社出版部，1929 年 9 月

王蕴章等著《文艺全书》，崇文书局，1919 年 4 月

王泽蒲著《诗学研究》，震东印书馆，1932 年 5 月

王哲甫著《中国新文学运动史》，著者刊，1933 年 9 月

［美］威廉著《短篇小说作法研究》，张志澄编译，商务印书馆，1928 年 3 月

［美］温彻斯特著《文学评论之原理》，景昌极、钱堃新译，商务印书馆，1923 年 12 月

温儒敏著《中国现代文学批评史》，北京大学出版社，1993年8月

文学集林社编《译文特辑第四辑》，文学集林社，1940年4月

闻野鹤编译《白话诗研究》，梁溪图书馆，1925年9月

闻一多、梁实秋著《冬夜草儿评论》，清华文学社，1922年11月

吴曾祺著《涵芬楼文谈》，商务印书馆，1911年1月

吴文祺著《新文学概要》，世界书局，1936年4月

吴云著《近代文学ABC》，ABC丛书社，1928年7月

吴云著《现代文学》，世界书局，1935年

[英]伍尔孚著《一间自己的屋子》，王还译，文化生活出版社，1947年6月

洗群著《戏剧手册》，文化供应社，1942年5月

夏丏尊著《文艺论ABC》，ABC丛书社，1928年9月

夏丏尊等著《文艺讲座》，世界书局，1934年10月

夏炎德著《文艺通论》，开明书店，1933年4月

萧趁山编《现代文选》，合众书店，1935年10月

萧石君著《世纪末英国新文艺运动》，中华书局，1934年9月

[日]小泉八云著《文学的畸人》，侍桁译，商务印书馆，1934年3月

[日]小泉八云著《文学讲义》，惟夫译，联华书店，1931年4月

[日]小泉八云著《文学入门》，杨开渠译，现代书局，1930年11月

[日]小泉八云著《文学十讲》，杨开渠译，1937年

[日]小泉八云著《英国文学研究》，孙席珍译，现代书局，

1932 年 11 月

谢冰弦著《近代文学》，文学评论社，1929 年 12 月

谢六逸著《西洋小说发达史》，商务印书馆，1922 年 5 月

谢天振、查建明主编《中国现代翻译文学史》，上海外语教育出版社，2004 年 9 月

谢无量著《中国大文学史》，中华书局，1918 年 10 月

谢无量、梓童著《诗学指南》，中华书局，1918 年 11 月

[美] 辛克莱著《美国文艺界的怪状》，陈恩成译，联合书店，1930 年 5 月

[美] 辛克莱著《拜金主义》，陈恩成译，联合书店，1930 年 5 月

辛小征、靳大成著《中国 20 世纪文艺学学术史》(第二部上卷)，上海文艺出版社，2001 年 3 月

邢建昌、姜文振著《文艺美学的现代性建构》，安徽教育出版社，2001 年 4 月

[匈牙利] 弗理契著《欧洲文学发达史》，沈起予译，开明书店，1932 年 4 月

徐嘉瑞著《近古文学概论》，北新书局，1936 年 3 月

徐敬修著《诗学常识》，大东书局，1933 年 9 月

徐敬修著《文学常识》，大东书局，1934 年 10 月

徐懋庸著《文艺思潮小史》，生活书店，1936 年 12 月

徐名骥著《英吉利文学》，商务印书馆，1933 年 12 月

徐伟著《西洋近代文艺思潮讲话》，世界书局，1933 年 11 月

徐雁平著《胡适与整理国故考论——以中国文学史为中心》，安徽教育出版社，2003 年 6 月

许杰著《冬至集文》，新纪元出版社，1948 年 11 月

许杰著《文艺、批评与人生》，战地图书出版社，1945 年

9月

许杰著《新兴文艺短论》，明日书店，1929年12月

许钦文著《文学概论》，北新书局，1947年

许文雨著《文论讲疏》，正中书局，1937年1月

许啸天著《文学小史》，新华书局，1933年8月

许啸天著《中国文学史解题》，群学社，1932年7月

薛祥绥著《文学概论》，启智书局，1934年12月

[英]雪莱著《诗辩》，伍蠡甫译，商务印书馆，1937年1月

羊达之著《中国文学史提要》，正中书局，1937年4月

杨鸿烈著《中国诗学大纲》，商务印书馆，1928年1月

杨可经著《文学的别动论》，西北书局，1933年11月

杨启高著《中国文学体例谈》，南京书店，1930年9月

杨荫深著《中国文学史大纲》，商务印书馆，1938年6月

杨肇嘉著《中国新文学概观》，新民会，1930年6月

杨振声等著《现代文录》，新文化出版社北平总社，1946年12月

杨之华著《文艺论丛》，太平书局，1944年6月

姚永朴著《文学研究法》，商务印书馆，1916年7月

叶楚伧著《中国文学批评论文集》，正中书局，1936年7月

[日]伊滕源一郎著《近代文学》，张闻天、汪馥泉译，商务印书馆，1930年8月

以群著《创作漫话》，天马书店，1936年7月

以群著《文学的基础知识》，自学书店，1943年11月

艺术剧社编《戏剧论文集》，神州国光社，1930年6月

忆秋生编译《欧洲最近文艺思潮》，商务印书馆，1924年12月

殷国明著《20世纪中西文艺理论交流史论》，华东师范大学

出版社，1999年12月

于化龙著《西洋文学提要》，世界书局，1930年

余上沅著《戏剧论集》，北新书局，1927年7月

余心著《欧洲近代戏剧》，商务印书馆，1933年12月

渔郎著《新文学总论六编》，实业印书馆，1943年5月

郁达夫著《文学概说》，商务印书馆，1927年8月

郁达夫著《文艺论集》，仙岛书店，1926年4月

郁达夫著《我与创作》，一心书店，1936年11月

郁达夫著《戏剧论》，商务印书馆，1926年7月

郁达夫著《小说论》，光华书局，1926年1月

郁达夫等著《中国文学论集》，上海一流书店，1942年6月

愈之编《近代文学概观》（上下），商务印书馆，1923年12月

袁式依著《英文诗歌》，开明书店，1935年10月

袁水拍译《诗与诗论译丛》，云海出版社，1945年6月

袁水拍译《现代美国诗歌》，晨光出版公司，1949年3月

［英］约翰·欧文（J. Irving）著《戏剧写作教程》，孤槐译，华中图书公司，1941年5月

［美］约莱士等著《戏剧本质论》，章泯译述，上海杂志公司，1940年3月

张毕来著《欧洲文学史简编》，文化供应社，1948年10月

张伯符著《欧洲近代文艺思潮》，商务印书馆，1931年4月

张陈卿著《钟嵘诗品之研究》，文化学社，1932年8月

张崇玖著《诗学》，新民图书馆兄弟公司，1928年8月

张崇玖著《文学通论》，乐华图书公司，1930年11月

张大明编著《西方文学思潮在现代中国的传播史》，四川教育出版社，2001年1月

张庚著《戏剧概论》，商务印书馆，1936年9月

张弓著《中国文学鉴赏》，文化学社，1932 年 11 月

张进著《中国 20 世纪翻译文论史纲》，兰州大学出版社，2007 年 4 月

张竞生著《烂漫派概论》，世界书局，1930 年 6 月，

张若英编《中国新文学运动史料》，光明书局，1934 年 9 月

张世禄著《中国文艺变迁论》，商务印书馆，1930 年 4 月

张天化著《文学与革命》，民智书局，1928 年 4 月

张希之著《中国文学流变史论》，北平文化学社，1935 年 8 月

张越瑞编译《英美文学概观》，商务印书馆，1934 年 4 月

张长弓著《中国文学新编》，开明书店，1935 年 9 月

张振镛著《中国文学史纲要》（第一册），商务印书馆，1931 年 12 月

张振镛著《中国文学沿革概论》，上海大东书局，1924 年 2 月

张之纯著《中国文学史》（上），商务印书馆，1915 年 12 月

张资平著《欧洲文艺史大纲》，现代书局，1929 年 11 月

张资平著《欧洲文艺史纲》，联合书局，1929 年 11 月

张资平著《文艺史概要》，（武汉）时中合作书社，1925 年 12 月

张资平著《现代世界文学概况》，大夏大学部，出版时间不详

张子兰著《明日的文学》，现代书局，1928 年 5 月

章太炎著《文学论略》，群众图书公司，1925 年 10 月

［日］长泽规矩也著《中国学术文艺史讲话》，胡锡年译，世界书局，1943 年 10 月

赵家璧著《新传统》，良友图书印刷公司，1936 年 8 月

赵家璧主编《中国新文学大系——建设理论集》，良友图书

印刷公司，1935 年 10 月

赵家璧主编《中国新文学大系——史料索引》，良友图书印刷公司，1936 年 2 月

赵家璧主编《中国新文学大系——文学论争集》，良友图书印刷公司，1935 年 10 月

赵景深著《1930 年的世界文学》，神州国光社，1931 年 6 月

赵景深著《近代文学丛谈》，新文化书社，1934 年 11 月

赵景深著《文学常识》，永祥印书馆，1946 年 3 月

赵景深著《文学概论》，世界书局，1932 年

赵景深著《文学概论讲话》，北新书局，1933 年 3 月

赵景深著《文学讲话》，亚细亚书局，1932 年 10 月

赵景深著《文艺论集》，广益书局，1933 年 4 月

赵景深著《西洋文学近貌》，怀正文化社，1948 年 5 月

赵景深著《现代文学杂论》，上海光明书局，1930 年 5 月

赵景深著《小说原理》，商务印书馆，1932 年 11 月

赵景深著《中国文学史纲要》，中华书局，1936 年 6 月

赵景深著《中国文学史新编》，北新书局，1935 年 12 月

赵景深著《中国文学小史》，光华书局，1928 年 1 月

赵景深著《最近的世界文学》，上海远东图书公司，1928 年 11 月

赵景深著《作品与作家》，北新书局，1929 年 2 月

赵恂九著《小说作法之研究》，启东书局，1943 年 1 月

赵荫棠编译《风格与表现》，华严书店，1929 年 6 月

赵祖抃著《中国文学沿革一瞥》，光华书局，1928 年 1 月

郑宾予著《中国文学流变史》（上卷），北新书局，1930 年 9 月

郑次川著《欧洲近代小说史》，商务印书馆，1927 年 8 月

郑振铎著《插图本中国文学史》，朴社，1932 年 12 月

郑振铎著《文探》，新中国书局，1933年1月

郑振铎著《文学大纲》(1—4)，商务印书馆，1927年4月

郑振铎著《中国文学论集》，开明书店，1934年3月

郑振铎著，《中国文学研究》(上下)，商务印书馆，1927年6月

郑作民著《中国文学史纲要》，合众书店，1934年

[日]中村星湖著《西洋小说发达史》，谢六逸编译，商务印书馆，1923年5月

中华全国文艺协会编《五四谈文艺》，中华全国文艺协会，1948年5月

周发祥、李岫主编《中外文学交流史》，湖南教育出版社，1999年1月

周发祥著《西方文论与中国文学》，江苏教育出版社，1997年11月

周服著《诗人性格》，商务印书馆，1924年6月

周海波著《中国现代文学批评史论》，上海人民出版社，2002年8月

周全平著《文艺批评浅说》，商务印书馆，1927年8月

周毓英著《新兴文艺论集》，胜利书局，1930年6月

周越然著《莎士比亚》，商务印书馆，1929年10月

周作人著《欧洲文学史》，商务印书馆，1918年10月

周作人著《艺术与生活》，群益书店，1931年

周作人著《中国新文学的源流》，人文书店，1932年9月

周作人著《中国新文学的源流》，人文书店，1934年10月

朱东润著《中国文学批评论集》，开明书店，1941年1月

朱东润著《中国文学批评史大纲》，桂林开明书店，1944年1月

朱光潜著《孟实文钞》，良友图书印刷公司，1936年4月

朱光潜著《孟实文钞》，上海良友图书公司，1936 年 2 月

朱光潜著《诗论》，民国图书出版社，1943 年 6 月

朱光潜著《文学谈》，开明书店，1946 年 5 月

朱光潜著《文艺心理学》，开明书店，1936 年 7 月

朱光潜著《我与文学及其他》，开明书店，1943 年 10 月

朱立元主编《当代西方文艺理论》，华东师范大学出版社，1997 年 6 月

朱恕之著《文心雕龙研究》，南郑县立民生工厂，1945 年 4 月

朱维之著《基督教与文学》，青年文艺书局，1941 年

朱维之著《中国文艺思潮史》，合作出版社，1939 年 6 月

朱湘著《文学闲谈》，北新书局，1934 年 8 月

朱星元著《中国近代诗学之过渡时代论略》，无锡锡成印刷公司，1930 年 3 月

朱星元著《中国文学史外论》，东方学术社，1935 年 5 月

朱右白著《中国诗的新途径》，商务印书馆，1935 年 9 月

朱自清著《标准与尺度》，文光书店，1948 年 4 月

朱自清著《诗言志辨》，开明书店，1947 年 8 月

朱自清著《新诗杂话》，作家书屋，1947 年 12 月

朱自清著《朱自清古典文学论文集》，上海古籍出版社，1981 年 7 月

［日］竹田复著《中国文艺思想》，隋树森译，文通书局，1944 年 3 月

祝实明著《新诗的理论基础》，商务印书馆，1947 年 5 月

二、中文学位论文

董洪川《“荒原”之风：T. S. 艾略特在中国》，四川大学 2003 年博士论文

傅莹《中国20世纪上半叶文学概论的发轫与演变》，暨南大学2002年博士论文

孔帅《瑞恰兹文学批评理论研究》，山东大学2011年博士论文

刘雄平《文学理论的现代性追求（1928—1936）》，暨南大学2006年博士论文

孟博《英美文学理论汉译的描写性研究（1917—1949）》，北京语言大学2008年硕士论文

任传霞《二十世纪中国文学理论现代性的追求》，山东大学2004年博士论文

邵莹《中国文学批评现代建构之反思——以京派为个案》，华中师范大学2004年博士论文

韦莉莉《缺席的在场——20世纪前半叶中国文学批评史学科建设中的西方视野》，暨南大学2003年硕士论文

向天渊《现代汉语诗学话语（1917—1937》，四川大学2002年博士论文

阎嘉《多元文化与汉语文学批评新传统》，四川大学2002年博士论文

晏红《认同与悖离——中国现代文论话语的生成》，四川大学2003年博士论文

于海冰《跨文化视野中的欧文·白璧德》，北京语言大学2006年博士论文

朱利民《西方理论中国化的步伐——进化论与中国文学理论的变异》，四川大学2007年博士论文

朱彤《王尔德在现代中国的传播与接受》，北京语言大学2009年博士论文

庄桂成《中国文学批评现代转型发生论》，华中师范大学2004年博士论文

三、英文著作

Arnold, Matthew, *Culture and Anarchy*, London: Cambridge at the University Press, 1932

——, *Essays in Criticism—First Series*, London: Macmillan and Co. 1896

Buck, Gertrude, *the Social Criticism of Literature*, New York: Yale University Press, 1916

Denton, Kirk A, *Modern Chinese Literary Though: Writings on Literature*, 1893—1945, Stanford University Press, 1996

Eliot, T. S., *the Sacred Wood—Essays on Poetry and Criticism*, New York: Alfred A. Knopf, 1921

Gayley and Scott, *An Introduction to Methods and Materials of Literary Criticism*, Boston: the Athens Press, 1901

Gorge Saintsbury, *A History of Criticism and Literary Taste in Europe from the Earliest Test to the Present Day*, Edinbukgh and London: William and Blackhood & Son's Ltl. 1900.

Hamilton, Clayton, *A Manual of the Art of Fiction*, New York: Doubleday, Page & Company, 1918

——*Materials and Methods of Fiction*, New York: the Baker and Taylor Company, 1908

——*the Theory of the Theatre and Other Principles of Dramatic Criticism*, New York: Henry Holt and Company, 1913

Hudson, W. H., *An Introduction to the Study of Literature*, London: George G. Harrap & Company, 1913

Hunt, Theodore W. *Literature, its Principles and Problems*, New York and London: Funk & Wagnalls

Company, 1906

Lafcadio Hearn, *Appreciations of Poetry*, New york: Dodd, Mead and Company, 1916

——*Life and Literature*, New York: Dodd, Mead and Company, 1917

Lewisohn, Ludwig, *A Modern Book of Criticism*, New York: Boni and Liveright, 1919

Liu, Lydia He, *Translingual Practice: Literature, National Culture, and Translated Modernity-China,* 1900－1937, Stanford University Press, 1995

Mackenzie, A. S., *the Evolution of Literature*, New York: Thomas Y. Crowell & Company, 1911

Mc Dougall, Bonnie. S. *the Introduciton of Western Literary Theories into Modern China,* 1919－1925. Tokyo, Centre for East Asian Cultural Studies, 1971

Moulton, Richard Green, *the Modern Study of Literature*, Chicago: the University of Chicago Press, 1915

Pater, Walter, *the Renaissance Studies in Art and Poetry*, London: Macmillan and Co., Limited, 1913

——*Appreciations*, London: Macmillan and Co. 1889

Perry, Bliss, *A Study of Poetry*, London: Constable & Co. Limited, 1902

——*A Study of Prose Fiction*, Boston: Houghton Mifflin Company, 1902

Posnett, H. M., *Comparative Literature*, London: Kegan Paul, Trench & Co., 1886

Ross, Robert, Ed. *Intentions and the Soul of Man, Complete Works of Oscar Wilde*, Boston: the Wyman-Fogg Company, 1908

Spingarn, J. E., *A History of Literary Criticism in the Renaissance*, London: the Macmillan Company, 1899

——*Creative Criticism*, New York: Henry Holt and Company, 1917

——*the New Criticism*, New York: the Columbia University Press, 1911

Street, I.M., *Ruskin's Principles of Art Criticism*, Chicago: Herbert S. Stone & Company, 1901

Winchester, C. T., *Some Principles of Literary Criticism*, London: the Macmillan Company, 1899